Afanes
sin provecho

Lorenzo
Silva

Afanes
sin provecho

Lorenzo
Silva

Ediciones Destino
Colección Áncora y Delfín
Volumen 1720

© Lorenzo Silva, 2025
www.lorenzo-silva.com

© Editorial Planeta, S. A., 2025
Ediciones Destino, un sello editorial de Editorial Planeta, S. A.
Avda. Diagonal, 662-664, 08034 Barcelona (España)
www.planetadelibros.com
www.edestino.es

Primera edición: noviembre de 2025
ISBN: 978-84-233-6883-9
Depósito legal: B. 18.228-2025
Composición: Realización Planeta
Impresión y encuadernación: CPI Black Print
Printed in Spain - Impreso en España

Para mis mayores, que me enseñaron
a no buscar la ventaja a toda costa

Ahora bien, yo te perdono, con que te en-
miendes, y con que no te muestres de aquí
adelante tan amigo de tu interés, sino que
procures ensanchar el corazón.

MIGUEL DE CERVANTES, *Quijote*, 2.ª, XXVIII

Del tiempo perdido
en causas perdidas,
nunca nunca me he arrepentido.

ROBE INIESTA, *Del tiempo perdido*

Una explicación previa

Este libro recoge relatos escritos a lo largo de cuarenta años, esto es, entre 1984 y 2024. Algunos son fruto de encargos, otros provienen del capricho no siempre explicable del autor. Los hay que aparecieron antes en alguna otra parte, y también hay varios inéditos. Quizá no sea lo más relevante señalar el origen y las vicisitudes de cada cual.

Concebí el proyecto de reunirlos para que no se perdieran o se quedaran dispersos por ahí, y cuando los releí uno detrás de otro vi que a pesar de su heterogeneidad en cuanto a los asuntos, el momento vital en que los escribí e incluso el estilo, todos cabían bajo el título que le doy al conjunto, tomado del texto de uno de ellos. Quizá convenga, el título, a la propia literatura, y quizá sea lo que mejor la justifica.

No los he ordenado cronológicamente: los que van al principio son recientes y los tres últimos —antes del apéndice, una propina que sólo apela al lector más ocioso— son los más antiguos. El último, de 1984, se convierte en la pieza narrativa de más temprana escritura que nunca he dado a la imprenta, todo un regreso a ese artista adolescente que uno siempre lleva dentro. Cuando lo escribí tenía dieciocho años, cursaba primero de Derecho y a la vez cumplía mi servicio militar.

De este hablo en uno de los textos, «Vestido de azul», escrito años después, y hay en la colección, cosa excepcional en mi obra narrativa, otros cuatro relatos autobiográficos: «*La mar com a penyora* (En prenda el mar)», «Aquellos días en blanco y negro», «La luz de Madrid» y «Un año después». Los demás, pese a la inspiración en hechos reales de algunos de ellos —tal es el caso de «Brest, septiembre de 1779», «El rincón de la memoria», «Una compañía de hombres libres», «Nacida en la noche» o «Edith, luchadora»—, son ficciones, como todo lo que escribimos sobre lo que vivieron otros. Cuando ha pasado el suficiente tiempo, la afirmación vale para todo lo que escribimos, incluso sobre nosotros mismos y nuestra propia vida, ese afán sin provecho al que, como dejó dicho Franz Kafka, estamos condenados antes que a la muerte inherente a nuestra condición.

Illescas, 23 de febrero de 2025

El verdadero crimen perfecto

Tengo una mala noticia para ti, Manuel Arias Romaguera, la peor posible: estás a punto de morir, y nadie va a pagar nunca por tu muerte. Los literatos, siempre tan proclives a enredar con ideas inútiles, especulan una y otra vez sobre la noción del crimen perfecto. Presos de sus mentes alambicadas y vanas, dan en imaginar toda clase de sofisticaciones: asesinos refinados y casi matemáticos, capaces de anticipar al detalle todas las acciones del investigador para conjurar el peligro de que alguna de ellas le lleve a inculparlos; ejecutores pulcros e invisibles, que no dejan huella alguna o se las arreglan para borrar todas las que pudieron quedar en el camino que conduce al crimen; maquinadores de astucia extrema, que ingenian el modo de ocultar toda traza de las razones por las que deseaban ver muerta a la víctima, no vaya a ser que la intuición del sabueso para adivinar el móvil del delito les arruine la pericia al llevarlo a cabo.

Chorradas, Manuel; o como dirías tú, que vas a morir a los veinticinco años, antes de que fine el año del Señor de 1924: sandeces. El verdadero crimen perfecto es otra cosa, y por eso está reservado a gente como el hombre que ahora te acompaña, y que no va a tomar ninguna de esas precauciones, fruto de la imaginación calenturienta de los pánfilos que juegan a asustar a las niñas buenas y hacendosas —apenas si los leen ellas, al final— con sus laboriosas patrañas. Va a pegarte un tiro de frente y en el pecho, mirándote a los ojos y dejando que tu sangre le salpique, después de darse el gusto de derribarte de un puñetazo en plena cara, y va a machetear tu cadáver sin preocuparse de las impresiones que puedan dejar sus dedos manchados de tu sangre en toda clase de superficies. Tampoco va a esforzarse en silenciar que andaba a tu lado, ni en enmascarar su nombre bajo una identidad ficticia: de hecho, algo que le reconforta es haber logrado convivir contigo durante semanas mientras aguardaba su ocasión, apareciendo ante ti con su nombre completo, José Díaz Reviriego, y sin ocultarte que viene de la misma ciudad en la que tú naciste y viviste. Ese origen le sirvió, incluso, como primer pretexto para buscar y conseguir tu amistad. Estaba seguro, y no se equivocó, de que no recordarías ni por asomo los apellidos de aquella chica con la que en mala hora te cruzaste y disfrutaste una noche de la que ella no disfrutó y que para tu infortunio, después de mucho resistirse, acabó contándole a su hermano; un chaval de sangre caliente, pero con la cabeza lo bastante fría como para urdir la forma de borrarte de la faz de la tierra y no tener que pagar ni un minuto de prisión por ello.

No ha hecho por encubrir quién es ni de dónde viene, no va a molestarse en atacarte por la espalda o moverse furtivamente, no va a perder un segundo en esconder tu cuerpo. Y es que, por desgracia para ti, Manuel Arias Romaguera, nadie va a detenerse nunca a investigar tu muerte, nadie va a ponerse a leer con ahínco tus despojos para apremiarlos a decir quién te hizo lo que te hizo y por qué. Para anotarlo todo, y perdona si esto te incomoda, o incomoda a quien lee este cuento, tu cadáver ni siquiera van a enterrarlo: se quedará en el lugar donde caigas, a merced del sol inclemente y los animales carroñeros, que primero le arrancarán tus ropas hechas jirones, luego desgarrarán tu pellejo y sacarán las vísceras, y al final revolverán tus huesos y los dispersarán hasta que nadie pueda recomponer el puzle humano que un día formaron y que tanto te gustaba pasear y pavonear por ahí.

Son las cosas de los crímenes perfectos, que no dependen tanto de la condición de la víctima o de la cualificación del asesino como de las circunstancias en las que se producen: aunque algo tiene que poner la víctima, y algo el asesino, para que ambos lleguen a coincidir en el momento y el lugar que acabarán albergando la obra máxima, la cumbre del arte criminal.

Hemos dicho ya el momento, de manera aproximada, y lo centraremos un poco más: todo sucede una noche de comienzos de otoño, cuando septiembre se enfría presagiando octubre. Sí, también aquí, en el lugar donde va a acabarse tu breve biografía, y que algunos asocian a escenarios invariablemente tórridos y de paisaje árido y arenoso. La ignorancia, Manuel, que tantas veces alimentan esos mismos a quienes antes mencionábamos, los escribidores, y sus aún más torpes émulos, los hacedores de películas. Como esa que no vivirás para ver, *El viento y el león*, que recreará estos parajes de Beni Arós, en el norte de Marruecos, donde van a interrumpirse tus días, como un desierto de dunas y algún que otro oasis al que arrastran, secuestrada, a una bella extranjera. Indocumentados, desaprensivos: tú y aquel que va a matarte sabéis, por el contrario, que se trata de una tierra verde y montañosa. De hecho, el lugar exacto en el que te hallas, junto a tu inminente asesino, y que responde al nombre bereber de Ain Grana, es conocido por un generoso manantial. A él podrás culparle de que te enviaran aquí, donde lo perderás todo.

Es esa fuente de agua fresca, de importancia vital para ti y para los tuyos en esta tierra que no es la vuestra y de la que sus legítimos dueños aspiran a expulsaros, la que determinó que se levantara la posición donde has vivido durante los últimos dos meses junto a varias decenas de desdichados arrojados a esta frontera inhóspita. La misma a la que vino voluntario para cubrir una vacante de cabo, hace cosa de un mes, este José Díaz Reviriego cuyos ojos serán los últimos en que se miren los tuyos, y no precisamente para encontrar consuelo. Estáis en el último confín de las posesiones españolas en el protectorado de Marruecos; aunque el mapa pactado con los franceses acaba más abajo, muchos kilómetros al sur, las tropas de choque han sido hasta ahora incapaces de progresar más allá. La tribu de los beni arós, al sur de cuyo territorio se instaló en su día este campamento avanzado, atiende más o menos a razones, pero para ocupar todo el mapa hay que vérselas con los sumatas, unos fanáticos que están dispuestos a hacerse matar hasta el último hombre antes de permitir que el invasor europeo ponga pie en sus tierras. Los esfuerzos realizados por atraerlos han sido infructuosos, y las tentativas de doblegarlos por la fuerza, catastróficas: aferrados a sus montañas, y confiados en su compenetración prodigiosa con el fusil, al que viven abrazados desde la más tierna infancia, los sumatas se las han arreglado para apartar de la cabeza de los generales españoles la necia pretensión de conquistarlos.

En el culo del mundo, aislados en medio de un espacio hostil y aguantándoles la cara a los más irreductibles: nadie en su sano juicio y al que no impulsaran las poderosas razones que mueven a quien se propone asesinarte se habría postulado para cubrir una vacante aquí. Sin embargo, el cabo Díaz Reviriego llegó un día con el convoy, y no se entretuvo en inventar una historia alternativa: entre otras cosas, se la habrían echado a perder los soldados que formaban la escolta del convoy, y que en el rato que pasaron en la posición, el mínimo posible para descargar los pertrechos y las provisiones y emprender el regreso antes de que se fuera la luz, no dejaron de comentar, a todo el que quisiera oírlos, que aquel cabo estaba zumbado, que había dicho *presente* cuando el coronel había pedido un voluntario para irse a vivir a la boca del lobo. Al enterarte, te picó como a cualquiera la curiosidad, y le preguntaste al interesado cómo era aquello. Te respondió sin alterarse, dejándote oír por primera vez su voz queda y contenida, ese atributo que suele adornar a los más temibles, pero que como tantas otras cosas te pasó inadvertido:

—Voy a reengancharme, mi sargento. Si voy a ser esto, mi lugar no está en Alcazarquivir o en Larache, viviendo la buena vida, sino aquí, en el campo y delante del moro, que es donde hay que estar para ganarse el derecho a llamarse militar.

No supiste si era sincero, si estaba loco o si lo decía para darte coba; en todo caso, te relajaste, te cayó bien el muchacho, y así fue como empezaste a bajar la guardia, que era lo que a él le convenía. Cuando las cosas comenzaron a torcerse, hace un par de semanas, ya se había ganado tu confianza hasta extremos a los que ningún otro cabo, con mucho más roce, había conseguido llegar nunca. El cabo Díaz Reviriego es un tipo tan templado como taciturno, demuestra iniciativa y aplomo cuando la situación se pone fea, y fuiste tú quien le hizo sitio a tu lado, casi tanto como él se preocupó de procurárselo. Supo merecer tu aprecio hasta convertirse en tu favorito para las descubiertas, en el cabo con el que te gusta entrar de servicio, en el tipo al que, cuando la noche cae sobre estas montañas oscuras de Beni Arós y el miedo llama a mazazos al corazón del extranjero que ha cometido la imprudencia de exponerse a ellas, te gusta tener a mano para hacerle confidencias y ahuyentar con chascarrillos las dudas y las aprensiones que cualquiera lleva consigo.

Que la suerte de las armas se estaba torciendo para los tuyos era algo que ya se venía rumiando desde hace tiempo. Las cabilas andaban envalentonadas, y corrían rumores de que al Yebala, la zona occidental del protectorado, habían acudido desde el este combatientes rifeños para contagiar a los yebalíes la arrogancia y la temeridad que habían permitido a los rebeldes del Rif infligir derrotas apocalípticas al ejército español, humillando a los que habían pensado que dominar aquel país atrasado sería un cómodo paseo militar. Estas partidas encuadradas por rifeños operaban regularmente entre Tetuán y Xauen, la ciudad santa que pretendían arrebatar al invasor. No llegaba su influencia hasta Ain Grana, ni los sumatas eran proclives a dejarse mangonear por nadie, ni moro ni cristiano, ni español ni rifeño. Iban por libre, y a ese carácter, y a que no los inquietabais ni osabais internaros en su territorio, encomendabais los de Ain Grana la seguridad de vuestro pequeño puesto fortificado.

Pero estos guerreros natos no podían dejar pasar la ocasión de hostigar, y si cabía eliminar, a quienes contemplaban como el enemigo con el que antes o después les tocaría batirse. Quien tiene la lucha como modo de vida sabe que es mejor combatir cuando el de enfrente está en precario, y que la debilidad del adversario es todavía mejor razón para dispararle que verse atacado por él. Así empezaron a acercarse y a estorbar vuestros movimientos más allá del parapeto. Primero emboscaron a la sección encargada de la descubierta, que volvió con un par de heridos. Luego apostaron tiradores para batir la posición: sin demasiado empeño, sin verdadero peligro; más para incomodar y socavar la moral que para haceros sentir una amenaza excesiva, que habría podido desencadenar una acción de represalia. Os tomaban la medida, calibraban vuestras fuerzas, os obligaban a reparar en que estaban ahí.

La primera respuesta fue suspender las descubiertas, salvo para el aprovisionamiento del agua del manantial. Con ello se dio la primera señal de flaqueza, que los sumatas anotaron oportunamente. Como buen sargento, veterano de este pudridero, no dejaste de percibirlo, ni de discrepar del mando, al que sugeriste que más valía hacer acto de presencia, o pedir refuerzos, si es que había llegado a la conclusión de que con lo que teníais no bastaba para que el enemigo os respetara. El cabo Díaz Reviriego, al que le participaste tu descontento, no dijo nada ni mostró emoción alguna. Pensaste que era un valiente, o acaso un suicida, y por un instante se apoderó de ti un cierto desasosiego al sostener su mirada. No fue a más, y tampoco pudiste adivinar lo que de verdad pasaba por su mente. Su máscara impenetrable era la manera de disimular el júbilo que le producía la noticia que a ti te angustiaba. Que el enemigo os atacara era justo lo que estaba esperando desde que había puesto el pie en Ain Grana. Cuanto antes lo hiciera, antes se le presentaría la oportunidad que había venido a buscar, que tanto se había esforzado por tener.

Jamás imaginarás, Manuel, la pesquisa febril que le permitió al cabo al que crees tener a tus órdenes encontrar tu rastro; los tumbos que se vio obligado a dar, pasando por batallones de cazadores, puestos míseros y guarniciones infectas hasta que acabó re-

calando en el regimiento que le iba a permitir estar
en el mismo agujero que tú. Nadie le pregunta a un
soldado de leva dónde quiere estar, no es mucho más
lo que se escucha a un cabo, y lleva su esfuerzo ganarse las simpatías de quienes pueden ayudarle a
moverse en la dirección que desea. Todo lo asumió
el cabo Díaz Reviriego en aras del supremo objetivo
de ir a parar a esta posición donde ya casi siente al
alcance de la mano la meta que tanto ha persegui-
do. Cuando le tocó jugársela a la bayoneta, se la jugó;
cuando se le ordenó aburrirse en interminables tur-
nos de centinela, obedeció; cuando hubo de lamer el
culo de algún oficial o incluso el de un furriel, no
hizo ningún asco. Así fue como consiguió estar a tu
lado para compartir tus zozobras, tus temores, para
morder el polvo junto a ti cuando los francotiradores enemigos empezaron a divertirse a vuestra costa
en los primeros compases del cerco que en estos últimos días de septiembre empieza a apretarse y a vol-
verse insoportable.

Fue hace quince días cuando por primera vez al
convoy le costó pasar. Los recibieron a tiro limpio en
la vaguada que lleva a la posición, y sólo pudieron
llegar hasta ella forzando el paso de las caballerías y
con el apoyo de la guarnición, volcada en el parapeto
para cubrir su entrada. De la misma manera tuvieron que salir, con más miedo en la cara y en el cuerpo del que nunca habían conocido. El pavor supo
espolearlos para escabullirse antes de que la noche
los obligara a compartir vuestra suerte, que a partir
de ahí ha sido cada vez más ingrata. Cinco días atrás,
un convoy reforzado entró y salió aún con más difi-

cultades, y con él se fue otro de los sargentos, para el que el convoy traía una orden de traslado a la Península. No has envidiado en toda tu vida a nadie como lo envidiaste a él, sargento Manuel Arias Romaguera, y motivos tenías para hacerlo: si esa orden hubiera llegado a tu nombre, habría servido para librarte de la muerte, no hipotética, sino cierta, que ahora se cierne sobre ti.

Desde que aquel último convoy desapareció más allá de la vaguada, las cosas se han puesto todavía más cuesta arriba. Ya no se trata de francotiradores aislados hostigándoos para meteros el miedo en el pellejo. En los últimos cinco días habéis recibido una docena de ataques en toda regla, tres asaltos frontales; en la enfermería hay diez heridos a los que el médico intenta a duras penas mantener con vida y en un extremo de la posición se apilan catorce cadáveres. Convivís literalmente con la muerte, el agua escasea y la munición también. El capitán al mando ha pedido un último recuento y los números no son alentadores. Con lo que queda, es muy improbable que os sea posible resistir hasta la llegada del próximo convoy, dentro de cinco días. Ellos atacarán una y otra vez, y con más furia cuanto más cerca esté la fecha del reaprovisionamiento. Saben que vuestras balas se acaban, que cada día tenéis más sed y más pánico. Saben que los soldados españoles son duros, más duros que los franceses o los blandos servidores del sultán que en alguna ocasión se acercaron por aquí con la loca idea de cobrarles algún impuesto; pero ellos son aún más duros, y tienen la determinación de vencer, que cada hora que pasa está más ausente de vuestras filas.

En esas condiciones, se impone enviar a alguien para reclamar al mando refuerzo urgente, y el encargo no es cualquier cosa. Se trata de recorrer casi quince kilómetros de malos caminos; sus buenas cuatro horas poniéndole a la marcha toda el alma. Una misión para alguien que conozca bien el terreno, que tenga el temple y la experiencia para no cagarse en los pantalones cuando se vea solo ahí fuera y que sepa además pasar sin ser detectado por los vigilantes que a buen seguro los sumatas mantienen agazapados en alguna peña, capaces de oír y oler lo que no se ve en una noche de luna afilada. El capitán se lo ha pensado, porque también habrá que defender la posición en tanto que el mensajero va y los refuerzos vienen, pero pronto ha comprendido que no tiene otro que no seas tú, Manuel Arias Romaguera: su sargento más curtido, el que días atrás le sugirió que pidiera refuerzos y que ahora sentirá la obligación moral de ser coherente con su apreciación anterior. Todo lo que el jefe te ofrece para aligerarte el encargo es la posibilidad de llevarte a un hombre de confianza, el que tú elijas, para poder dividir fuerzas y contar con algún apoyo en caso necesario. También supones que ha calculado que mandar dos emisarios aumenta las posibilidades de que alguno llegue, aunque alguno caiga, como bien pudiera suceder; como es más que probable que suceda.

No tienes que pasar el trago de elegir a nadie. El cabo Díaz Reviriego da un paso al frente y se ofrece para salir contigo, que es tanto como comprar un mazo de boletos de la lotería de la muerte. Para él. Para ti, aunque eso no lo intuyes, significa que vas a comprarlos todos o, si lo prefieres, a quitar del bombo todas las bolas menos la tuya. Ignorante de lo que desencadenas, con un nudo en la garganta y la mirada empañada, le agradeces el gesto de valor a ese hombre al que hace un mes no conocías y que se presenta para adentrarse contigo en la boca del infierno. El capitán os mira consecutivamente a uno y a otro como si estuviera ponderando lo que cada uno suma y resta al binomio. Al final, entiende que la decisión es tuya y te la traspasa:

—Usted dirá, sargento, ¿le convence?

Te vuelves al cabo, que sostiene impertérrito su cara de voluntario para lo que sea, esa cara que tan rara resulta entre una tropa despachada al matadero por la fuerza y sin vocación, y que debería moverte a desconfiar; pero no desconfías porque tienes el pecho sobrecogido por la punzada del miedo, a la que ahora se suma la de la emoción de tener quien quiera morir contigo. Y te da por hacer lo que hacen los hombres para espantar la sombra de la duda de sí mismos, decir algo con toda rotundidad:

—No se me ocurre ninguno mejor.

El cabo murmura entonces, con expresión remota:

—Gracias, mi sargento.

El capitán os observa como si fuerais dos lunáticos y una sombra cruza por su mirada. Os está viendo a los dos panza arriba, al costado de la senda de cabras, degollados y mutilados; pero la pena que le embarga no es tanto por eso como por él, al frente de una unidad que en ese caso estará condenada, y sin más salida que llevar en la recámara de su pistola una bala siempre lista para volarse la cabeza. Se equivoca: no es eso lo que ha de ocurrir; la pistola le acompañará durante años sin que jamás haya de apoyarla en su sien, y con ella, convenientemente inutilizada, acabarán jugando sus nietos décadas después.

No pasará eso con la tuya, sargento Arias Romaguera, para empezar porque nunca vas a tener nietos. Eso exigiría que antes fueras padre, y el cabo taciturno que ahora se prepara contigo —que tizna como tú la piel de sus manos y su rostro y luego se ajusta las cartucheras y apresta el machete y comprueba el fusil— se ha juramentado para que no sobrevivas a esta noche y jamás puedas engendrarlos. Finge escuchar las instrucciones que le das sobre la ruta que seguiréis, eludiendo la vaguada y pasando por detrás de uno de los montes para desembocar en la senda un par de kilómetros más allá. O en realidad sí las escucha, pero no con el propósito de contribuir a que puedas llegar hasta esa senda, sino calculando dónde podrá asestar con más ventaja el golpe; dónde le conviene más tumbarte para que los sumatas acudan al ruido del disparo y se entretengan con tu cuerpo —que antes se habrá ocupado de coser a cuchillo, para no dejar nada al azar— mientras él se escurre hacia la salvación. No imaginas el placer que experimenta al oírte hacer planes que ya no vas a realizar, al saberse al fin en condiciones de consumar lo que le ha traído a Ain Grana. Al culo del mundo, donde a veces aguarda el cumplimiento del destino de un hombre: la única felicidad que se les concede a quienes perdieron la alegría, la esperanza y el resto de los atributos que convierten a un amasijo de músculos, huesos, sangre y nervios en un ser humano.

Ya es noche cerrada y llega la hora de salir. Habéis esperado a que estuviera oscuro del todo para darles a ellos ocasión de confiarse, aunque no lo hagan nunca, pero no podéis esperar mucho más porque entonces os sorprenderá el alba en el camino y vuestras vidas no valdrán más que un matojo del campo. El capitán os desea suerte, os da las gracias, os promete una medalla que no está en su mano conceder. Le oís y no le oís, con las pulsaciones desatadas, tratando de respirar de manera espaciada para bajarlas, tú rezando todo lo que sabes, el cabo encomendándose a su dios de la venganza, que no le ha de fallar.

Con una seña, saltas el primero el parapeto y tras salvar el terreno descubierto te internas en la espesura. Una vez que estás a cubierto, el cabo, sin titubear y con arreglo a lo convenido, te imita y se planta en unos pocos segundos a tu lado. Estáis fuera, a merced del enemigo: abandonados a vuestra suerte. O mejor dicho, tú estás abandonado a la suya, y él en posesión de la de ambos. Emprendéis la marcha a buen ritmo, guardando diez metros de distancia; a veces vas tú delante, otras te toma el relevo. Lo hace con soltura, como si aventurarse en esta noche no fuera darse a cada paso a la dentellada del lobo, vigilando sus sectores a izquierda y derecha mientras tú, cuando él anda en cabeza, cuidas de la retaguardia. Vuestras alpargatas de esparto, aunque a alguno no se lo parezca, son el mejor calzado para la misión: os permiten progresar en absoluto silencio, salvo que alguno cometa la torpeza de pisar una rama que pueda crujir. Enfundados en ellas, vuestros pies se van amoldando a la tierra y a las piedras y os permiten deslizaros como fantasmas.

El rodeo que has decidido dar es una buena prueba de que no has perdido los cinco años que llevas en África. Sirve para que no tengáis que véroslas con ninguno de los vigías apostados por el enemigo, o mejor dicho, para que ninguno de ellos se las llegue a ver con vosotros: en cierto momento adviertes la presencia de una silueta a unos doscientos metros, pero no está mirando en vuestra dirección, porque no cuenta con que alguien trate de huir de la posición alejándose de la senda. Los marroquíes os tienen por impacientes, por incapaces de tomar el camino largo para nada, y no les falta razón, en general. Pero tú ya llevas aquí el tiempo suficiente para haberte impregnado de su filosofía, hasta el punto de estar en condiciones de sorprenderlos. Con todo, le haces una seña al cabo para que extreme la precaución. Asiente en silencio. Aunque sólo lleva dos años en esta guerra, él también ha aprendido a seguir sin prisa el camino largo. Aún no sabes cómo, sargento Arias Romaguera, pero vas a saberlo.

Camináis durante más de una hora sin abrir la boca. Las señas os bastan, la dirección está clara; has marcado antes sobre el mapa al cabo los puntos donde giraréis para dirigiros hacia vuestro destino, salvo que algo os lo impida. Nada ni nadie se interpone en vuestro camino y empiezas a creer que la fortuna está esta noche de vuestro lado, aunque en realidad sólo es aliada de él, del cabo, y no hubo noche en que te sonriera menos.

Os faltan apenas unos metros para llegar a la senda, por la que podéis aumentar sustancialmente la velocidad del avance. Es ahí donde el cabo, con buen criterio, ha previsto revelarte que ha llegado tu final. Lo pierdes de vista durante unos segundos y, sin que puedas adivinar cómo, aparece de pronto ante ti. Por instinto alzas el arma, pero la bajas al instante, aliviado, y vas a abroncarle por haberte dado semejante susto cuando sin previo aviso un puñetazo se estampa en tu nariz y te derriba de espaldas. El fusil se te escapa de las manos y ves que el del cabo apunta a tu pecho. Sabes que no necesita tirar del cerrojo para poder dispararte: los dos habéis metido una bala en la recámara antes de salir de la posición para abrir fuego sin pérdida de tiempo en caso de necesidad. Y no imaginas hasta qué punto es este un caso de necesidad para el cabo. Por un segundo tiene la tentación de explicártelo, pero va contra sus planes y su conveniencia y prefiere limitarse a mirarte y hacerte sentir el estupor de venir a morir aquí, en Ain Grana, Beni Arós, el Yebala, Marruecos, sin saber por qué ni cómo has llegado a ganártelo, y sin apelación que valga. Aprieta el gatillo y escuchas el estampido que rasga la noche y convoca a todos tus enemigos, los de esta hora y los de todas las demás horas que viviste, mientras el fuego del disparo te taladra el esternón y te busca ansioso el tenaz músculo desde el que palpita tu vida. Apenas lo ves ya sacar el machete de su funda y rematar con una saña metódica la faena para asegurarse de que Manuel Arias Romaguera causa baja definitiva e irreversible en el censo de los vivos, en el que no debería haber figurado la noche en la que tuvo la oportunidad de afrentar a esa que lleva sus apellidos y carga de por vida con un recuerdo que la vacía por dentro y que lo ha vaciado también a él.

Has dejado de ser consciente del dolor: te han suprimido como quien aparta una telaraña, pisotea una hormiga o aplasta de un manotazo a un mosquito. Estabas ahí y has dejado de estar, como si nunca hubieras sido nada, pero para redondear la obra queda que tu asesino sobreviva impune a tu muerte, y a eso se aplica con denuedo el cabo Díaz Reviriego, que mal limpia en tu uniforme su machete, vuelve a guardarlo en su vaina y se lanza a correr como alma que lleva el diablo por el camino que lo conduce a la gloria y al reconocimiento que a ti no va a llegarte, porque a ti, sargento, no se te dará la oportunidad de vivir para salvar a tus compañeros sitiados. Cuando los exploradores de los sumatas llegan junto a tu cadáver, se preguntan qué demonios ha ocurrido y no atinan a entenderlo de ninguna manera, el cabo ya está demasiado lejos como para que adviertan su presencia. Por la mañana, cuando la luz del día les permite leer la escena del crimen y seguir su rastro, tu asesino ha tenido tiempo de sobra para llegar al puesto de mando del regimiento, donde ha informado de tu muerte a manos del enemigo y de la situación angustiosa en la que se encuentran los defensores aún vivos de la posición, que disminuye con su perentoriedad la importancia de tu fallecimiento.

La columna de socorro, tan contundente como es posible formarla, parte poco después del amanecer y consigue alcanzar la posición que bajo el sol del mediodía repele a duras penas un nuevo asalto: el enemigo ya llega hasta la alambrada y se lucha cuerpo a cuerpo. Los heridos y los muertos se multiplican, el capitán tiene un balazo en el hombro y el teniente coronel que manda la columna, viendo el panorama, y consciente de que la próxima vez, para romper el cerco, necesitará una columna que no está en condiciones de poner en pie, comprende que aquella posición avanzada no tiene ningún sentido y que por nada del mundo debe dejar allí a nadie para defenderla, que sería tanto como morir en el empeño. Ordena cargar a los heridos y arriar la bandera y se lleva consigo a los supervivientes. Antes de salir, conocedor de la poca piedad que los cabileños muestran por los cadáveres de los infieles, hace enterrar a los difuntos. A los que están en el recinto de la posición, que algún día espera recuperar. A ti, Manuel Arias Romaguera, no hay tiempo para buscarte y darte tierra. Hay cosas más urgentes de que ocuparse.

Un crimen perfecto ha de serlo hasta el epílogo, y en este caso lo es. El epílogo es que a ambos, al cabo y a ti, se os distingue con la medalla del mérito militar, con la pequeña diferencia de que la tuya se la envían a tu madre a título póstumo, mientras que tu asesino podrá lucirla orgulloso sobre el uniforme tras darse el placer añadido de elogiar tu valor y proclamar que tu sacrificio fue una bella página de esta guerra, la más bella de todas para él, de hecho, aunque eso prefiere callarlo, así como las razones por las que la tiene en tal consideración.

El epílogo es, también, que la posición de Ain Grana no se reconquistará hasta casi tres años más tarde, cuando de lo que fue tu carcasa mortal, sargento, no queden más que unos restos minerales imposibles de reconocer, y que nadie tendrá el menor interés en buscar. Así de implacable es el olvido, que resulta especialmente devastador con la insignificante memoria de cada combatiente caído en una guerra que se los cobró por decenas de miles, por heroica que fuera su actuación. De tu valentía y de tu paso por el mundo no quedará más vestigio que el altar que en su casa cuidará tu madre. Y cuando ella muera, nada.

Si queremos ser exhaustivos, esta historia tiene aún un apéndice, que termina de redondearla. Arranca un luminoso día de mayo de 1927, poco después de la reconquista de Ain Grana. El ya sargento Díaz Reviriego está allí para asistir a un espectáculo formidable. Las tropas indígenas que luchan junto a los españoles, formadas por esos mismos rifeños que tres años atrás los emboscaban y degollaban, se lanzan sobre los aduares de los sumatas, que aun después de ver conquistado casi todo el territorio del protectorado siguen desafiando la autoridad de los invasores europeos. Se les ha dado la oportunidad de rendirse, y aunque la fama de los guerreros rifeños es tan temible como la suya, o más, los sumatas han preferido afrontar la suerte de plantarles cara. El choque es espeluznante: pegados al terreno, los yebalíes venden caras sus vidas, pero los rifeños, que a su ferocidad casi congénita suman la promesa del botín que los españoles les ofrecen como premio a su ardor guerrero, los arrollan sin darles oportunidad de réplica. Las bajas por los dos bandos son numerosas; el sargento Díaz Reviriego los ve caer sin poder dejar de asombrarse por la manera en que aquellos hombres desprecian su propia vida, un don que viene de Dios y que Dios se lleva cuando así lo quiere, sin que haya que apegarse a él en exceso, porque sólo Alá es grande y suyo todo el poder.

Acabada la batalla, los rifeños incendian los aduares conquistados después de saquearlos. Tienen carta blanca, como advertencia para los pocos rebeldes que, una vez doblegados los sumatas, siguen alentando la resistencia contra los españoles. Antes de que acabe el verano los habrán aplastado a todos, y al sargento Díaz Reviriego lo destinarán a la Península, donde sin que nadie le pida cuentas por lo que nadie vio en aquella noche de poca luna en las montañas de Beni Arós, desarrollará una apacible carrera militar. En realidad, la paz le durará hasta el verano de 1936, cuando se le presentará el dilema de sublevarse contra el Gobierno o enfrentarse a sus compañeros sublevados. Como muchos otros uniformados, optará por lo segundo.

Así llegará a encontrarse en el otoño de ese mismo año en las trincheras de la Ciudad Universitaria de Madrid, viendo venir contra él a esos mismos rifeños, o a sus hijos, que ahora sirven a las órdenes de los generales insurrectos. Y mientras trata de mantener su propia calma, y la de los milicianos aterrados a los que intenta mandar, el sargento Díaz Reviriego comprende que el más perfecto de los crímenes no es el suyo, que recuerda una vez más, sino el de aquellos que años atrás lo empujaron y hoy vuelven a empujarlo hacia la muerte; a él, a los hombres que aspiran a dársela y al infeliz al que le alcanzó por su mano en Ain Grana, sin que nadie, jamás, vaya a hacerles pagar por ello.

Carabanchel blues

Siempre llega el momento de volver a casa para descubrir que todo lo que vivimos por ahí fuera, entre tanto, no fue más que una excursión para distraer el tiempo y olvidar que somos lo que somos, nos creamos lo que nos creamos, nos disfracemos de lo que nos disfracemos y digan lo que digan de lo que hicimos o dejamos de hacer. La putada es comprobar que en realidad nunca saliste de allí donde empezaste cuando tu lugar ya no existe, o existe, sí, pero de otra forma, y así ya no va a poder acogerte, ni reconocerte, ni susurrarte: bienvenida de vuelta, hija.

Te jodes, Manuela.

De tanto decírtelo, va a acabar convirtiéndose en tu divisa. Por lo pronto, es el lema que te acompaña —como nunca te supo acompañar nadie, y menos aquellos en quienes te dio por contar para que te hicieran compañía— cada vez que te sacan de la cama para meterte sin más trámite en una de estas, con las legañas agarradas a los párpados como una cría de chimpancé a su madre, los ojos escocidos y el alma llagada por eso que el mal dormir no remedia, y menos cuando tu sueño inducido químicamente lo interrumpe una llamada que te convoca a lo de siempre: un protocolo que la mayoría de las veces alivia poco, repara nada y sólo le ofrece a alguna gente motivos para lamentar haberte conocido.

Esta vez, sin embargo, es diferente. O sea, peor. Cuando tu compañero te ha dado la dirección para que se la endoses al GPS o, alternativamente, juzgues ser capaz de llegar por tus propios medios, te has visto obligada a pedirle que te la repitiera. Paseo de Muñoz Grandes, ¿qué número has dicho? Y tu compañero, con una desgana que en ese momento, recién instalados ambos en el coche camuflado, no es menor que la tuya, va y lo repite, dando por sentado que lo que te pasa es que todavía estás demasiado sobada, o demasiado atontada por la pastilla que te tomaste para dormir, y entonces te das cuenta de que sí, joder, sí, es el número que has oído antes: en la misma puta manzana donde viviste veinte años, donde ya no te queda nadie, porque tus hermanos se fueron como tú te fuiste, porque tu padre y tu madre murieron, y porque aquel piso que era la joya de la corona, los ahorros de una vida, la herencia, lo malvendisteis tus hermanos y tú en el mal momento en que les dio por irse, justo cuando la burbuja había reventado y lo que os dieron alcanzaba para poco más que pagar los gastos y compraros los tres un coche, ni siquiera demasiado bueno, en tu caso el Megane que un lustro después empieza a dar la cara como lo que es, un utilitario que aguantará a lo sumo diez años.

Por cuatro números no ha sucedido enfrente de mi puñetero portal, te has dicho mientras le metías la primera al coche de la empresa, que por lo demás tampoco es mucho mejor que el tuyo, de hecho va bastante peor, porque su volante pasa por muchas más manos y ninguna lo trata con el cariño que quieren las máquinas, igual que las personas, o más que las personas, porque hay gente que aguanta que la puteen hasta el infinito, y ninguna máquina, sobre todo estas máquinas pijas que ahora nos tienen rodeados, tolera que se la deje de mimar como si su propietario no tuviera más alta misión en la vida. Mientras conducías por los túneles de la M-30, saltándote de pura mala leche la limitación a setenta por hora —que luego la inspectora jefe o el señor comisario lo justifiquen, así tienen la una o el otro algo en que ocuparse, aparte de sus conspiraciones para el ascenso—, te han venido en tromba, pese al aturdimiento, el cabreo y el asombro, las imágenes de aquellos años, de aquel barrio; las estampas en blanco y negro de un mundo sin más pantallas electrónicas que las de las máquinas de marcianos de los recreativos, a donde una niña no iba, o no al menos una niña como eras tú. Tú no estabas por la labor de acabar siendo la novia de un macarra, de uno de esos vagos que, pudiendo hacer y ser otra cosa, porque para eso entonces había una educación pública digna de ese nombre —y no esa fábrica de iletrados satisfechos que ahora llaman escuela o instituto, o CEIP o IES o cualquier sigla cutre que se invente el burócrata de turno—, despreciaban la oportunidad que jamás habían tenido sus padres y decidían descerebrarse a conciencia, a fuerza de porros y litronas, para luego terminar diciendo que la vida era injusta, los capitalistas unos cabrones y redondear al cabo de los años la faena dándose el desahogo de partirle la cara a la parienta, esa que antes de que todo fuera viejo y mugriento los miraba con arrobo mientras fardaban de ser los reyes de los marcianitos o del *pinball*.

Tú veías más allá, y a esos mamarrachos predestinados a ser unos desgraciados y a derramar desgracia a su alrededor los evitabas como a la peste, aunque también formaban parte de tu paisaje y por eso, mientras venías acelerando por la M-30, con la sensación de que la sirena sonaba diez veces más alta de lo que debía y la cabeza a punto de estallar, en algún momento casi te han parecido entrañables, casi te has parado a preguntarte dónde estarán todos y cada uno de ellos, y hasta a esperar que alguno —como alguna de las que los acompañaban— haya podido escapar a la condenación, a ese sino deplorable al que tú, más lúcida y sensata, te sustrajiste terminando con buenas notas el instituto, sacando en la selectividad más de lo que necesitabas para entrar en la Facultad de Derecho, aprobando la carrera en sus años y con media de notable, y luego sacando la oposición y recogiendo tu diploma apenas mediada tu tercera década. Esa redención ganada a pulso que te ayudó a conocer a gente de no tan oscuro pronóstico, o eso parecía al menos, como el tipo que te hizo los dos chavales que llevan tu apellido y una parte de tu jeta y al que no le coges el teléfono si no resulta estrictamente imprescindible y si, para que así te avengas a creerlo, no intenta al menos una media docena de veces comunicarse contigo.

Ese es el momento en el que te has vuelto a preguntar, una vez más, y ya van miles y miles, por qué eres tan gilipollas de acabar regresando siempre a él, a Javier, la equivocación que desde hace tres años y pico no comparte tu cama, ni tus sacudidas nerviosas mientras intentas dormirte, ni tus pesadillas cuando la píldora no consigue aniquilar del todo tu conciencia. Ese es el momento en el que has deseado la adrenalina, la inmundicia, llegar lo antes posible y encontrarte de bruces con la miseria humana a la que te pagan por enfrentarte y que te estaba esperando allí, sobre la misma acera por la que ibas al colegio, por la que andabas la primera vez que un idiota, o quizá no tan idiota, te tocó el culo y tú te ofendiste, o quizá tampoco; esa acera donde recuerdas vagamente que pasaron cosas buenas y malas, por donde corriste con despreocupación, con miedo, con ilusión, con miedo otra vez, con miedo siempre, porque sólo cuando se tiene a mano una ración muy grande de la droga suprema, la felicidad o su espejismo, que para el caso tanto monta, cabe sacudirse la conciencia de que todo lo que es no será, de que todo lo que se tiene no se tiene, de que mucho antes de perdernos y perderlo todo ya estamos perdidos, ya somos pobres, mendigos, huérfanos, y lo que principalmente nos incumbe es aprender a caminar con los bolsillos vacíos y sin el corazón encima, no vaya a ser, como dice Robe, que te quiten lo poco que de él te queda y que te dejen todavía más en pelotas. Vamos, Manuela, respira fuerte, te has dicho entonces, y has sentido, con ese regusto que nada más te da, la pipa en la sobaquera, y has entendido a esos yanquis que ahuyentan el pánico y la nada de sus corazones y de sus cabezas limpiando en la mesa del comedor su Smith & Wesson, su Glock o su AK-47.

Y la adrenalina, sí, al fin, al ver la zona acordonada, los rotativos azules de los coches patrulla y los anaranjados del Samur, la calle mojada, sin Amanda que valga, el cuerpo tirado con la manta térmica encima, cubriendo la cabeza, nada que hacer. Otra pobre alma despachada del infierno al infierno sin tránsito por ningún edén ni billete a valhala de guerreros vikingos, salvo que contra todo pronóstico se trate de algún santo, de alguien que sólo pasaba por allí. O salvo que se quiera tomar por alguna suerte de paraíso el poderío que le dieran sus agallas, o el disfrute de las chucherías que la sociedad de consumo digitalizado pudo poner en sus manos mientras duraba su periplo terreno, desde alguna Nintendo DS que le regalaran de niño hasta el *smartphone* en el que iría oyendo la música rap o de reguetón de la banda sonora de su vida, parando de vez en cuando para echarle un ojo y echarse unas risas con la última mamonada de algún *youtuber*, uno de esos gurús que han dado con el fondo y la forma del solo mensaje que estas nuevas generaciones han aprendido a descifrar. Según te han dicho, y si no recuerdas mal o no lo has soñado, porque estabas todavía dormida y tratando de entender por qué sonaba el teléfono y quién coño te hablaba desde el otro lado de la línea, se trata de un chaval de origen colombiano de diecisiete años del vecindario; de ese nuevo vecindario multinacional y predominantemente caribeño que se ha instalado en lo que en otra época fue la tierra

prometida para inmigrantes andaluces o extreme-
ños o manchegos; aquellos que, cuando el barrio
creció, llegaban a él escapando de los pisuchos viejos
del centro o las chabolas del extrarradio a tomar posesión de un pisito moderno y, con él, de la cabeza de
puente para el desembarco en el sueño proletario del
desarrollismo, la recompensa al empleado trabaja-
dor que cumplía, después de tanto frío y tanta hambre. Los compañeros de seguridad ciudadana no
han tardado en identificar el cadáver; no les ha sido
difícil, por otra parte: apenas se corrió la voz de lo
ocurrido han aparecido una hermana y la madre,
que ahora mismo están con un ataque de nervios,
atendidas por el personal de las ambulancias. Según
os han ido contando de camino por la radio, las dos
son toda su familia: el padre, desaparecido tiempo
ha y residente en Colombia. La madre trabaja de
eventual en una cafetería de Barajas, la hermana
está en el paro, el chaval aún a verlas venir. Carne de
cañón, te dices, y apenas lo piensas rectificas y en
plan masoquista te das un buen repaso: qué coño sabes tú, Manuela, lo que pasa es que de tanto comerte
marrones se te está agriando el carácter, se te está es-
pesando la sesera y te estás convirtiendo en una facha de tres pares de cojones; tú, acuérdate, que en la
facultad llevabas el pañuelito palestino, que las pa-
saste putas para convencerte de que hacerte madero,
y ya eran los noventa, no suponía una traición a tus
principios, por más que te ofreciera un pasar que no
veías por otra parte y te sedujera la borrosa promesa
de aventura y de socorro a los indefensos.

Eso, Manuela, los indefensos, te recuerdas, y

mientras te bajas del coche te obligas a mirar ahí, al cuerpo cubierto que espera a que llegue el juez para poder levantarlo. Lo mismo si aciertas a recobrar a aquella muchacha idealista que entró en la academia como si te quedas a solas con la bruja resabiada que los años te han ido instalando bajo el pellejo, la misión que te toca, se siente si te molesta y si hubieras preferido ocuparte de otra cosa con más glamur, es hacerle justicia a él, a Yusnavi González Pereira, según lees a la luz de las farolas en tu bloc, donde tu compañero lo ha apuntado con esa letra fea y despareja que tiene, incluso, o más fea aún, cuando la hace de molde. Dejas que sea él, previo permiso del equipo de policía científica, que anda aún recorriendo la acera en busca de vestigios, el que levante un poco la manta térmica para descubrir un rostro todavía lampiño y aniñado, en el que la muerte ha dejado una extraña expresión de paz. Las facciones están intactas, no hubo tiempo para la pelea o acertó a esquivar los golpes que en caso contrario le dirigieran a la cabeza. Debajo del costado se ha formado un charquito de sangre: los has visto mucho más grandes, las cuchilladas que le metieron debieron de hacer más daño por dentro que por fuera, aunque no estás de humor para agacharte a examinarlas una por una. A fin de cuentas, lo que tú observes será irrelevante frente al informe de la autopsia. Eso es lo que irá a los autos, lo que invocarán el fiscal y los abogados, a nadie le importa tu apreciación ni van a preguntarte por ella, por muchos muertos que a estas alturas hayas visto. Eres una poli, es decir, un testigo sospechoso de parcialidad y poco fiable, menos que cualquier paisano que crea haber visto algo y comparezca ante la sala para contarlo sin portar una placa que le desacredite.

Así que, en vez de jugar a los forenses, tu compañero y tú cambiáis impresiones con los de la científica, que os dicen que hay poca cosa que de entrada pueda servir: el arma del crimen no está allí y todo da a entender que hubo muy poco contacto entre la víctima y sus agresores. Las cuchilladas, media docena, se las dieron por la espalda, principalmente, salvo una en el tórax que bien pudieron asestarle una vez ya en el suelo. Luego vais a hablar con la patrulla que llegó primero, y que os proporciona el relato, más bien confuso, que se desprende de las primeras declaraciones recogidas a los vecinos. Según apuntan, la muerte se produjo en medio de un enfrentamiento entre pandillas, pero debió de ser muy breve, deduces, porque ni es un lugar a propósito para una pelea concertada, ni se observan los destrozos que suelen seguirse de esa clase de encuentros. Lo único que viene a romper la normalidad de la calle es ese cuerpo tendido que atestigua por sí solo la tragedia.

Dos de los testigos siguen allí, los han retenido justamente para que pudierais hablar con ellos. El primero es un individuo de edad mediana, poco aseado en su indumentaria y en su expresión oral. Por alguna razón incomprensible, se siente obligado a sobreactuar la irritación, como si fuera una especie de portavoz de la comunidad agraviada por el crimen. Le ruegas que deje de soltar palabrotas dirigidas a los responsables del delito, a quienes, inútilmente tratas de hacerle ver, no es preciso cubrir de improperios, sino identificar y después poner en manos de la autoridad judicial para que esta acabe dictando, con arreglo a la ley, los años de cárcel que les corresponden. En ese momento el testigo resopla y, alzando la barbilla, como si supiera más que tú, te dice que no cuentes con eso. Estás acostumbrada, vives en un país de listos y todos están al cabo de la calle de todo, pero el gesto y sus palabras despiertan tu curiosidad. Le preguntas por qué lo dice y te lo aclara, condescendiente: si no se equivoca, porque los vio cuando ya salían todos de estampida, no había ni uno solo que fuera mayor de edad. Siguiendo el protocolo, le preguntas por el número, el aspecto, la ropa que llevaban. Todos latinos, escupe el tipo, como si estuviera hablando de alguna especie de reses, y calcula que podían ser media docena y que había chicas, menos mal que no dice hembras, piensas para ti, mientras tratas de averiguar por el acento, sin ningún éxito, tampoco es que te empeñes en ello más de la cuenta, de qué provincia de España procede. En cuanto a la ropa, manifiesta que vestían como visten los latinos, y a tu pregunta de cómo es eso, por concretar algo más, dice que con pantalones *cagaos*, camisetas de tirantes, viseras, playeras de colores vivos... Ese es el momento en que, una vez más en tu vida profesional, y ya van miles, temes que alguien te esté contando lo que creyó o quiso ver, más que lo que en realidad vio, que bien pudo ser mucho menos. Tampoco se lo tienes en cuenta, sabes que no lo hacen a propósito, es el impulso espontáneo de ayudar, o de jorobar, depende.

Como le han tomado la filiación, le dices que puede irse y que ya se le citará en su momento para ratificar el testimonio. Antes de despejar la escena, no se priva de impartirte algunas instrucciones relativas a cómo deberíais, tú y el resto de los policías, combatir y mantener a raya a esa gentuza, empezando por los padres, que son los primeros responsables de que los niños estén siempre rodando por ahí, sin nada bueno en la cabeza y por eso siempre dispuestos a hacer alguna judiada, utiliza esa palabra, que hacía siglos que no escuchabas o que quizá, dudas, no hayas escuchado nunca, si acaso la leíste por ahí. Un bonito rastro del antisemitismo hispano, una de las muchas modalidades de aversión por el dispar que registra la Historia. Aunque tú misma, te reconoces con bochorno, has acudido allí ofuscada por un prejuicio, te dices que vas a tener que armarte de paciencia y poner en cuarentena todo lo que te digan. Incluso la gente maja y razonable, con un muerto tendido en el pavimento y el susto reciente, tiende a olvidarse de su ecuanimidad y sus sentimientos generosos para acabar tirando por la calle del medio.

El segundo testigo es un taxista que iba de regreso a casa en el taxi que, ahora lo ves, está al otro lado de la calle con los intermitentes encendidos. Es un hombre más circunspecto, más coherente en su discurso y menos precipitado que el anterior, pero viene a coincidir en lo sustancial con la información que acabas de recoger. Cuando llegó a la altura del incidente, el muerto ya estaba en el suelo, inmóvil, y sólo vio a una pandilla de chavales muy jóvenes, con aspecto de latinos, que corrían en dirección hacia una de las calles laterales, por la que se perdieron en seguida. Iban dando voces, uno de ellos medio rezagado, como cubriendo o protegiendo a dos o tres chicas que corrían menos, aunque movían brazos y piernas de una manera desaforada. Una de ellas le pareció muy joven, dice, catorce años todo lo más. Y añade, como única apreciación, que si te parece que las doce de la noche es hora para que niñas así anden por la calle y acaben en esas compañías, y que dónde tendrán la cabeza los padres para no obligarlas a estar antes en sus casas. No te entra en el sueldo, pero piensas en tus hijos, que ahora estarán durmiendo, y en tu hermana, que una noche más velará su sueño en tu ausencia, y le dices que no, que no te parece.

Algo te está faltando en lo que te cuentan quienes dicen haber visto los hechos y suministran, exactos o no, detalles suficientes para creer que en efecto no hablan de oídas. Si se tratara de ese choque entre pandillas, alguien debería haber visto a algún elemento de la otra, de esa a la que supuestamente pertenecería la víctima. Es lógico pensar que, habiendo resultado herido uno de los suyos, incluso hubieran salido en persecución de los agresores. Sondeas al taxista a este respecto y te dice que no, que sólo vio a ese grupo, que parecían ir todos juntos y que nadie los perseguía. Le preguntas por la edad de los demás integrantes de la pandilla y te dice que entre los catorce de la chica más joven y los dieciséis o los diecisiete como mucho, o quizá, duda, es que eran bajitos y parecían más jóvenes. Eso te hace pensar en otra cosa: aunque no es fácil estimarlo así, tumbado, Yusnavi González no te parece un chaval pequeño. Andará con holgura por encima del 1,75, ¿cómo es que acabó enfrentándose con un grupo de alevines y encontrando así la muerte?

El taxista no tiene mucho más que decir y también, ya que le han tomado los datos, crees llegado el momento de dejarle ir en paz a su casa. Volvéis con la gente de seguridad ciudadana y le pides a su responsable que os hagan el favor de buscar más testigos en los portales de alrededor, por si da la casualidad de que alguien haya visto algo desde una ventana. Te pregunta si te das cuenta de la hora que es, a lo que le dices que ya lo creo que me doy cuenta, sobre todo porque mi plan para esta hora era estar roncando plácidamente en lugar de andar peleándome con la tontuna que me deja la pastilla para dormir. No se da por satisfecho con tu respuesta y te sugiere que dejéis para mañana lo de ir llamando por las casas para evitar despertar a la gente. En ese momento alzas la cabeza y le señalas la fachada del bloque que tienes delante, donde así a bulto hay media docena de vecinos asomados. Le pides que pruebe para por lo menos hablar con esa gente que notoriamente no duerme, y que si acaso deje para mañana los pisos donde no les abran a la primera. De mala gana, se va hacia los suyos y les manda a dos que hagan la batida que le pides, no sin antes advertirte que lo hace bajo tu responsabilidad y que tú te las entenderás con las quejas que lleguen, a lo que asientes, para que no pese sobre su conciencia.

Puesta en marcha esta actuación, te acercas a la gente del Samur y le preguntas por la madre y la hermana del fallecido, y si existe alguna posibilidad de hablar con ellas. La doctora que parece llevar los galones primero pone cara de yo que usted no lo intentaría, pero después entra en la ambulancia donde están atendiendo a la madre y al cabo de cinco minutos sale y te dice que parece que está algo más calmada, y que quizá no le venga del todo mal hablar con algún responsable de la investigación, para que vea que estáis en ello y para que se sienta un poco más amparada y ayudarle así a enfrentar el shock. Con eso te queda claro lo que se espera ahora de ti, el papel de representante de la consternación social ante la pérdida del hijo, y quizá el de justiciera que reparará el mal causado por el criminal. Sabes de sobra que no eres ni lo uno ni lo otro, pero a tus cuarenta y cinco tacos no es ni mucho menos la primera vez que mientes como una bellaca, así que tomas aire y te pones a ello.

La madre de Yusnavi, Angélica te dicen que se llama, es una de esas mujeres a las que el tiempo parece haberles pasado por encima en el sentido más literal de la palabra, como una especie de buldócer. No debe de ser mayor que tú, luego comprobarás en su documento de identidad que tiene dos años menos, pero los hombros cargados y la cara surcada de arrugas la hacen parecer tu madre. Su mirada es triste, pero no triste por la pérdida de ahora, sino triste de siempre, de algún revés definitivo sufrido muy al principio del camino, ahí donde mientras otros estrenan ilusiones a la gente como Angélica le toca de golpe desprenderse de todas y cambiarlas por una carga de deberes enojosos y de responsabilidades asumidas en solitario. Cuando te ve y le dices quién eres te toma las manos y dos lágrimas resbalan por las mejillas agrietadas, como dos bólidos buscando desaparecer lo antes posible en el tejido de su suéter. Cierra los ojos y te dice que su Yusnavi era un buen chico, que se lo han matado de puro bueno que era, que lo que andan diciendo de pandillas no puede ser, que él no estaba en eso, y que los pandilleros si acaso serían los que lo mataron, que él no se metía con nadie y estudiaba un grado de audiovisuales, que era un fenómeno con el ordenador y le había prometido que iba a ganar el dinero suficiente para que ella no tuviera que trabajar, ya ve usted, mi pobre niño, por qué muere uno que es así y viven los otros, los vagos y los malandros que le hicieron esto.

No puedes negarlo, aunque quieras; lo que dice la mujer, bajo el aturdimiento de la pérdida, te toca y te devuelve a esa infancia que viviste en estas mismas calles, donde nunca viste un apuñalamiento, pero sí a alguna mala gente, chavales por malos pasos que no eran hijos de inmigrantes latinos, sino de alguna provincia pobre de España, y que no estaban tan solos y descuidados como estos chavales que ahora se matan entre sí en tu antiguo barrio, pero tampoco andaban sobrados de cariño y de atención. Piensas que nunca pensaste que a lo mejor ellos no tenían en casa una madre pendiente de sus hijos como la tuya, un padre algo más propenso a distraerse pero cariñoso como el tuyo, y que todas las veces que te creíste mejor que ellos, hasta esta misma noche en que venir aquí te los recuerda, pecaste de lo que acostumbran a pecar los humanos cuando les da por ahorrarse eso que tanto cuesta y tan poco provecho rinde, ponerse en la piel de otro para entender sus penurias, sus carencias o incluso sus bajezas. No es ese tu oficio, pero tampoco deja de serlo, y mientras ves a la mujer llorando a su hijo te dices que te gustaría creerla, que te gustaría que tuviera razón y que el hijo muerto, aunque ya de nada sirva, fuera ese que ella dice que fue y no lo que tú y el resto del mundo os teméis, otro mal bribón que tenía engañada a una madre que lo había dado todo por él, que se había privado de cuanto podía privarse y quedado con nada, en nada, en la esperanza de que un día él, por lo menos él sí, saliera adelante y tuviera una buena vida en el país que a ella sólo le había permitido malvivir pero a él podía llegar a tenerlo por uno de los suyos, un ciudadano más, con todas las de la ley, como prometía el pasaporte que le había deslizado en el bolsillo.

Te odias cuando te pones sentimental casi tanto como te odias cuando te pones corrosiva, así que te obligas a volver a los asuntos prácticos y le preguntas a la mujer dónde viven. Resulta que apenas a dos calles, por eso las han encontrado y han venido en seguida. El dato te invita a especular y especulas: ¿lo vinieron a buscar, lo siguieron, o se lo tropezaron casualmente aquí cuando el chaval volvía a casa? Te toca preguntarle a la mujer, y le preguntas, si era común que su hijo anduviera por ahí a esas horas de la noche, y te dice que a veces, que iba a estudiar a casa de un compañero que tenía un ordenador mejor que el suyo, un PC antiguo que era todo lo que ella se podía permitir. Y mientras sopesas si será una de las muchas trolas que a la pobre le ha debido de endosar el malogrado vástago, se acerca un agente a avisaros de que el juez ya está aquí.

Lo que viene luego es lo de siempre: juez y forense vienen tan a regañadientes como viniste tú y adoptan las disposiciones pertinentes con ganas de abreviar el trámite. El secretario incorpora al acta lo que tiene que incorporar, el juez se cerciora de que se han hecho todas las fotos y da su autorización para mover el cuerpo. En cuanto al forense, tampoco se explaya mucho: ya opinará en su momento en el informe, con tiempo y habiendo hecho las comprobaciones sobre la mesa de autopsias.

Justo los estás despidiendo cuando viene el compañero de seguridad ciudadana. Han hecho lo que les pediste, y por cierto que más de un vecino se ha cagado en sus muertos, para que lo sepas, pero han dado con alguien que ha visto algo. Y no desde la ventana, precisamente. La frase te descoloca y le interrogas con la mirada. Será mejor que venga a escucharlo por sí misma, inspectora, es en este mismo portal, el tercero derecha, te indica, con una expresión misteriosa que obra el efecto de espolearte a subir en pos de algo que no sea la colección de vaguedades inservibles, y quién sabe hasta dónde ciertas, que has reunido al cabo de una hora y media de pesquisas sobre el terreno.

Lo que allí te aguarda te sorprende, para variar. Sentada en su butaca, muy pálida, una mujer casi octogenaria respira hondo mientras una de tus compañeras uniformadas le sujeta la mano, le pide que se tranquilice y le asegura que no tiene nada de que preocuparse. Cuando te presentan como la inspectora que lleva la investigación, la anciana se endereza sobresaltada y con ojos suplicantes te pide que la perdones. Cruzas con la agente una mirada de incredulidad; ella menea suavemente la cabeza y se dirige con voz serena a la anciana, a la que llama doña Matilde, para insistirle en que no se apure y le cuente a la inspectora, a ti, lo que acaba de decirles a ella y a su compañero. Entonces la mujer se echa otra vez atrás, sobre el respaldo del sillón, y mirándote fijamente te explica que estaba demasiado asustada para bajar, que pensaba llamaros mañana, o mejor llamar a su hijo, que vive en Segovia, y no lo quería preocupar despertándolo así de madrugada, para que la acompañara a la comisaría y contarlo todo. Le pides tú también que se calme, que no sufra por eso y te cuente ahora qué es lo que ha visto.

No lo que he visto, ojalá sólo hubiera sido eso, sino lo que me pasó y le pasó a ese pobre chico por mi culpa, dice ella. Y entonces, de labios de esa anciana que se echa encima lo que no le toca, o lo que es lo mismo, de donde menos lo podías esperar, escuchas al fin el relato que llevas toda la noche buscando. La pobre Matilde, antes de irse a dormir, se dio cuenta de que se le había olvidado la basura y, como no hacía mala noche, decidió bajarla al contenedor. Fue y se desembarazó de los residuos sin cruzarse con nadie, pero cuando volvía al portal le salieron al paso dos niñas, no les echaba más de trece o catorce años, una sudamericana, la otra no sabría decir de dónde. Le pidieron con muy malos modos que les diera el reloj y la cadena de oro que llevaba. Ella miró en derredor, buscando ayuda, pero no había nadie. Como le parecieron muy pequeñas, se encaró con ellas y les dijo si no les daba vergüenza molestar a una mujer mayor, y que se volvieran a su casa, donde tenían que estar. De improviso la sudamericana le dio un empellón que por poco no la tiró al suelo, la insultó y agarrándola de la muñeca empezó a desabrocharle el reloj. Tan de sorpresa la pilló el ataque que apenas si le salía la voz.

Entonces, surgido de no sabía dónde, llegó corriendo un chico, también sudamericano. En vez de ayudar a las chicas que la estaban atacando, como temió al verle venir, apartó a la que la había cogido y la empujó hacia la pared. Se interpuso entre ellas y doña Matilde y les dijo que se largaran, que no tenían nada que hacer y que no siguieran por ese camino si no querían acabar siendo unas desgraciadas. A doña Matilde le impresionó la seriedad y la determinación del chico, que no se alteró cuando las niñas lo empezaron a cubrir de los insultos más horribles que había oído en su vida. Tampoco se arrugó cuando de pronto aparecieron otros dos chicos, algo más jóvenes que él, que en seguida se vio que estaban con las chicas y que se le enfrentaron apretando los puños. Él le pidió a doña Matilde que entrara al portal y la protegió de los otros mientras ella se refugiaba dentro del edificio y corría al ascensor. Oyó como discutían, pero el chico parecía tener controlada la situación, les sacaba media cabeza y los otros no se atrevían con él. Fue cuando llegó a su piso y se asomó a la terraza cuando lo vio todo. Mientras esos dos lo tenían distraído, otro un poco mayor se le acercó por la espalda y le clavó con saña una navaja. A partir de ahí, doña Matilde no pudo o no quiso ver más. Se desplazó a duras penas hasta su sillón, donde se desvaneció. Cuando volvió en sí, ya se oían las voces de los vecinos y las sirenas de la policía. Desde entonces llevaba pensando en bajar, pero no conseguía juntar las fuerzas, y en eso estaba, inspectora, cuando llamaron sus compañeros.

Vuelves a oír, es inevitable, las palabras de la madre de Yusnavi, que de pronto no suenan como un cuento chino, sino como una versión inesperada de la verdad. Doña Matilde no tiene ni la picardía ni la necesidad ni las energías para mentir, y menos a esa inspectora que representa la autoridad, una autoridad que ella, a diferencia de esos chavales dejados a su suerte, aprendió en su día, hace tres cuartos de siglo, a respetar.

Es doña Matilde quien te da la clave que os permite, una semana más tarde, resolver el caso. Pese a la edad, tiene memoria, y pese al susto ha reparado en los detalles. Le preguntas y repreguntas hasta que te da la pista: está en lo que dijeron los dos chicos que acudieron en ayuda de sus compañeras. El que parecía llevar la voz cantante le dijo a Yusnavi que a los Trece no se les plantaba cara, y que quien lo hacía se arrepentía.

Lo que sigue es una investigación rutinaria con el grupo de bandas organizadas. Los Trece son una pandilla que tiene aterrorizados a los distritos de Villaverde y Carabanchel, compuesta por chicos muy jóvenes, sudamericanos pero también españoles, que atacan a otros niños y a personas mayores. Uno de sus ritos de iniciación, que era el que esa noche estaban cumpliendo las dos chicas, es asaltar a un anciano o anciana y quitarle cualquier cosa que lleve de valor. Las pesquisas progresan rápidamente; con los teléfonos pinchados, son los propios miembros de los Trece, entre cuyas mañas criminales no se cuenta la discreción, los que os conducen al autor de las puñaladas mortales: un tal Ernesto C. D., natural de Madrid, español e hijo de española, padre desconocido, diecisiete años, múltiples antecedentes y entradas y salidas de centros de menores.

La vida te acaba encarando con el angelito a la salida del portal donde vive, en un ajado bloque de viviendas que lleva en pie más décadas de las que un mínimo decoro permitiría y de las que estaba diseñado para soportar. Vas con tu compañero y un par de agentes uniformados, pero te adelantas y tras identificarte le ordenas que ponga las manos en la pared. Ignorando la orden, cierra el puño y te amenaza. Es el momento en el que sacas la Beretta y se la clavas en los riñones. Con toda la mala hostia que sabes poner en una mirada, le dices que si levanta las manos seguirá siendo un menor al que la ley tratará con benevolencia, pero que si te toca no será más que un perro rabioso con un tiro en la barriga. Tragándose el orgullo, aprieta las manos en la nuca y tus compañeros lo engrilletan. Has hecho algo que no debías, de acuerdo con la ley, y a la vez algo que no tenías más remedio que hacer, porque así te lo pedían las entrañas.

Alguien tiene que empezar a enseñarle, a ese desgraciado, que tener mala suerte no te obliga a ser un hijo de puta y, sobre todo, que no te autoriza a cortarle el camino a alguien que intentaba jugar sus malas cartas con decencia, en vez de convertirse en otra máquina de esparcir dolor por el mundo.

No te encuentro los ojos

Te miro a la cara y por más que lo intento una y otra vez no te encuentro los ojos. Los busco para tratar de entender qué hay dentro de ti que te ha permitido convertirte en mi objetivo. Lo que hay o lo que falta de lo que en una mujer de veintinueve años, como tienes tú, como tengo yo, debe haber para no dejar jamás que se la pueda acusar de los cargos que acabo de leerte. A tu lado, la abogada de oficio trata también de entender, porque intuye que la acusación está fundada. Que no voy de farol.

Empecé a imaginar esa mirada que no quieres enfrentar a la mía cuando me encontré a aquella chica doblada sobre sí misma en el banco del parque poco después del alba. A mí me llamó el comandante del puesto local, pero quien la descubrió fue un hombre que salía a correr temprano por ese parque, cuando aún nadie había pasado por allí desde el día anterior. Me dijo que creyó que estaba dormida, o borracha, hasta que la tocó y notó el frío de su piel, demasiado para una noche de finales de agosto, y luego le puso un dedo en el cuello y advirtió que allí hacía tiempo que no latía ya nada. El primer examen, a falta de signos de violencia, sugería una muerte por sobredosis. A ello inclinaban los restos del consumo que hallamos junto al cuerpo, justo encima del banco. Pero algo en la disposición de la chica y de aquella papelina me invitó a sospechar que allí podía haber otra mano que no era la de la víctima. Una mano que era la tuya.

Lo primero que llamaba la atención era su edad. He dicho antes una chica: en realidad era una niña de quince años, aún a medio camino de las formas de mujer. Una criatura que habría encajado mejor con una Barbie o con un unicornio que con la papelina sucia que quisiste presentar como su último juguete. Lo segundo era la piedrecita que alguien —ahora sé que eras tú ese alguien— había colocado sobre la papelina para que no se volara por culpa de la brisa nocturna. Para asegurar que desde la impresión inicial, que luego corroboraría la autopsia, aquello se interpretaba como un accidente debido al uso de sustancias por alguien no lo bastante avezado para controlar la medida. Lo tercero era lo bien sentada que estaba, con el tronco caído hacia el interior y hacia el respaldo del banco. No quisiste simular lo que habría sido mucho más probable, que al perder la sujeción de la columna se venciera hacia delante y hacia fuera, acabando por caer al suelo y quedar allí tendida de cualquier modo.

Aquello dio pie al barrunto que acabé convirtiendo en una investigación. No me habían llamado allí como especialista en homicidios, sino en mujeres y menores. Quien había marcado mi número pensaba más en alguien que supiera lidiar con el dolor de unos padres, labor para la que de entrada se suponía que me facultaba mi especialidad. Una vez en el lugar, comprendí que no podía quedarme en la superficie de aquel mensaje, demasiado obvio, que habías querido enviarme. O quizá fuera que aquella niña era demasiado niña, demasiado frágil para poder dormir tranquila durante el resto de mi vida sin haber hecho el esfuerzo de averiguar quién le había puesto esa droga en las manos.

Te llevaste su teléfono móvil. Fue una buena precaución: dondequiera que lo tirases desaparecieron los mensajes que te habías intercambiado con ella en aplicaciones de mensajería. Sin embargo, desde otro punto de vista, fue una imprudencia que me ratificó en mis sospechas: por qué a una chica muerta sin más de sobredosis le desaparece el teléfono móvil. Si alguien se lo ha llevado, y así ha de ser, porque pese a todos sus avances los teléfonos inteligentes no han desarrollado aún capacidad ambulatoria, sólo puede ser un ladrón interesado en el valor del aparato o alguien que tema del acceso a su contenido. Aquel cincuenta por ciento de probabilidades justificaba darle una vuelta al asunto, tratar de obtener de la juez un mandamiento para echar un vistazo al listado de las llamadas de la chica.

Y ahí, porque no habías tenido siempre el cuidado que se le exige a una asesina, seguramente porque decidiste serlo sobre la marcha, estabas tú. No una, ni dos veces. También había más gente, para tu desgracia. Hombres, entre los treinta y tres y los sesenta y ocho. Y no uno ni dos. Lo tuve claro: fui examinando sus perfiles uno por uno y escogí los tres más blanditos. El que te delató como la administradora de la agenda de la chica, y la que cobraba por sus servicios en efectivo o vía Bizum, fue el de sesenta y ocho. Un funcionario jubilado, con nietos. Y nietas. Tendrías que haberle oído implorar y sollozar. Otro fue el que me contó que en las últimas semanas la niña estaba de mal humor y que se había negado a un servicio previamente concertado.

Se te estaba escapando, quizá llegó a amenazarte. Sigues sin mirarme a los ojos, tan sólo miras mi uniforme verde, mis tres galones amarillos. Hay una mujer debajo, una que recuerda bien las lecciones de su maestro: «Zahara, míralos a los ojos, los ojos son el espejo del alma». Así es como va a escribirse tu perdición.

El hombre de las letras azules

Nerea releyó el mensaje instantáneo que acababa de recibir. Lo hizo con una punzada de inquietud. Sabía que atender aquella petición era, en cierto modo, pasar la raya.

conéctalo, por favor

Insistió él.

Nerea miró al techo. Luego a izquierda y derecha. Pero sus dudas eran un puro trámite. Sabía lo que al final iba a hacer. Lo que, pasara lo que pasara, ya estaba resuelta a otorgarle.

tengo que hablar muy bajo, mis padres están al lado

Se resistió ella aún. La respuesta llegó rauda:

no importa, como puedas, lo que puedas

No lo disuadía el peligro de que pudieran sorprenderla in fraganti. Como no lo había disuadido el que ella le dijera que tan sólo tenía quince años, es decir, treinta menos que él. A pesar de eso llevaban ya una semana chateando a diario, y desde el primer día el tono de sus conversaciones no podía ser más inequívoco. Le había pedido que le pasara fotos, a lo que ella había accedido. Total, unas fotos inocentes no comprometían a nadie. Pero ahora él pedía más.

Quería pruebas, y quería dar el paso. El Gran Paso. Y ella, le había dicho, estaba dispuesta.

Así que no tenía sentido eludirlo. Conectó el micrófono.

dime algo, no te oigo

La impaciencia, la codicia, le arrojaban aquellas letras azules a la velocidad del relámpago. Nerea apenas susurró:

—Hola, ¿me oyes?

sí, te oigo... oye, ¿tienes calor?

—Sí. Este verano está siendo terrible.

Lo que vino después, Nerea lo había imaginado vagamente. Darle forma concreta era otro cantar. Las letras azules saltaban a la pantalla a borbotones a medida que ella hablaba. Si había de creerlas, lo estaba sacando de sí. Nunca antes la escritura de él había sido tan febril, tan desproporcionada, tan procaz.

Al final, Nerea cortó de golpe el micrófono.

¿lo has cortado?

perdona, pero mi madre acaba de llamarme

antes de irte... el jueves entonces... frente al Ángel Caído

sí

a las cinco en punto... ¿sabes dónde está seguro?

Nerea sabía perfectamente dónde estaba el Ángel Caído, como sabía que un jueves de agosto, a las cinco de la tarde, en ese rincón del parque del Retiro habría muy poca gente aparte de un hombre que llevaría un polo azul celeste, un pantalón azul marino y una visera del mismo color. No habría pérdida.

No la hubo. Allí estaba, en el banco. Era como lo había imaginado. Bien vestido, agradable. Aparte de él, tan sólo un par de tipos que parecían tan chiflados como para salir a hacer *jogging* a esa hora en la que caía plomo derretido sobre Madrid. Nerea, como había planeado, se le acercó por detrás. Ciertas cosas causan más impacto si llegan de sorpresa. Le puso una mano en el hombro y, cuando él se volvió, la otra ya le mostraba la placa:

—Guardia Civil.

Al ver a aquella mujer, y luego a los dos fornidos corredores que le cortaban la retirada, el notario Robles comprendió, con alivio, que su carrera como ciberdepredador había terminado.

La verdadera prueba

La prueba, esta vez, no fue dar con el hilo. Eso fue tan fácil como estar una mañana en tu mesa, en tu oficina, al igual que todos los días, descolgar el teléfono y recibir aquella información: que unos padres habían acudido a presentar una denuncia por algo que le había ocurrido a su hijo de dieciséis años, y que por lo que estaban contando se trataba de un delito relacionado con tu especialidad y tu responsabilidad y parecía conveniente que te ocuparas tú del caso. Apenas pediste un par de detalles más: en seguida te convenciste de que quien te llamaba lo había hecho con buen criterio. Le rogaste que los atendiera hasta que llegaras, miraste el reloj y calculaste lo que te llevaría trasladarte hasta las dependencias del pueblo donde se había presentado aquella pareja preocupada y angustiada. Colgaste, agarraste la cazadora y el bolso y saliste con paso ligero hacia el aparcamiento.

Por el momento, preferiste ir tú sola. Sabías bien lo que eran esas situaciones, para los afectados y para quien tenía que darles confianza y amparo, además de ocuparse de la diligencia policial de recoger su denuncia, de entrada, y abordar luego las pesquisas que hicieran falta para acabar de esclarecer la verdad, dar con el responsable y conducirlo delante de un juez. En esas otras fases posteriores ya tirarías de tu gente o, dicho de otro modo, de Lola y de Juan, que componían contigo el equipo de delitos contra mujeres y menores. No sólo te bastabas y te sobrabas para hacer aquella primera exploración, sino que tampoco convenía enfrentar a aquellos padres, que ya habían pasado el mal trago de contarle a un extraño la historia, a una legión de agentes para dar pelos y señales de lo ocurrido a su hijo.

No fue la prueba aquel primer contacto con ellos, cuando llegaste y los viste hechos un manojo de nervios en un banco del pasillo frente a la oficina de denuncias, esperándote. Les habían ofrecido un café, por lo menos, que los dos mantenían en la mano, el vaso mediado y ya gélido, cuando te identificaste y les dijiste que ibas a ser tú la que se ocupara de lo de su hijo. No era plato de gusto ver a dos personas rotas por el eslabón más débil de la cadena de su corazón y sus afectos: la vida que habían traído al mundo y que de pronto sentían que habían fallado a la hora de orientar y proteger. Sin embargo, aquello, y en circunstancias mucho peores, ya lo habías afrontado muchas veces, y habías desarrollado técnicas para llevarlo con la mayor suavidad posible para el otro y para ti misma. Técnicas que te limitaste a aplicar hasta que estuviste sentada a solas con ellos, mirándolos a los ojos, y les pediste que te contaran ordenadamente los hechos.

Aquel hombre y aquella mujer, calculaste, pasaban ya de los cincuenta, y pensaste en una sociedad que una y otra vez pone a los adolescentes en manos de hombres y mujeres que ya no tienen todo el empuje, o toda la ilusión, o todas las ganas, porque a la paternidad y la maternidad se llega a una edad más avanzada y tal vez menos natural que en otros tiempos y bajo el peso de presiones y agobios múltiples; desde poder pagar la hipoteca hasta mantenerse activo y dinámico en el trabajo para que no te echen y te cambien por un veinteañero con todas las fuerzas intactas y una ilimitada capacidad de sacrificio. De los dos, era al hombre al que se veía más vencido, más desgastado por lo que quiera que la vida le pusiera todas las mañanas en el plato para que tratara de despacharlo; la mujer se mantenía más entera, porque en el plato le caía algo menos amargo y duro o porque, no siendo así, era más fuerte que él. También pasa, y muchas más veces de lo que se piensa. El caso es que fue ella la que se tragó la vergüenza por ellos, por su hijo, por la historia, por la situación, por aquella mujer con placa que los escuchaba —esto es, tú— y se echó a la espalda, ante la claudicación en que estaba hundido su marido, la tarea de relatar los hechos.

Para ellos aquel mal sueño había empezado cuando advirtieron que su hijo estaba con el ánimo más sombrío que de costumbre, de peor humor y con una propensión inusual a tener estallidos de ira. Al principio lo atribuyeron a la edad y sus desajustes: no hay adolescente que no tenga alguna temporada, larga o corta, en la que se vuelve insoportable para el prójimo, incluidos los seres más cercanos y hasta queridos, porque no se soporta a sí mismo. Sin embargo, aquello fue tomando en seguida una deriva mucho más preocupante: el chico no dormía bien, padecía episodios de ansiedad y una madrugada se despertó con convulsiones. Fue en ese momento cuando los padres, a los que llamó aterrado por aquellos síntomas físicos, pudieron atravesar la coraza en la que se había envuelto y acceder a la médula ardiente de su secreto. Aquella noche, el chico se derrumbó y les contó todo.

La historia, como tantas otras, se había iniciado en una red social: o lo que es lo mismo, una de esas nuevas calles oscuras de las que se ha llenado el mundo, administradas y explotadas con inmenso lucro por corporaciones que no responden, como haría cualquier ayuntamiento, de que en las calles apenas haya farolas, las alcantarillas estén sin tapa y sea posible casi a cada paso meter el pie en un socavón. Ellas se limitan a decir que transitarlas es voluntario y gratis y a seguir acumulando a buen ritmo su patrimonio descomunal, cifrado en primera instancia en datos que se apropian y gestionan sin supervisión de autoridad alguna, y en segundo término en los millones de euros y de dólares en que se convierten esos datos, y que terminan remansados en algún paraíso fiscal después de eludir todas las jurisdicciones tributarias del planeta. La rentabilidad es toda suya; los riesgos se traspasan en bloque a la comunidad de la que la obtienen, en una especie de anarcocapitalismo digital que después de tantos años de ver sus efectos en los más débiles no deja de pasmarte. Pero todo eso te sobrepasa, lo has aceptado hace ya tiempo y tu cometido allí era otro: escuchar a aquellos padres y averiguar qué le había pasado a su hijo en aquel callejero tenebroso y virtual en el que ya habías visto a tantas caperucitas y caperucitos dar un mal paso y acabar yendo a parar al peor de los bosques.

El comienzo había sido bastante convencional: a través de la red social en cuestión el chaval había entrado en contacto con una chica más o menos de su edad que tenía en su perfil unas cuantas fotos con poca ropa y mucho rímel. La relación había subido rápidamente de temperatura, de nuevo nada muy novedoso, y se había convertido en una conversación sostenida en el tiempo: un par de semanas, para ser más exactos. Se daba la coincidencia de que la chica, según le dijo, no vivía lejos, y en seguida se planteó la posibilidad de un encuentro físico, léase carnal, léase sexual, que al chico ilusionó cuanto cabe suponer. Sin embargo, la chica le dijo que antes de verse tenía algo muy importante que decirle: resultaba que tenía novio, un chico un poco mayor que ella, que no veía mal que ella tuviera relaciones con otros, al revés, le excitaba, pero que le ponía una condición para no estar celoso: acostarse él antes con los chicos con los que ella fuera a tener sexo. Su planteamiento, al principio, fue desconcertante para el chaval. Dos días después, y tras una campaña de estimulación y convicción por parte de la chica, con fotos suyas cada vez más subidas de tono, su hambre de ella era tan grande como para pagar el peaje y hacer el sacrificio.

En efecto, había un chico mayor que la chica que acudió a la cita y que tuvo relaciones sexuales completas con su hijo. Un chico amable, les contó, que no le trató mal, que le dijo que le ponía que su novia fuera a acostarse luego con el chaval y que no se preocupara, que él lo veía bien. Se despidió de la forma más educada y le deseó que disfrutara con la chica. Lo malo vino después: cuando la chica no volvió a dar señales de vida, salvo por un mensaje que su hijo recibió en su bandeja de correo electrónico. Traía como adjunto todas las fotos comprometedoras que él le había estado enviando y tenía un texto tan breve como devastador: «No te olvides de que las tengo». Ahí el muchacho empezó a comprender, fatalmente, que había sido objeto de un engaño monumental por parte de aquella supuesta chica de la que sólo había visto fotos y había leído tórridas palabras.

Pudiste imaginarte el calvario que había vivido aquel chico en los días y semanas sucesivos. Cómo se había derrumbado su autoestima, su fortaleza, su energía para vivir. Cómo lo habían devorado la vergüenza y el miedo, cómo había colapsado su mente, cómo se le había deshecho el equilibrio emocional hasta arremeter contra aquellos que mejor o peor, con más o menos acierto y dedicación, querían ayudarlo, confortarlo, y a quienes esa percepción destruida y bochornosa de sí mismo le impedía recurrir. Hasta que la naturaleza hizo su tarea: la ansiedad llevó a la angustia, la angustia al ahogo y el ahogo a la convulsión, propiciando aquella situación en la que se vino al fin abajo.

Escuchaste a la madre, les extrajiste tan delicadamente como pudiste toda la información que ellos podían facilitarte, les dijiste que tendrías que hablar con el chaval y que lo abordarías con cuidado. Que le harías ver que no tenía de qué avergonzarse, que un deseo del todo normal y su inocencia le habían puesto en las manos de una mala persona, que era quien debía morirse de vergüenza cuando su acto quedara expuesto, algo que tú y tu equipo os encargaríais de conseguir para que de paso le cayera el castigo severo que la ley contemplaba para un delito que era grave, que se investigaría hasta el fin y que aquel hombre iba a pagar como correspondía. Te recompensó ver que salían de allí tan dolidos y afligidos como entraron, pero no tan agobiados ni sintiéndose tan culpables como te los encontraste al llegar.

No fue, tampoco, la prueba que te aguardaba la exploración del menor: no es un trago fácil nunca, pero no era, ni mucho menos, la primera vez que la hacías. Ahí sí preferiste que te acompañara Juan, que bordó su papel ofreciéndole no sólo un hombro masculino, sino apuntalando la propia masculinidad herida de aquel chaval. Estuvo impecable: sólo te planteó alguna duda cuando al final le puso la mano en el hombro y le dijo que no se preocupara, que a aquel hijo de puta le iba a salir caro ir por ahí de listo abusando de los demás y que le iba a hacer sentir como la mierda que era. No era muy ortodoxo, ni muy apropiado, pero lo entendiste cuando viste la expresión de gratitud del chico. Por lo demás, el muchacho ratificó todo lo que los padres habían dicho, y que era lo mismo que les había contado él. Aparte del relato de los hechos, os facilitó todo el material concreto que os iba a ayudar a ponerle nombre a su agresor: perfiles de redes sociales, comunicaciones vía chat y aplicaciones de mensajería, direcciones de correo. Los hilos electrónicos con los que vosotros tendríais luego que tejer, y tejeríais, la red para atraparlo.

No fue tampoco la prueba la pesca en sí, o, si se prefiere, la cacería que os condujo hasta la pieza que buscabais. No tomaba precauciones excepcionales: parecía creer que el oprobio de la víctima, más la amenaza de difundir esas fotografías que por nada del mundo querría que se vieran, eran más que suficientes para garantizarle total seguridad e impunidad. Una y otra vez, los rastros os llevaban a dos direcciones IP: la de su casa y la del despacho de la firma de consultoría en la que trabajaba. Para amarrarlo le tendisteis una trampa en una de las redes usando de sus mismas artes, es decir, con el perfil falso de un chico que iba a atraerle sí o sí, por lo que enseñaba y por lo que decía. Picó casi de inmediato, y reprodujo al milímetro la estrategia seguida para engañar, atraer y utilizar para su placer a vuestra víctima. Con todo eso había más que suficiente para que un juez firmara una orden de entrada y registro e ir sin más a por el sujeto.

La prueba menos prueba de todas fue detenerle: era un tipo insignificante, que ni por su envergadura ni por su carácter ni por su arrojo habría podido jamás intimidar a persona alguna, y menos a los agentes uniformados de intervención que lo sacaron de la cama, le pusieron las esposas y lo llevaron hasta el sillón donde asistió, quieto y al borde del desmayo, al registro de su piso y la incautación de sus ordenadores, móviles y tabletas. En los interrogatorios se negó a declarar, pero tampoco eso tuvo, al final, la menor importancia. Todas las huellas de su actividad estaban en sus memorias y discos duros, esperando el día en que alguien las encontrara y le quebrara con ellas el espinazo por los siglos de los siglos. Ni siquiera te sentiste en la necesidad de afearle su comportamiento o de hacerle sentir el desprecio que te inspiraba. Te limitaste a decirle: «Después de tanto cazar, te toca a ti ser la pieza. Te acompaño en el sentimiento».

Ahora, tras entregarlo al juez y verlo desfilar hacia prisión, es cuando se te presenta la verdadera prueba: la que va a decir de qué pasta estás hecha, si eres o no una heroína, una princesa guerrera capaz de mirar al dragón cara a cara sin que te tiemble el pulso, sin que se te nuble la mente, sin que te abandone tu fe en ti misma, en el oficio al que te dedicas y en tus semejantes. Tienes ante ti la lista que te han preparado Juan y Lola después de varios días de trabajo exhaustivo con el material extraído de los dispositivos electrónicos del depredador. Su labor se resume en una veintena de nombres, a los que acompañan unos números de teléfono que han conseguido a partir de las indagaciones que han hecho de sus respectivos domicilios a través de las direcciones IP. Han contrastado las fotografías con las que obran en la base de datos del DNI. Todos se parecen en ellas lo suficiente a como salen en las imágenes digitales. El mayor tiene diecisiete años, el menor quince. También tenéis los chats, que os permiten deducir que todos ellos recorrieron el camino entero hasta las fauces del monstruo; de ese monstruo que sólo sabía morder en el callejón virtual y nunca habría podido atacarlos en la calle, pero que en sus dominios era tan astuto y activo como mortalmente eficaz. En la lista, al lado del nombre de la víctima y el número de teléfono de su casa, figura el de sus progenitores. Esas personas a las que ahora tienes que llamar y recibir una a una, o de dos en dos, para contarles lo que les ha pasado a sus hijos. Para encajar su estupor, su dolor, sus ganas de morirse y de matar a alguien, o de matarse ellos. Para tranquilizarlos y pedirles que te traigan cuando puedan a los chicos y pongan la denuncia y después no dejen de darles cariño y comprensión, de cuidarlos, de tratar de mantenerlos a salvo de las aceras infames de la vida, de cemento o de bytes, porque la vida sigue, y seguirá mejor con el culpable enfrentado a las consecuencias legales de todos y cada uno de sus actos.

Esa va a ser para ti, verdaderamente, la prueba.

Una compañía de hombres libres

Medina de Rioseco, noviembre de 1520

Son los hombres de armas los que acaban trazando, merced a sus afanes, sus alardes y sus astucias, los contornos de los dominios humanos, o lo que es lo mismo, el mapa del mundo. Son los hombres de letras, sin embargo, los que fraguan lo que dentro de esos contornos será de quienes se vean encerrados en ellos. Bien lo sabe Adriano, que tiene nombre de emperador de Roma pero es virrey y natural de Castilla. No por su nacimiento, que tuvo lugar mucho más al norte, en la plomiza y lluviosa Utrecht; sino por decreto y voluntad del señor de estos reinos, Carlos, el primero de los monarcas castellanos de su nombre, que acaba de ser elegido como el quinto que con él va a ceñirse la codiciada corona del Sacro Imperio Romano Germánico.

Es Adriano hombre de letras y de religión, obispo de Tortosa y cardenal gracias a la influencia ante la Santa Sede de su joven señor, de quien antes fue preceptor por encargo del abuelo de Carlos, el difunto emperador Maximiliano. Entre otras cosas, ha escrito sobre las guerras y quienes las hacen, y sobre el deber que tiene el soldado de mirar por la justicia de las órdenes que recibe antes de cumplirlas. Lo que ahora escribe, en el refugio que ha hallado en Medina de Rioseco, tras huir disfrazado de Valladolid para que no caigan sobre él las iras de los castellanos contra su rey, es muy distinto. Y bien peliagudo. Su conciencia le impele a contarle a Carlos la verdad: que tiene el reino casi perdido y que si acaba de perder Castilla peligra el imperio todo de los Habsburgo, muñido para él por el cálculo formidable de su abuelo.

Las comunidades castellanas, alzadas contra su rey, se han adueñado de las principales ciudades, del parque de artillería de Medina del Campo y de la recaudación de tributos, además de haber formado en Tordesillas una Junta que entiende no sólo del gobierno del reino, sino también de la modificación de sus reglas constitucionales para impedir los abusos del monarca. Adriano, de acuerdo con su anfitrión, don Fadrique Enríquez, almirante de Castilla y señor de Medina de Rioseco, intenta trasladarle a Carlos la necesidad de enmendar los errores cometidos. Lo hace de forma sutil: no en vano lleva varios años en Castilla y maneja bien el idioma. El almirante, le informa Adriano a Carlos, está dispuesto a ir a Tordesillas para reunirse con los rebeldes. Y a renglón seguido es cuando conviene afinar las palabras. Escribe el cardenal: «Les notificará que la voluntad de Vuestra Alteza es desagraviar al reino y hacer con ellos todo lo justo y honesto».

Adriano tendrá su lugar en la Historia cuando,

de nuevo gracias a su rey, tras el aplastamiento de la revuelta castellana, se siente en la silla de Pedro como Adriano VI. También, aunque suela omitirlo su biografía, debería tenerlo por esta carta con la que en un rincón castellano, siglos antes de su derrumbe, abre una primera fisura en el edificio de la monarquía absoluta, de la que Carlos, criado en la escuela borgoñona, es uno de los más férreos exponentes.

Valladolid, finales del verano de 1520

El licenciado Bernaldino de los Ríos observa cómo entra la luz del estío por la ventana de su casa de Valladolid. No es una casa cualquiera, como tampoco lo es su dueño. Bernaldino es uno de los hombres más ricos e instruidos de la ciudad. Cuando los esbirros del emperador irrumpan en su morada, meses después, para requisar sus bienes, desistirán de contar sus libros, como hacen con los de otros comuneros. Tantos son los que atesora. También es sin discusión el mejor abogado de la ciudad, capital judicial del reino, y acaso el jurista más respetado de Castilla.

Propende además Bernaldino a la heterodoxia, y no se priva de acoger bajo su techo reuniones de alumbrados, pese a la recia y ominosa amenaza de la Inquisición. No podía ser otro quien asumiera el delicado trabajo al que en este momento se enfrenta: la redacción del borrador de las instrucciones que la Comunidad de Valladolid debe impartir a sus procuradores en la Junta de Tordesillas para la discusión de los capítulos que allí han de aprobarse y elevarse al monarca con vistas a la mejora de la gobernación del reino. La competencia y la finura jurídica de Bernaldino provocarán que esas instrucciones sean, finalmente, la base principal de los que darán en llamarse Capítulos de Tordesillas: la propuesta de reforma constitucional que Carlos V rechazará encolerizado, pero que varios siglos después, a partir del XIX y hasta bien entrado el XXI, inspirará muchos de los principios del constitucionalismo español. Y de algún otro.

En su texto deja sentadas Bernaldino disposiciones que en Tordesillas se van a ver confirmadas y que cuando las conozca sacarán de sus casillas al ambicioso y autoritario Carlos de Gante. Por ejemplo, que las Cortes de Castilla podrán convocarse solas y cuando lo juzguen oportuno, en lugar de estar supeditadas a que al monarca le convenga reunirlas y escucharlas.

Sin embargo, es ahora cuando siente que está llegando al verdadero meollo del asunto, y su pluma vuela con el ardor que lo anima: «De los leales vasallos y súbditos de esta corona real de estos reinos es desvelarse pensando en las cosas que bien están a su rey y señor natural y aquellas procurarlas y allegarlas y las otras cosas que son contrarias, así a la salud de su rey y bien de su ánima como lo que estuviese a mal estancia del reino, las deben estorbar por todas las maneras que pudieren».

Ahí es nada. Acaba Bernaldino de postular, en negro sobre blanco, que el bien del reino prevalece sobre la voluntad del rey, y que el pueblo tiene, incluso, la potestad de estorbar sus actos cuando sean perjudiciales, para sí o para sus súbditos. O quizá no sea algo tan novedoso. Sabe muy bien Bernaldino el suelo que pisa, al menos en el terreno jurídico. Uno de los libros que se alinean en sus estanterías es el de *Las siete partidas* de Alfonso X, la compilación que hizo este rey de las viejas leyes del reino, donde se lee, entre otras cosas, que el pueblo debe guardar al rey, en primer lugar, «de sí mismo», y que esta guarda debe ser de dos maneras, «primeramente por consejo», y en caso de que esta no bastare, «por obra». Y aún dice más: que quien pudiendo no impidiera al rey errar, y hacerse mal a sí, o a su hacienda, no podría ser tenido por otra cosa que por traidor a él y al reino.

Los procuradores reunidos en la Junta optarán finalmente por una redacción más comedida que la de Bernaldino: «Deben los súbditos guardar al rey de sí mismo, que no haga cosa que esté mal a su ánima ni a su honra ni daño ni mal estancia en sus reinos». Con todo, el texto de Tordesillas, bien que suscrito sólo por unos rebeldes que van a perder el pulso en que se han embarcado —eso es lo que lo diferencia de la carta de Adriano, fiel servidor de su rey—, no deja de representar un hito histórico: la primera proclamación solemne de la soberanía popular, una noción que tardará aún tres siglos en asentarse en Europa.

No es pues de extrañar que poco después Carlos condene a Bernaldino a muerte, y que lo exceptúe del perdón general que otorgará en otoño de 1522. No obstante, el licenciado perderá su casa y su hacienda, pero no su vida: por suerte para él, un poderoso cliente suyo, el conde de Coruña, le ofrecerá un escondite seguro en su feudo.

Burgos, principios de 1521

El fraile trinitario Alonso de Castrillo trabaja aplicadamente en su celda. Está terminando de darle forma a un libro que ha sentido una doble necesidad de escribir. Primero, para poner en limpio sus ideas sobre la recta gobernación de los pueblos, que provienen de sus muchas lecturas, desde Aristóteles hasta san Isidoro, pasando por Cicerón o san Agustín. Y en segundo lugar, para ofrecer a sus compatriotas castellanos, empezando por sus vecinos de Burgos, entre quienes ha visto estallar la sinrazón y la crueldad de la lucha fratricida, una vacuna contra semejantes desgracias y una propuesta para atajar las raíces del mal.

Lo ha llamado *Tratado de República*, y verá la luz dentro de sólo unos meses, en abril de 1521, dos días antes de que las tropas comuneras, a las órdenes de su capitán general, Juan de Padilla, resulten desbaratadas por la acometida de la caballería imperial en los campos de Villalar. Castrillo no deja de ser un hombre de orden, por lo que dista de haber abrazado el partido de los revolucionarios. Le han espantado los linchamientos que hubo en Burgos al comienzo de la rebelión comunera, el odio que igual facultaba para desembarazarse del vecino molesto que otorgaba a los más exaltados la voz cantante en las asambleas. Pero no ignora que los ánimos se han encendido y los excesos se han desencadenado como consecuencia de las malas decisiones de un poder que ha antepuesto sus intereses particulares, abusivos y espurios, al bien común que todo Gobierno debe procurar.

Por eso, y con sincera lealtad a su pueblo y a su rey, da la forma más precisa y elegante posible a sus argumentos, que a pesar de su condición de eclesiástico, estudioso y latinista, opta por formular en lengua romance para ayudar a su difusión.

Algunas de las ideas que articulan su discurso son ajenas, y lo que le toca a Alonso, y así lo acata, es ejercer como el más pulcro y preciso traductor. Relee, con satisfacción que habrán de compartir sus lectores, cómo le ha quedado un fragmento de san Isidoro: «Los reyes son dichos porque rigen; y así como se llama el sacerdote porque ejercita las cosas santas, así se llama rey porque rige; y no rige el que no corrige. Y así como obrando bien queda firme este nombre de rey, así pecando se pierde».

No es poca cosa atreverse a dar eso a la imprenta en el Burgos de 1521, por más que sea doctrina de san Isidoro. Pero donde de veras se la juega el trinitario es en lo que pone de su propia cosecha. Repasa ahora lo que ha escrito más adelante, en el capítulo titulado: «Si conviene ser perpetuos los gobernadores de la república». Tras declarar que no hay peor daño que el que provocan los tiranos vitalicios, «porque mueren ellos y quedan vivos los males que hicieron para siempre», y «con sola una vida corrompen la conversación de muchas que son por venir», se atreve a razonar de esta manera: «Porque todos nacimos iguales y libres, paréceme que bien bastaría el agravio que a la natura se hace de que un hombre obedezca y consienta ser gobernado por otro, sin que el gobernador haciéndose obedecer por fuerza nunca se obligue a dar cuenta de cómo gobierna, que ninguna cosa parece tan agraviada contra nuestra naturaleza humana».

A buen entendedor, no le hace falta más verborrea. Así se manifiesta el filosofar sobre la cosa pública en la Castilla de principios del siglo XVI, que muchos, desde la ignorancia, tienen por rígida y poco imaginativa. Pero no sólo entre los eruditos y los rebeldes florecen a la sazón ideas adelantadas a su tiempo.

Medina de Rioseco, finales de 1522

El almirante de Castilla, don Fadrique Enríquez, no es hombre apocado ni que se guarde lo que piensa. Lo primero lo ha demostrado subiéndose a caballo a sus sesenta años para ganarle al emperador la guerra que le declararan los comuneros. Ante la impotencia del cardenal Adriano, Carlos V se resolvió a contar con el almirante y con el condestable de Castilla, un par de curtidos militares y políticos, para acompañar a su antiguo preceptor como virreyes y sofocar la insurrección del reino.

El condestable ha hecho su parte: sobornar, prometer en falso y golpear sin piedad con sus tropas. El almirante, algo más sofisticado, ha asumido, además del esfuerzo bélico —con no menos firmeza que el condestable—, la labor de menoscabar con habilidad, a través de la negociación, la cohesión de los que por distintas razones y con ambiciones diversas se habían alzado contra el emperador. Ahora, liquidada la revuelta y prisioneros, ejecutados o prófugos sus impulsores, siente que la sagacidad política y el ingenio que lo adornan debe aplicarlos a otra tarea, la de decirle a su soberano lo que piensa, le convenga o no.

Se echa por eso a la espalda el deber de escribirle a Carlos una extensa e incómoda carta. No para cantar sus glorias, sino con el propósito, una vez conjurada la amenaza, de cantarle, si no las cuarenta, sí todos los errores que el rey y su círculo más cercano de consejeros, con el flamenco Chièvres a la cabeza, han cometido y cometen aún en la gobernación de Castilla. Ya se ha quejado de que la gracia real fuera tan cicatera hacia quienes no sin razones se revolvieron, o que no alcanzara a personas a las que el almirante, en calidad de virrey, se la había prometido. No deja de aconsejar al monarca, además, que modere su voracidad fiscal hacia los más humildes, y no ser ingrato con quienes se lo han jugado todo, incluso la vida, por sostenerlo en el trono.

La carta le está quedando larga, pero hay cuestiones que lo amargan demasiado como para no echarlas de la boca, como andando el tiempo cantará el poeta. «No haga cuenta el Príncipe —continúa— que todo lo que le aplace le es lícito, como algunos lisonjeros suelen decirle, mas de tal manera se refrene que no quiera sino lo que es bueno y honesto.»

Y así sigue desgranando los consejos que tiene motivos para suponer que el destinatario no espera ni le va a agradecer nunca. Quizá por eso, al final de la carta se permite aún mayor franqueza: «Tenga por cierto el Príncipe que no puede llamarse Rey si no le rige la razón, quiero decir si no la sigue en todas sus cosas por sano juicio más que por voluntad, pues no es posible poder mandar bien lo que es bueno y honesto el que no sabe obedecer lo bueno y honesto».

Carlos no responderá a su carta, el almirante —como tantos buenos servidores— morirá sumido en la decepción y su figura, al contrario que la del emperador, caerá en el olvido. La carta, que el monarca a pesar de todo hará conservar, irá finalmente a parar a un oscuro archivo donde sólo la consultarán eruditos e historiadores. Pocos sabrán de qué modo ha llegado a enfrentar al señor del mundo con la necesidad de aceptar algo que no está en sus esquemas: que su poder no es ni puede ser ilimitado.

Salamanca, principios de 1528

El dominico Francisco de Vitoria, desde hace ya dos cursos catedrático de Teología de Salamanca, se dirige a sus alumnos. A sus cuarenta y cuatro años, y tras haber cursado estudios en la Universidad de la Sorbona, es toda una autoridad en su materia. No llegó a ver de cerca, como Alonso de Castrillo, la violencia de la revuelta comunera, ya que por esos días estaba aún en París y regresó a España cuando ya se había extinguido, por la fuerza de las armas imperiales, la llama de la rebelión. Si Castrillo se apoyaba en san Agustín y san Isidoro, entre otros, Vitoria bebe de manera principal de la *Summa Theologiae* de santo Tomás de Aquino, a quien ha estudiado en profundidad en la Sorbona y cuya obra convertirá en el texto central de su asignatura. Sin embargo, en el fondo de sus inquisiciones hay algo más que esta ciencia adquirida en el extranjero. Algo que tiene que ver con la idiosincrasia castellana que comparte con el fraile burgalés, y acaso con el duro escarmiento que representa la tragedia que en su ausencia ha sacudido y finalmente postrado a Castilla.

La lección de hoy es una buena muestra. En la atmósfera reposada de las aulas salmantinas, donde se gestó en gran medida la justificación teórica —y teológica— del levantamiento de las Comunidades, se lanza a una disertación en la que no deja de haber algún eco de las razones esgrimidas por los rebeldes.

Vitoria, por supuesto, se expresa en latín, el idioma de la academia de su tiempo. Habla nada menos que de la potestad civil, esto es, la que en una monarquía ejerce el Príncipe, y entre otras cosas se dispone a indagar acerca de sus límites. Ya dejó sentado en una lección anterior este principio: *Respublica nullo modo potest privari huiusmodi potestate tuendi se, et administrandi adversus injuriam et suorum et exteriorum* —o lo que es lo mismo: que no puede en modo alguno la república ser privada del derecho de defenderse y de administrar lo que es suyo contra las injurias de los suyos y de los extraños—. Ahora se plantea una pregunta aún más espinosa, y que no va a dejar de traerle algún problema cuando sus ideas lleguen a oídos del poder: si las leyes obligan a los legisladores y sobre todo a los reyes.

La respuesta, para Vitoria, es afirmativa. La razona como suele, metódica y calmosamente, y su discurso desemboca en una conclusión rompedora: hay una ley que está por encima del poder de cualquier soberano, y que ninguno puede violentar. Lo dice, como todo, en latín: «Habet enim totus orbis, qui aliquo modo est una respublica, potestate ferendi leges aequas et convenientes omnibus, quales sunt in iure gentium. Ex quo patet, quod mortaliter peccant violantes iura gentium, sive in pace, sive in bello, in rebus tamen gravioribus, ut est de incolumitate legatorum». En resumen: hay una ley natural que rige en todo el orbe, que a su modo no deja de ser una república con el poder de dar a todos leyes convenientes y justas, como las del derecho de gentes. De lo que se sigue que el que las viole comete pecado mortal, ya sea en paz o en guerra, en los asuntos graves o en los menores.

Después de ponerle semejante traba a su rey y señor, que es a la sazón emperador y dueño de media Europa y reina sobre los territorios recién descubiertos en ultramar, aún se atreverá Francisco de Vitoria a disertar sobre los límites del poder de la otra autoridad a la que como clérigo está sometido: el papa de Roma. Sin tomar las armas, ni exponerse con ello a la ira de la monarquía absoluta, ha colocado en sus cimientos una carga explosiva de efecto retardado, pero a la postre demoledora.

París, mediados de 1624

Como tantos hombres de talento de su siglo, zaran-
deado por intolerancias diversas, Hugo de Groot,
natural de Delft, en Holanda, ha padecido prisión y
se ha visto obligado a escapar de su patria y acogerse
a la protección de benefactores extranjeros. Por eso
es en París donde se entrega a la redacción del tratado que en estos momentos le ocupa. Se titula *De iure
belli ac pacis*, y le valdrá ser reconocido como el artí-
fice del moderno derecho internacional. En su virtud, se establecerá el principio de que ningún soberano ostenta un derecho irrestricto sobre el resto de la
humanidad, dotada por su propia naturaleza de una
dignidad inalienable que en todo trance ha de ser
respetada. En última instancia, de la obra de Hugo
de Groot —o Grocio—, y de su afirmación de esta
ley natural, se deriva la doctrina que a partir del siglo
siguiente dará lugar a las declaraciones universales
de derechos, como la aprobada por la Asamblea
francesa en 1789, sobre las que se construirá la sociedad europea del futuro.

Podría no haberlo reconocido, pero Grocio es un
académico honesto y en su tratado no deja de citarlo:
muchas de sus ideas provienen de las lecciones de un
dominico que un siglo antes enseñaba Teología en
Salamanca y que se llamaba Francisco de Vitoria.
Un hombre de letras natural de Castilla y de España,
que con su palabra razonada y valerosa, como el na-
turalizado Adriano de Utrecht, el licenciado Bernaldino de los Ríos, el trinitario Alonso de Castrillo
o el almirante don Fadrique, sentó, aunque hoy casi

nadie se acuerde, las bases para que ser europeo no equivalga, como en su siglo equivalía, a vivir bajo el yugo de un amo que de nada responde, sino, en expresión del propio Castrillo, a formar parte de «una compañía de hombres libres».[1]

---

1. Aunque esta es una narración de ficción, los personajes son reales y los textos entre comillas son auténticos. Las fuentes manejadas para citarlos son, por orden de aparición: la *Historia crítica y documentada de las Comunidades de Castilla*, de Manuel Danvila y Collado; *La revolución de las Comunidades de Castilla*, de Joseph Pérez; la *Historia de la vida y hechos del emperador Carlos V*, de Prudencio de Sandoval; el *Tratado de República*, de Alonso de Castrillo; las *Relectiones Theologicae*, de Francisco de Vitoria; y *De iure belli ac pacis*, de Hugo Grocio. *(Todas las notas son del autor.)*

Brest, septiembre de 1779

Este hombre que contempla el puerto de Brest a la luz gris de la mañana de septiembre es digno heredero de su estirpe. Lo es por marino, como lo fue el hombre a quien, según le han contado desde la infancia, se remontan su apellido y su nombre: Hugo de Moncada, general de la flota de galeazas de Nápoles que formaba parte de la Gran Armada, allá por el año de 1588. Lo es, también, por haberse embarcado en una misión para invadir la isla de Gran Bretaña, como ya hiciera su ilustre antepasado e hizo también uno de sus descendientes, llamado Hugo de Moncada como él: su abuelo, a la sazón un joven oficial de infantería destinado en el regimiento de la Corona, antiguo de la Mar de Nápoles, que junto con otros trescientos hombres zarpó en marzo de 1719 del puerto de Pasajes rumbo a Escocia, donde consiguió desembarcar y plantar batalla a las tropas inglesas. Lo es, en fin, porque, igual que acabó sucediendo con las expediciones de las que formaron parte sus dos ancestros homónimos, ha llegado el día en que la flota con la que él navega, imbatida en el mar, pero derrotada por el tifus, tiene que desistir de su empeño.

En algo difiere la suerte de este Hugo de Moncada de la de sus dos predecesores de iguales nombre y apellido: él, por lo que se ve, va a padecer la amargura y el oprobio de poder contarlo.

Ha crecido el Hugo de Moncada que saborea su revés hoy, en los últimos días del verano de 1779, escuchando una y otra vez las historias de sus dos antepasados, caídos al servicio del proyecto maldito de hacer morder a los ingleses el polvo de su propia isla. Han sido los relatos épicos de cómo uno y otro sucumbieron, sin aflojar bajo el fuego enemigo, la inspiración que le ha conducido a vestir el uniforme, a sumarse entusiasta a esta nueva empresa bajo el mando desdichado del almirante francés Orvilliers, al que en mala hora se ha visto supeditado el viejo almirante en jefe de la flota española, don Luis de Córdova y Córdova, un septuagenario a quien todos llaman respetuosamente el Abuelo y que tiene más empuje y coraje que todos los marinos ingleses y franceses juntos. De haber sido por él, la invasión se habría lanzado al principio del verano, cuando el enemigo, ocupado y atribulado por añadidura con la sublevación de sus colonias norteamericanas, no estaba preparado, ni por mar ni tampoco en tierra, para repelerla. La cautela excesiva de los franceses demoró la decisión y la flota ha estado distraída en el bloqueo del tráfico marítimo de la isla. En esa campaña menor ha conseguido alguna victoria de mérito, como la captura de un navío de línea inglés, el HMS Ardent; pero eso son minucias en comparación con el objetivo mayor: la invasión que ahora, con la inminente llegada del mal tiempo, la reorganización del enemigo y, sobre todo, las fiebres que se han extendido entre infantes y marinería, no ha habido más remedio que suspender.

Apoyado en la borda del navío en el que sirve como oficial subalterno, el joven Moncada, uno más de los que esa mañana de septiembre vuelven frustrados y abatidos a Brest, hundido bajo el peso de la melancolía y la fatalidad, evoca esas hazañas de sus antecesores que tantas veces le contaron, y a cuya altura no quieren dejarle que esté ni la Historia ni el francés.

Muchas veces ha imaginado, por ejemplo, cómo debía de verse la mar desde el puente de la San Lorenzo, la galeaza insignia de la flota napolitana de la que aquel primer Hugo de Moncada fue comandante. Era un barco imponente, de mil toneladas y cincuenta cañones, más adecuado para el Mediterráneo que para las aguas del Atlántico a las que hubo de salir y en las que hubo de batirse con motivo de la expedición de la Gran Armada. No dejaba por ello de ser un rival temible, al que los ingleses señalaron en seguida como una de las piezas codiciadas de la ingente y heterogénea flota de Su Majestad católica. Se pregunta Moncada si su antepasado previó alguna vez el destino que le estaba reservado en aquella batalla sobrada de infortunio, y que iba a ser el menos deseable de todos. La San Lorenzo no fue, por cierto, uno de los muchos barcos que tras el descalabro de la Armada, y viendo su retirada cortada al sur por la flota inglesa, lograron rodear por la costa norte de Escocia, pasaron al oeste de Irlanda y acabaron, tras una larga y penosa travesía, con sus tripulaciones diezmadas por el hambre, el frío y las enfermedades, recalando en algún puerto de la Península, a donde el rey vio volver el grueso de su flota sin que eso le consolara del descalabro. Tampoco fue uno de los barcos, no pocos, que salieron enteros del encuentro con los ingleses pero naufragaron luego durante el tortuoso periplo por culpa de las tormentas y del agotamiento de sus marineros. La mala fortuna, implacable y concienzuda, quiso que fuera la San Lorenzo uno de los pocos barcos perdidos en combate. El único, de hecho, cuyo final fue imputable a la acción de la escuadra adversaria, si se tiene en cuenta que las otras dos naves perdidas a manos de los ingleses, las carracas San Salvador y Nuestra Señora del Rosario, lo fueron por una explosión en la santabárbara y por un choque con otro barco, respectivamente, que las dejaron ingobernables y a merced del enemigo.

No fueron sin embargo los cañones de los galeones ingleses los que sellaron la desgracia de la San Lorenzo. Tuvo más que ver en su pérdida su inadecuación para la rudeza del Atlántico y, en última instancia, el desconocimiento de las costas a las que, ante la presión de los barcos enemigos, se vio arrimada a combatir y en cuyos fondos acabó por embarrancar. Antes de su agonía había protagonizado alguna airosa escaramuza, como el acoso al que al frente de las galeazas napolitanas sometió al más grande y poderoso navío adversario, el Triumph de Martin Frobisher, que escapó del cerco gracias al viento que providencialmente vino en su auxilio y al que los esfuerzos de los galeotes no pudieron vencer. Su suerte se torció en la madrugada del 8 de agosto de 1588, frente a Calais, cuando los ingleses arrojaron contra la flota española, que hasta ese momento había mantenido su impecable y formidable orden de combate en forma de media luna, seis brulotes, también conocidos como *mecheros del infierno*: seis barcos en llamas con los cañones cargados, de los que las pinazas de la flota sólo lograron neutralizar dos acercándose temerariamente a las naves incendiadas, clavándoles un arpón y desviándolas de su rumbo. Las otras cuatro pasaron, y cuando empezaron a tronar sus cañones cundió el desconcierto y aun el pánico entre los españoles; el orden se rompió y en medio del desbarajuste la San Lorenzo enganchó el timón con las amarras de otro barco y lo rompió. Cuando a la mañana siguiente la flota inglesa se arrojó contra la dispersa formación española, la galeaza herida fue un blanco fácil, que a duras penas pudo plantar cara a la embestida y acabó retirándose hacia la costa de Calais, donde, cada vez con menos agua debajo del casco, los remeros, desesperados, terminaron por encallarla en el fondo.

Allí, prácticamente condenada, con la artillería inutilizada por la escora que le impedía apuntarla contra el enemigo, pero fuera del alcance de los cañones de los barcos ingleses, que no se acercaban a distancia de culebrina por la aprensión de acabar corriendo la misma suerte que la galeaza napolitana, sostuvo el general Hugo de Moncada una resistencia desesperada. Echó mano del valor de sus infantes embarcados, que mantuvieron a raya a los ingleses que en botes de asalto se acercaban a la playa para rematar al gigante malherido. Se prolongó el combate sin que la suerte se inclinara de un lado ni del otro: los ingleses no se atrevían a lanzarse con todo y los españoles, animados por el ejemplo de su general, vendían cara su derrota. Hubo varios intentos de abordaje, pero fueron repelidos. Los botes de los ingleses se iban llenando de muertos y heridos y no veían por dónde poner pie en la galeaza encallada. Hasta que un infante de marina inglés apoyó su arcabuz, apuntó y le voló la cara a Hugo de Moncada, que vio así truncada su vida. Privados del empuje de su general, los hombres que mantenían la resistencia saltaron del barco y se dispersaron por la costa, dejando a los ingleses, al fin, camino libre para apoderarse de su botín.

Igualmente desventurada fue la peripecia de su abuelo, el segundo Hugo de Moncada que pesa en su memoria y al que siente que el destino le impide emular. Él sí llegó a pisar suelo británico, y aún pudo hacer algo más: ocupar una fortaleza e izar sobre ella la bandera del rey de España. No pasó de ser un acto simbólico, casi ínfimo: la fortaleza en cuestión, el pequeño castillo de Eilean Donan, en Escocia, edificado sobre un islote entre el lago Duich y el lago Alsh, era un enclave sin apenas valor militar. La misión que llevaba a las Highlands escocesas a su abuelo y a los trescientos infantes que lo acompañaban, bajo el mando del coronel Pedro de Castro Bolaño, no era conquistar aquella posición irrisoria, sino auxiliar a la sublevación jacobita contra la Corona británica con la participación del legendario Rob Roy MacGregor, que había ofrecido levantar una hueste con la que se trataba de sorprender a la menguada guarnición que defendía aquel territorio. Para los intereses españoles, dirigidos por el cardenal Alberoni, consejero de Felipe V, no pasaba de ser una pequeña maniobra de distracción dentro de un proyecto más amplio de invasión de Inglaterra. A este efecto se había formado una flota de veintisiete naves y siete mil hombres, que intervendrían en la guerra civil que entonces se libraba en Gran Bretaña con un gran desembarco en el suroeste de la isla, apoyado por los simpatizantes jacobitas que abundaban en la región. La operación escocesa tenía como finalidad obligar a los ingleses a enviar tropas al norte, desprotegiendo de esa manera el sur.

Todo, una vez más, volvió a salir mal. La flota principal, que había partido de Cádiz, quedó desbaratada por una feroz tormenta frente a las costas de Finisterre, en la que se perdió buena parte de la fuerza embarcada, por lo que se decidió abortar la misión. Ajena a este desastre, la flotilla que había zarpado de Pasajes, compuesta por dos fragatas, ocupó a principios de abril la isla escocesa de Lewis, en cuya capital, Stornoway, puso un primer campamento. El 13 de abril pasó a las Highlands y el contingente español se instaló en el castillo de Eilean Donan, la fortaleza del clan de los MacKenzie, comprometido en la sublevación jacobita. Las fragatas desembarcaron el material que transportaban, incluidos dos mil mosquetes y cinco mil pistolas con su correspondiente munición, y regresaron a España, dejando a los infantes en el castillo. Allí habían de concentrarse las fuerzas de los rebeldes para salir, con el núcleo de soldados españoles como unidad de choque, al encuentro de los ingleses.

Sin embargo, los *highlanders* no acudieron en el número esperado al llamamiento a la rebelión. Aunque el plan inicial era concentrar una fuerza para marchar sobre Inverness, la capital de las Highlands, a orillas del lago Ness, la escasa respuesta sembró la duda en los jefes escoceses, entre los que estaba, además de Rob Roy MacGregor, el conde de Seaforth, señor de la fortaleza de Eilean Donan y jefe del clan MacKenzie. Junto a ellos, el grueso de la expedición española recorrió la región tratando de recabar apoyos. En aquellas estaba Hugo de Moncada, marchando infructuosamente por las Highlands, cuando los ingleses, alertados de la presencia de españoles en la zona, decidieron mandar tres fragatas al lago Alsh en misión de reconocimiento. Al ver Eilean Donan ocupado por tropas extranjeras, despacharon a tierra a un oficial para intimarlas a rendirse, pero los cincuenta infantes españoles que habían quedado para defender el castillo lo recibieron a tiros. Tras ese incidente, las fragatas inglesas cañonearon el castillo por espacio de tres días, desde el 10 hasta el 13 de mayo de 1719, hasta reducirlo a las ruinas en que quedaría durante dos siglos y obligar a sus defensores a deponer las armas. A los cuarenta españoles supervivientes los enviaron, prisioneros, al castillo de Edimburgo.

A principios de junio, los españoles supieron de la caída del castillo. Abandonados los planes sobre Inverness, lograron a duras penas armar un contingente para enfrentarse a las tropas británicas, que habían partido a su encuentro desde esa ciudad al mando del general Wightman. Contaba este con ochocientos cincuenta infantes, ciento veinte dragones de caballería y cuatro baterías de morteros. A ellos se logró oponer una fuerza de algo más de setecientos *highlanders* pertenecientes a diversos clanes: Cameron de Lochiel, MacDonell de Glengarry, MacGregor, MacKinnon, MacKenzie y MacMurray. Estos clanes —que aportaban cada uno fuerzas de entre cuarenta y doscientos hombres, como mucho—, cohesionados y motivados sólo hasta cierto punto, se situaron a los lados de la fuerza central formada por los doscientos cincuenta veteranos que le restaban a la expedición del regimiento de la Corona. Los españoles tomaron posiciones sobre la colina que dominaba el Glen Shiel —o desfiladero o cañada del río Shiel—, a unas pocas millas del lago Duich, donde presentaron batalla a los ingleses el 10 de junio de 1719.

La lucha fue dura y encarnizada, y pese a la superioridad de que gozaban, la primera acometida resultó desventajosa para los ingleses. Sin embargo, Wightman entendió pronto que era en los flancos defendidos por los escoceses donde el frente resultaba más débil, y en la segunda concentró sucesivamente sobre uno y otro los ataques de su artillería y caballería y los esfuerzos de sus infantes. Consiguió así que los *highlanders* se dispersaran, con la clara intención de ponerse a salvo; entre ellos los cuarenta del clan MacGregor, incluido el legendario Rob Roy. Los españoles, que no tenían a donde huir, sostuvieron sus posiciones hasta más allá de lo posible. Siguieron resistiendo aun cuando ya se habían quedado solos, y en esas porfiaron hasta que comprendieron que nada tenían que hacer frente a un enemigo que cuadruplicaba sus fuerzas. Entonces intentaron la retirada por el que desde entonces se llamaría Belachna na Spainnteach, o *paso de los españoles*. Ahí fue donde aquel joven teniente Hugo de Moncada, siguiendo el ejemplo de su insigne antepasado, recibió el disparo mortal que le impidió ver la rendición, padecer el cautiverio en el castillo de Edimburgo y regresar finalmente derrotado a España.

Piensa el oficial Hugo Moncada, mientras mira el puerto de Brest este día aciago de septiembre de 1779 —desde la altura del barco de cuya dotación forma parte, el Santísima Trinidad, una descomunal fortaleza de los mares que regresa sin haber servido para su fin—, que cuando a uno se le niega ser parte del empeño coronado por la victoria es preferible no sobrevivir a la derrota y quedar, como sus antepasados, fijado en la memoria de un glorioso hecho de armas. Piensa, también, que hay algo maléfico e injusto en la manera en que los ingleses prevalecen siempre sobre los suyos con la ayuda inestimable de las tormentas, las calamidades y los errores de dirección y de alianzas que una y otra vez estorban a los españoles y vuelven inútil su valor. De nada ha servido, a la postre, el terror que a lo largo de ese verano han logrado inspirar a la población británica, que, sintiéndose desprotegida, por tener al grueso del ejército regular combatiendo en las colonias norteamericanas y ver cómo la flota enemiga ponía en fuga a la escuadra del canal de la Mancha, ha llegado a abandonar las poblaciones costeras por miedo a que las velas españolas aparecieran en el horizonte dispuestas a vengar los anteriores reveses y a doblegar, por fin, a Inglaterra. En vano han conseguido reducir a cero el comercio inglés y forzar el cierre de la Bolsa de Londres. Los titubeos franceses y la maldición del tifus han dado al traste con todas las expectativas que ahora se desmoronan miserablemente en el puerto de Brest. Siente, en fin, que navegando bajo aquella bandera está condenado a elegir entre sucumbir con honor o retirarse con vergüenza, como le ocurre en estos momentos que nunca querrá recordar.

No imagina, porque es joven y carece como cualquier humano de la facultad de anticipar el futuro, que aún le esperan otros hechos y otras coyunturas en los que desquitarse de la frustración que ahora siente. No sabe, aún, que a las órdenes de su anciano almirante, Luis de Córdova, participará en uno de los más resonantes triunfos de la Armada española. Ocurre el verano siguiente, cuando los espías españoles en el Reino Unido informan al ministro Floridablanca de que un gran convoy de mercantes ingleses, con su escolta de barcos de guerra, formada principalmente por la escuadra del canal, va a zarpar hacia América con el objetivo de llevar tropas y pertrechos para aplastar la rebelión de las colonias norteamericanas. Se trata, en realidad, de un doble convoy: una parte de él va a la India, donde el Reino Unido libra otra guerra colonial. El convoy tiene instrucciones de pasar lo más lejos posible de las islas Canarias para evitar encuentros con los españoles.

Floridablanca envía órdenes a Córdova, nombrado capitán general de la Armada, para que trate de interceptarlo. Córdova parte con la flota del Estrecho, formada por veintisiete navíos de línea y varias fragatas. Calcula la ruta más probable de los ingleses y despacha a las fragatas, más rápidas, para que vayan barriendo el océano en abanico. En la madrugada del 9 de agosto de 1780, una de estas fragatas avista el doble convoy británico, compuesto por sesenta mercantes armados, dos fragatas de treinta y seis cañones y el navío de línea de setenta y seis cañones HMS Ramillies, donde viaja su almirante en jefe, Moutray. La escuadra del canal se ha separado del convoy a la altura de Galicia para regresar a las islas, donde aún se teme una invasión.

Valiéndose de una celada y de su mejor conocimiento de los vientos, Córdova consigue encerrar al convoy británico. Sólo unos pocos de los barcos ingleses osan plantar cara al abordaje de los españoles, cuyos navíos de línea fuertemente artillados, con tripulaciones veteranas y bien entrenadas, los intimidan y persuaden de entregarse, en la mayor parte de los casos, sin oponer resistencia. En total apresan cincuenta y cinco barcos británicos, con doscientos noventa y cuatro cañones, tres mil marineros y dos mil soldados destinados a las colonias; más una inmensa fortuna de un millón de duros en lingotes y monedas de oro, ochenta mil mosquetes y tres mil barriles de pólvora, suficientes para armar una docena de regimientos. Cuando entra en Cádiz con semejante botín, la flota de Córdova se encuentra con que en el puerto no hay sitio para tanto barco. El golpe infligido a los ingleses será terrible, y aunque no valga por la invasión que nunca pudo ser, acaba con sus esperanzas de contener la rebelión de sus colonias de Norteamérica.

En el puente del Santísima Trinidad, junto al viejo capitán general Luis de Córdova, vencedor de los ingleses, un Hugo de Moncada de muy distinto ánimo creerá casi conjurada la maldición que pesa sobre los suyos. Con ese sentimiento se le concederá vivir un tiempo, pero no morir. En octubre de 1805, retirado en Nápoles, conocerá de la debacle de la flota española en Trafalgar y de la pérdida del Santísima Trinidad, hundido frente a las costas de Cádiz con sus ciento cuarenta cañones y la memoria de la jornada funesta de Brest y la triunfal del doble convoy. Ese día, y los demás de su vida, a Hugo de Moncada, fallido heredero de una estirpe de héroes malogrados, lo atenazará la conciencia de no haber llegado a estar, nunca, allí donde habría debido.[1]

---

1. Sólo el primer Hugo de Moncada de este relato es histórico. Los otros dos son una licencia para la ficción literaria, aunque los hechos en los que se implican sucedieron tal y como se cuentan. Reconozco la deuda que tengo en su documentación con, entre otros textos: *La derrota de la Armada Invencible*, de Garrett Mattingly; «*La batalla de Glen Shiel*», de José Antonio Crespo-Francés; y «*La grande y felicísima captura realizada por don Luis de Córdova y Córdova*», de Fernando R. Quesada Rettschlag.

El rincón de la memoria

Juan de Padilla está solo en este anochecer de invierno que huele ya a primavera. Sola está su estatua, sola está su plaza, sola está su ciudad. El cielo, antes de ennegrecerse, adquiere un azul intenso y doloroso, como la historia que el silencio de este lugar evoca y atestigua. En este espacio vacío hubo unas casas, las que habitaban Juan de Padilla y su esposa, María Pacheco. Por ponerse ambos en el camino de un césar visionario nacido en Flandes, al que la Historia iba a recordar como Carlos I de España y V de Alemania, el buen Padilla acabó descabezado, la noble y valerosa María exiliada en Oporto hasta su muerte, sus casas derribadas y el solar arado con sal para que nada creciera en adelante allí donde un día alentara el afán de libertad.

Mientras recorre la ciudad desierta, zarandeada y abatida por la zarpa poderosa de un enemigo invisible y microscópico, el viajero se imagina aquella otra noche de invierno de hace casi quinientos años: cuando María comprendió que no iba a poder desafiar por más tiempo el poder del emperador y disfrazada de campesina huyó dejando atrás a su hijo, al que no volvería a ver. Era tarde y las calles de Toledo debían de estar tan vacías como lo están ahora. Ahí continúa, como entonces, la cuesta de Santa Leocadia, por la que María, siempre frágil de salud, bajó con su paso inseguro. El viajero sigue a su fantasma por la pendiente empedrada, apenas aliviada por unos escalones, a la luz de los faroles que entonces no existían. Trata de representarse cómo la vería María mientras escapaba de quien deseaba ejecutarla.

Aquella madrugada, la del 3 al 4 de febrero de 1522, la luna estaba crecida, a una semana de verse llena. Ella la acompañó hasta la puerta del Cambrón, por donde pensaba salir de la ciudad, bajar hasta el río y allí montar la mula que gente leal le tenía dispuesta. El viajero llega hasta la puerta sin cruzarse con nadie, como aquella noche María, y al amparo de sus recios muros, hoy sin guardia, ve el espectro de los centinelas que allí había apostado el arzobispo de Bari, gobernador de la ciudad por cuenta del emperador. Favoreció a María la fortuna de que uno de ellos fuera toledano, la reconociera y sintiera por la noble viuda y por su difunto marido el afecto suficiente para fingir que no la veía y distraer a sus compañeros, de manera que ninguno se fijara en ella.

Así abandonó la ciudad de la que fue señora por espacio de un año y, tras dejarse caer por la rampa de un muladar, tomó la montura y con ella el camino de Escalona. El mismo que toma el viajero hasta el hotel que le aguarda, en el antiguo palacio de Buenavista, levantado por el arzobispo de Toledo Bernardo de Sandoval como lugar de retiro, a finales de aquel siglo, sobre un promontorio desde el que se dominan el río y la ciudad. En el palacio, hay quien dice que concebido por el Greco, estuvieron los mejores: Tirso, Lope, Góngora o Cervantes. Pero antes de que ellos disfrutaran de la hospitalidad del cardenal y mecenas, por allí pasó y allí debió de detenerse aquella fugitiva, quizá para dar un último vistazo a la ciudad a la que nunca iba a regresar.

Al amparo de la noche, el viajero se acoge a los muros del *locus amoenus* del arzobispo, que le hablan, porque uno ve lo que ha aprendido a buscar, no tanto de las veladas placenteras de vino y versos como de la noche triste de una proscrita que acababa de perderlo todo por tener el valor de ser lo que a una mujer de su tiempo le estaba vedado: independiente y orgullosa frente al hombre que ostentaba el poder supremo. En la esquina del antiguo palacio que da a la vez a Toledo y al río, embellecida por una fuente, el viajero lee la inscripción latina que el dueño del edificio hizo colocar en su fachada: ISTE TERRARUM MIHI PRAETER OMNES ANGULUS RIDET. «Sobre todos este rincón de las tierras me sonríe.» El rincón que regocijaba al arzobispo fue el de las lágrimas de María. Esta noche, ambos se sientan con el viajero junto a la fuente, reunidos en la paz de la memoria.

Nacida en la noche

Con mi gratitud para el suboficial mayor Guillermo Folgar, del Grupo de Operaciones Especiales n.° 4, que compartió conmigo esta historia y me permitió contarla a otros.

Me vas a perdonar, espero, que mi historia no sea de esas que sirven para relajarse a la sombra de un árbol, reposando a la hora de la siesta en una tumbona. Y menos aún te servirá cuando pienses, como debes, que lo que te cuento no es fruto de mi imaginación sádica y calenturienta, sino un hecho real.

La protagonista es una mujer. La hija de alguien, como lo somos todos. La pareja de alguien, como lo somos bastantes, aunque en su caso eso de *ser pareja* tiene un sentido muy distinto a como solemos concebirlo por aquí. Y es posible, casi es seguro, aunque no nos consta, que sea la madre de alguien.

Su historia nos llega a través de un hombre. Un tipo curtido en cien batallas, y en este caso la expresión no gira en sentido figurado, porque se trata de un veterano militar con unas cuantas misiones a las espaldas en cuatro continentes. Ya en sus cincuenta, he aquí que lo destinan al lugar donde vive nuestra protagonista, a quien se me ocurre que a estas alturas del relato deberíamos empezar a conocer por un nombre. Lo que sucede es que el nombre de la mujer real lo desconocemos, como lo desconoce el hombre al que debemos la historia. Vamos a echar mano, por primera vez y excepcionalmente, de la imaginación. Supongamos que se llama Laila, un nombre más o menos común en su lengua. Tiene un significado hermoso y triste, que le conviene mucho a nuestro cuento: «nacida en la noche».

La lengua de la mujer es el dari, el dialecto de la familia del farsi, la antigua lengua persa, que se habla en el oeste de Afganistán. Este es el país al que envían a nuestro hombre. Esa es la tierra áspera e inmisericorde a la que Laila abrió un día sus ojos de niña y a la que miran los de la joven mujer que hoy es.

Nuestro hombre, podemos llamarle Manuel porque es español y ese es nombre corriente en la lengua de Cervantes —aunque su nombre verdadero sea otro—, llega a finales del crudo invierno afgano a una zona rural y algo remota de la provincia de Badghis. Le impresiona, apenas pone el pie allí, que, pese al frío intenso y los restos de nieve que sobre el terreno hay aún —y le dicen que en pleno invierno la temperatura baja hasta los veinte grados bajo cero—, muchas mujeres caminan descalzas. Si acaso tienen unas tristes y viejas sandalias para protegerse los pies. Entre ellas está Laila, una de las habitantes del poblado. Manuel ha visto muchas cosas terribles en su cuarto de siglo largo de experiencia como militar de operaciones especiales, una condición que conlleva el hábito de meterse en los peores lugares y en el peor momento. Pero con todo le sobrecoge ver a esas mujeres con los pies destrozados, sin que los hombres que dicen ser sus padres, maridos o hijos se cuiden de que vayan dignamente calzadas. Para ellos son apenas criadas, o pertenencias que algún día otro hombre comprará, en el caso de las niñas que aún no han llegado a la pubertad.

Manuel se comunica a menudo con su mujer en España: los avances de la tecnología le permiten mantener el vínculo a seis mil kilómetros de distancia. En una de sus conversaciones, le pide que hable con sus amigas y que hagan acopio de todos los zapatos viejos que tengan, prepare con ellos un paquete y se lo envíe por la estafeta aérea que une España con Afganistán. La mujer así lo hace, pero las formalidades y la logística del vuelo llevan su tiempo. Al fin, cuando ya asoma el verano y el calor empieza a apretar sobre la amarilla y polvorienta tierra afgana, el paquete llega y Manuel, con ayuda de sus compañeros, monta en el mercado local un tenderete con todos los zapatos expuestos. Por medio de uno de los intérpretes les dice a las mujeres que acuden al mercado que los zapatos son para ellas, gratis; que cada una puede tomar el que quiera. Las afganas, enfundadas en sus burkas —por si quien esto lee creía que la liberación de la mujer afgana a cargo de Occidente ha llegado a erradicar dicha prenda de esa apartada región, le aclararemos que yerra—, se acercan al tenderete y empiezan a manosear, cuchicheando y entre risas, aquella mercancía para ellas extraña y asombrosa. Ni una sola, no obstante, osa quedarse un par de zapatos. Los tocan, los miran, los comentan, pero los devuelven a su sitio.

Cuando las mujeres se van, sin los zapatos que les regala, Manuel no acierta a entender qué ha sucedido. Es el intérprete, afgano como ellas, quien le proporciona la explicación:

—El problema son los tacones. Ninguna de ellas se atrevería a ponerse tacones. Los tacones son de prostitutas.

Si ese es el problema, Manuel se dice que tiene fácil remedio. Problemas mucho peores ha tenido que afrontar, y lo hizo tan expeditivamente como afronta este. Llama al guarnicionero del acuartelamiento y le pide que les sierre los tacones a todos los zapatos. Así se lleva a efecto, y el siguiente día de mercado expone los zapatos mutilados en el mismo tenderete de la vez anterior, a disposición de sus destinatarias, a las que por medio del intérprete invita a acercarse y a servirse a discreción.

Vienen las mujeres y esta vez sí: se apoderan de casi todos los zapatos, dejando sólo los que por su color o por su horma resultan irremisiblemente escandalosos: un par rojo, otro amarillo, alguno demasiado puntiagudo. Salvo estos, apenas media docena de pares, los otros desaparecen con rapidez. Las mujeres se van con su botín y Manuel suspira satisfecho. Ha encontrado el modo de hacer su buena obra en este país donde nunca podrá evitar que lo vean como un invasor, que lo odien por llegar sin ser invitado y armado hasta los dientes, como le toca ir.

Está recogiendo los restos del tenderete cuando Laila se acerca rauda y sigilosa y, levantándose apenas el burka, se inclina, le toma la mano y se la besa. Luego se esfuma, tan ligera como ha venido. Manuel queda desconcertado. Nunca se es lo bastante viejo, nunca se está lo bastante baqueteado o desengañado como para que algo así no te conmueva hasta el fondo del corazón, si es que te queda algo de eso. Y a Manuel le queda.

A la mañana siguiente, Laila aparece a la entrada del acuartelamiento español, ensangrentada y apaleada hasta casi morir. A toda velocidad la trasladan al hospital, en Herat. Es la última vez que Manuel la ve. Se corre la voz de que pudo ser el propio intérprete, que vio el gesto de gratitud de Laila, el que informó a su marido de la liviandad de la mujer hacia el extranjero. En el hospital lograrán, por poco, salvarle la vida. Y sin otro destino posible, tan sólo podrá regresar a la noche en la que nació.

La mar com a penyora
(En prenda el mar)

Para Noemí

Sucedió en Barcelona un diciembre luminoso y benigno, como allí es costumbre. Nos encontramos y nos vimos arrastrados por algo que era más fuerte que ambos, que exigía lo suyo con una fiereza desconocida para los dos. Entonces, por más que lo intentamos o lo quisimos, cada uno a su manera, no podíamos ser, todavía. Y a pesar de todo, entonces, lo mismo que ahora y siempre, supimos, como nunca hemos dejado de saber, que tú y yo no teníamos más remedio que acabar juntos.

Transcurrieron los años del desencuentro: siete, día por día, con hechuras de resignación y hasta de olvido, con instantes en los que todo parecía haberse disuelto en la lejanía y en la renuncia; en el miedo, la desesperanza, el camino bifurcado. Y sin embargo, siempre que volvía a Barcelona era como volver a ti. Era recuperar las calles, los momentos, las palabras que habíamos compartido y donde tú ya no estabas, donde sólo se encontraba tu ausencia con mi nostalgia, una nostalgia cada vez más extraña e inconsistente, en la que me empecinaba con una especie de insumisión a la cruda realidad que se imponía para separarnos. En ese ejercicio de buscarte donde no me aguardabas, reiterado hasta la extenuación, me reconocía como uno de esos hombres que malgastan sus energías en afanes sin provecho; como uno de esos hombres que desde que no lo era aún deseo ser hasta el último de mis días para conjurar el oscuro peligro de convertirme en uno de esos otros que andan siempre especulando sobre réditos y márgenes de explotación, beneficios después de impuestos o la forma de evadir estos y otras responsabilidades, que es en lo que suele parar la afición inmoderada a barrer para casa.

Habría podido llegar a despegarme de mí mismo cuando paseaba como un pobre rastreador de la nada por las calles de Barcelona, de no ser porque antes de separarnos recurriste a un conjuro en tu lengua, un conjuro que ni siquiera era tuyo y que no sé si fuiste consciente de que obraría como tal. Quizá sólo fuera en ese momento, para ti, una manera más o menos airosa de decirme adiós: *Te deix, amor, la mar com a penyora*. O lo que viene a ser lo mismo: *Te dejo, amor, en prenda el mar*. El título, dicho sea de paso, de una vieja historia de Carme Riera.

Durante esos siete años en que no estuvimos juntos me bastaba viajar a cualquier lugar que tuviera mar para sentirte. Me bastaba mirarlo —el Atlántico en Cádiz, el Mediterráneo en Almería, el Báltico en Estocolmo, el Pacífico en Lima— para saber que tú seguías ahí, destinada a mí como yo lo estaba a ti, y que todo lo que nos alejaba era una anomalía que, incluso si parecía prevalecer o prevalecía sobre nuestro itinerario biográfico, en la única dimensión que importaba, esa donde suceden la verdad y la belleza, esa que nos resarce y nos ilumina más allá de lo que el ruin acontecer consiente, no podía sino acabar derrotada por la fe y el deseo que, estaba seguro, no sólo a mí me movían. Y si esa fe o ese deseo flaqueaban, mientras llevaba adelante mi vida sacudida por otros asuntos y conflictos, me bastaba con irme en soledad a una playa cualquiera, preferiblemente al atardecer y cuando ya no quedaba nadie, y meterme en el mar y apurar la sensación de estar en sus manos, que eran las tuyas. Es posible, no quiero mentirme ni mentirte, que en algún momento llegara a olvidar el sentido originario de aquel rito; no es ni mucho menos infrecuente que el creyente se distraiga. Pero como luego los hechos demostrarían, incluso entonces continuabas ahí, más allá de mi conciencia y mis oraciones, reclamando tu lugar.

Hasta que llegó una primavera en la que de tu recuerdo y el mío, y de los tumbos que cada uno había dado por su cuenta, necesitó y a la vez pudo nacer aquello que antes había sido imposible. Y como suele ocurrir en tales coyunturas, no tuvo más remedio que acabar naciendo. Llamaste tú, acudí yo. Podría muy bien haber sido al revés; podría haber sido de cualquier manera. No nos vimos en seguida, pero ni tú dudaste ni yo tuve dudas, y cuando aterricé en Barcelona, una mañana de julio, y en lugar de tu recuerdo frágil y desvaído ahí estabas tú, todo se reanudó como estaba abocado a reanudarse; como si no hubiera dejado de sostenerse, porque había estado latiendo mientras ambos creíamos andar a otros quehaceres y propósitos.

Me fui a vivir a Barcelona: algo nos decía a ambos, pero sobre todo a mí, que tenía que habitar aquel lugar, tu lugar. Tenía que hacer aún más mía la tierra que me había dado tan hermoso regalo, porque no somos sólo, ni siquiera por encima de cualquier otra procedencia, de allí donde nos echa al mundo nuestra madre ni de allí donde nos expiden un pasaporte, sino de allí donde hemos acertado a sentir que nos sale ese que estamos llamados a ser; ese que el viejo Píndaro prescribe que tenemos que acabar haciéndonos, porque ya lo somos y no podemos ser otra cosa, o sí, podemos, pero al precio de arrastrar la infelicidad y las tinieblas por dondequiera que pasamos, y acabar sumidos en ellas si no acertamos a cambiar a tiempo de rumbo.

Pusimos casa juntos en el Baix Llobregat. En una ciudad obrera y mestiza, como convenía a tu carácter y al mío. En esa Viladecans donde resuenan al unísono el catalán, el castellano —o español, no demos pie a necia querella— con acento andaluz o extremeño y el tarifit venido de los riscos del Rif que también son mi casa, porque así lo decidió mi corazón la primera de las varias veces que me vi ante ellos y durante las muchas horas que me he pasado escribiendo sobre esa región y su gente irreductible en el combate y generosa en la hospitalidad. Desde esa base, quise contigo conocer mejor Cataluña, tu país que también ya es el mío, sin que eso nos prive, ni a ti que allí naciste ni a mí que lo elegí, de ser de varios otros, empezando por el que la mitad de tu sangre venida de Córdoba, y la mía venida de Málaga y de Salamanca, nos otorga desde nuestros primeros pasos. Quise empaparme de eso que te hacía la que eras y me había persuadido, apenas nos vimos, de mi perentorio deber de quererte.

No es que no la conociera, Cataluña. El oficio, que no siempre es maldición, me había llevado a recorrerla de punta a punta con anterioridad: desde Lérida hasta Tortosa y desde Olot hasta Vic, cruzando sus ríos, pisando sus ciudades pequeñas y grandes, desde sus puertos hasta sus montañas. Pero siempre eran viajes más o menos apresurados en los que las impresiones había de recogerlas al paso, sin que eso signifique que fueran débiles o someras: recordaba vívidamente la primera tarde que había contemplado la llanura desde la vieja *seu* de Lérida, la primera noche que caminé por el barrio hebreo de Gerona, el primer amanecer que admiré en el delta del Ebro, entre tantos otros instantes. Pero contigo y desde nuestra casa barcelonesa pude hallar el tiempo y el sosiego para interiorizar Cataluña, para encontrar dentro de ella esos rincones donde hacerme hueco y quedarme, esos horizontes propios a los que volver una y otra vez.

Ahora, cuando escribo estas líneas, ni tú ni yo vivimos en Cataluña. Pasaron otros siete años, y la vida y sus contingencias nos condujeron a mí a regresar al lugar de mi nacimiento y a ti a venirte conmigo y adoptarlo como tu lugar, como yo en su día adopté el tuyo. Desde hace un tiempo, eres como yo madrileña: habitante y por tanto dueña de pleno derecho del cielo que pintó Velázquez, transeúnte de las calles y copartícipe del trasiego de este poblachón venido a más en medio de la meseta. Y has aprendido, como algunos no saben, que ser mesetario no es un desdoro, porque meseta es justamente lo que quiere decir en árabe la Mancha, patria universal y sin fronteras de quienes hablamos en esta lengua en que escribo y que es también una de las dos tuyas y nuestro espacio de encuentro con millones de seres humanos repartidos por el ancho mundo. Madrileña eres también hoy y por eso puedes, si quieres, seguir escribiendo en catalán, la lengua en la que, dicho sea de paso, yo sigo prefiriendo leerte, porque en ella resuena el eco de quien guio tus pasos desde niña y te enseñó a ser quien eres, y también porque es una lengua sutil y melodiosa en la que atraparon la belleza del mundo poetas como la que te dio aquellas palabras mágicas que me hicieron tenerte cuando no te tenía; aquellas palabras sanadoras que insistentemente, en los días amargos, me llevaban a la orilla del mar.

Y al mar es, precisamente, al que vuelve la memoria de los dos, ahora que estamos lejos de Cataluña. En nuestros viajes recalamos con frecuencia frente a él, porque fue frente a él donde encontramos nuestros lugares más queridos. Desde la quieta y recóndita bahía de Portbou, junto a la que se apagó la mirada lúcida de Walter Benjamin y a donde se asoma lo que de sus huesos queda en la fosa común de un cementerio marino como el de Valéry, hasta la playa amarilla y apacible de El Vendrell, donde se retiraba Pau Casals a soñar melodías. Pero hay tantas otras... Cerramos los ojos y vemos el paseo marítimo de Vilanova o de Sitges, pisamos la arena de la estrecha playa de Garraf, nos demoramos recorriendo el arenal interminable de Castelldefels y Gavà, nos dejamos envolver por el bullicio de la Barceloneta, regresamos en invierno a Premià o a Blanes o a la ciudadela medieval de Tossa, paseamos en verano por la bahía de Roses admirando ese único atardecer catalán sobre el mar que como tantas otras cosas vio Josep Pla, nos acercamos a la diminuta joya azul turquesa de Aiguablava, enfrentamos osados o acaso locos la tramontana una noche de invierno en Llançà, nos quedamos quietos a la luz del mediodía en el banco que se asoma a la bahía de Portlligat, o nos bañamos solos en alguna de las calas cortadas a cuchillo en el Cap de Creus...

Y sobre todo, volvemos siempre que podemos a caminar con los pies desnudos, dejando que el agua de las olas nos los acaricie, por nuestra playa sin gente y sin edificios: esa playa de Viladecans a la que una y otra vez me acerqué pedaleando para estar a solas con el mar —contigo— y en la que un mediodía, al enterarme de que amenazaba con urbanizarla con casinos un magnate que luego resultó estar tomándole el pelo al gerifalte de turno, me pareció ver cabalgando lanza en ristre al Caballero de la Triste Figura. Ese loco estrafalario, que desde la Mancha llegó hasta el arenal de Barcelona para conocer el mar y allí dar su último combate, pasó, en la derrota, junto a Barcelona misma, a la memoria recalcitrante de los poetas y de los disconformes, de quienes se niegan a aceptar que la historia está escrita y sepultada bajo las heladas aguas del cálculo egoísta. Fue allí donde tantas mañanas, mientras daba pedales, acudieron a mi memoria los versos de León Felipe, con la música que les pusiera Joan Manuel Serrat: «Ponme a la grupa contigo, / caballero del honor, / ponme a la grupa contigo, / y llévame a ser contigo / pastor». Y fue allí donde me congratulé, con un secreto orgullo que aquí exhibo, de que esa estampa de Barcelona, eterna y universal, se debiera a la pluma de un madrileño de Alcalá de Henares, al que, travesuras del destino, no dejaron en su día llegar desde Italia hasta Barcelona los piratas berberiscos que lo capturaron en mitad de su travesía para llevarlo al cautiverio de Argel.

Y se me ocurre, ahora que recordamos Cataluña desde lejos, y desde lejos asistimos a las zozobras y los exabruptos que ensombrecen desde fuera y desde dentro su presente, que ese mar del que juntos levantamos un mapa minucioso y sentimental, esa arena clara y esa brisa tibia del Mediterráneo catalán que no se nos va de la memoria ni del sueño, es la prenda que nos ha dejado Cataluña para conservarla en el corazón aun cuando pasemos muchos días sin pisarla. Esa prenda, ese mar, no dejará que nadie, ni entre los que diciéndose catalanes aspiran a dictar quiénes lo son o dejan de serlo como es debido, ni entre los que diciéndose españoles creen que España puede hacerse desde el menosprecio de lo que Cataluña es o del anhelo de su gente, nos quite jamás lo que es tuyo y es nuestro, porque lo ganamos en el campo del amor y de la fe sostenida. Pasarán los días negros en que los obtusos y lóbregos propagandistas de la destrucción y del desencuentro marcan el paso y dictan la agenda; quedarán atrás las incomprensiones y las mezquindades de unos y de otros; la arrogancia, la ignorancia, el querer forzar o expulsar a quien no se aviene a ser aquello que se le impone o a dejar de ser aquello que se le niega. Escampará la tormenta de las sinrazones y los despropósitos y escuchando al viejo Píndaro, todos, como un día elegimos tú y yo, aceptaremos hacernos los que somos, que es siempre más, y mejor, que lo que pretenden los legisladores de voluntades y sentimientos ajenos.

Como tú y yo, una barcelonesa y un madrileño, catalanes y manchegos y españoles y nómadas ambos, y que como nos canta Raimon, un barcelonés de Xàtiva, que también es nuestro:

> *Hem viscut junts, ben junts,*
> *ara fa ja molts anys,*
> *qui sap què ens portarà,*
> *què ens portarà demà...*
>
> *I volem viure junts*
> *els temps nous que vindran,*
> *i volem lluitar junts*
> *per tot el que hem lluitat.*

Aquellos días en blanco y negro

Hay cosas que ya no existen, rostros que ya no están. Ha pasado el tiempo necesario para poder evocarlos, y constatar su ausencia, con más dulzor que amargura. No porque los años atenúen el dolor de la pérdida, que podría ser; sino porque te van convirtiendo en un perdedor consumado al que no le queda otra salida que aprender a convivir con su condición. Haber arrancado muchas hojas del calendario es también haber descubierto que lo que se va es todo lo que tienes; que lo que te viene cada vez lo tienes menos, te pertenece menos, lo retendrás menos, y está bien así.

Esta Navidad tu ciudad colgará nuevos adornos luminosos con lámparas LED, habrá otro anuncio de la lotería, sacarán un nuevo modelo de iPhone. Pero tú recordarás la voz de tu abuela, las luces pobretonas, los viajes interminables en el cuatro latas o el R-6, arriesgando la vida de la familia por la helada y peligrosísima carretera de Andalucía. En suma: aquellos días en blanco y negro, aquella felicidad definitiva e irrevocable de la infancia.

La luz de Madrid

Por fin, ahora lo entiendo. La vida es una maestra extraña, y no administra sus lecciones sometiéndose a los métodos pedagógicos generalmente aceptados. De hecho, se complace en dar largos rodeos, en llevarnos lejos de donde está el conocimiento que se trata de adquirir y mezclarnos con asuntos, personas, instantes y lugares que nada tienen que ver con él para permitirnos alcanzarlo y persuadirnos de hacerlo nuestro. Cualquiera que analizara sus procedimientos desde las convenciones educativas vigentes los encontraría disparatados y desviados de su recto objetivo. Sin embargo la vida, que no acepta ser comparada con nada, porque nada fuera de ella podemos probar, se permite el lujo de prevalecer sobre todos nuestros principios y todas nuestras teorías, también en este aspecto. Ningún otro maestro, por íntegro, metódico y bienintencionado que sea, la iguala a la hora de meternos en la mollera lo que esta, por algún motivo de los muchos tras los que solemos atrincherarnos en defensa de nuestros prejuicios e ignorancias, se resiste a admitir.

Este es justamente el instante de la revelación.

Este, y no cualquiera de los que habrían podido serlo, antes o después, en esta jornada crucial de la que todavía me queda un trecho por recorrer. Podría, por ejemplo, haberlo comprendido al cerrar esta mañana, por última vez, la puerta de la que ha sido mi casa durante los últimos siete años, en una tierra que no me vio nacer y en la que he sido feliz y he alcanzado logros que me proporcionan una satisfacción que creo legítima. Llegué allí en 2008, cuando había en mi vida unos cuantos desperfectos, y ahora que escribo me toca recordar en qué modo providencial aquel nuevo espacio me ayudó a repararlos. Demasiadas cosas quedan encerradas tras esa puerta; cosas que ahora sólo me acompañarán en el recuerdo pero no dejarán de venir conmigo, dondequiera que vaya, y que, en tanto que pedazos de memoria, vivirán impregnadas de su intensidad y de su fragilidad. Mientras daba vuelta a la llave, no he podido dejar de pensar en cómo el lugar que hace años me acogió, me reconfortó y me dio alas para emprender nuevos vuelos, hacia espacios que entonces parecían estarme prohibidos, fue perdiendo su lustre, reduciendo su poder de deslumbramiento, agotando la carga de energía como si de una batería en las postrimerías de su vida útil se tratara.

He llegado a conocer razonablemente a la gente entre la que me ha tocado vivir todos estos años, y eso, contra lo que suele suceder, no ha mermado mi respeto por ella, ni mi afecto, porque soy agradecido, incluso con aquellos, siempre los hay, que me hicieron bien sin querer o por inadvertencia. Tampoco dejo de admirarlos, a los oriundos de esa tierra que me ha tenido como habitante eventual, ni de reconocerles sus méritos, que siempre aprecié y que me impulsaron a mudarme allí. Lo que sucede es que los he hecho un poco míos, como cualquier forma de convivencia acaba acarreando, y en cambio no he sentido que ellos me hicieran suyo en la misma proporción; en parte, porque no está en su disposición adoptar fácilmente a los forasteros, y del otro lado, acaso el principal, porque no está en la mía dejarme adoptar por ellos de forma plena. Incluso si lo intentaran, lo desearan, lo procuraran por todos los medios, hay un trozo de mí, un reducto irrenunciable de lo que soy, del que ellos nunca sabrían hacerse cargo y del que yo no me despojaré para llegar a ser algo que a ellos les quepa acoger sin reticencia.

Podría, también, haber reparado en lo que ahora tan claro veo mientras atravesaba en el taxi las calles o las autovías que hasta ayer mismo eran mi paisaje diario, lanzando ya sobre ellas la mirada del fugitivo; esa mirada como de no querer ver y al mismo tiempo no tener más remedio que ver: siluetas, horas, sensaciones, arrebatos de euforia, lucidez, incluso alguna puntual amargura o decepción, que también fortalecen el alma cuando logramos superarlas. O cuando he discurrido, durante un rato, junto al mar que dejaba de ser mi horizonte permanente, accesible en cualquier momento, para volver a ser objeto de excursiones que habrán de ser planeadas, programadas y ejecutadas con rigurosa premeditación. Es verdad que a veces, atareado en mil diligencias, llegaban a pasar dos o tres semanas sin verlo; pero siempre estaba ahí, y no sólo en la brisa, no sólo en la luz del sol que se reflejaba en su inmenso espejo para alumbrar los días. En definitiva, de algo así uno no se aleja porque sí, bajo el primer pretexto que se presenta a propósito o por la simple inercia de los acontecimientos; por algo así se pelea, sin cuartel si es preciso.

Otra ocasión para la epifanía podría haber sido lo que ha venido justo después: el tránsito aeroportuario, con su sucesión de no-lugares tan propicios a la reflexión. En primer término, el aeropuerto de salida, que tantas veces ha sido testigo de mis idas y venidas, y que en esta facturación dejaba de ser una posibilidad de vuelta a casa para reingresar en la categoría de destino en el que será necesario buscarse un hotel. No es mi favorito, a decir verdad más de una vez, mientras lo utilizaba, me dieron ganas de tener ante mí al arquitecto para decirle tres palabras, pero no participo de esa proverbial aversión a los edificios terminales. De hecho me resulta relajante cuando por alguna improbable coyuntura llego antes de tiempo a tomar un avión o un tren y puedo sentarme en una cafetería, con buena climatización y luz adecuada para trabajar, a leer o simplemente poner un rato en orden mis pensamientos.

En segundo lugar, el avión, a cuyas angosturas, impelidas por la pulsión antaño occidental y ahora universal del máximo beneficio, he llegado a acostumbrarme hasta el extremo de convertirlo en espacio de relativo confort, y donde, a fin de no desperdiciar el tiempo ineludible de viaje, cien veces he dejado que mi mente se midiera con las cuestiones que más se resistían a dejarse aprehender o resolver.

Esta mañana, rodeado, por la hora del vuelo, de ejecutivos imbuidos de ese aire de suficiencia y remota melancolía del que todos los ejecutivos son en mayor o menor medida portadores, me ha sido forzoso constatar que de ahora en adelante van a disminuir mucho las horas que paso en el aire, y también, en consecuencia, los puntos de mi tarjeta de fidelidad, de cuya categoría especial seré inexorablemente degradado para verme otra vez obligado a facturar en los mostradores de la cada día más zaherida y vejada clase turista. Habrá quien diga que es un aspecto accesorio, pero ese regustillo es, al fin y al cabo, otra de las pérdidas que implica mi decisión.

Y en tercer lugar, *last but not least*, dentro de esta serie de instantes aeronáuticos, la llegada al aeropuerto de nombre ahora kilométrico, Adolfo Suárez Madrid-Barajas, que, sin discutir la pertinencia del homenaje, no ha perdido aún la extrañeza. Hasta ayer, ese escenario representaba al mismo tiempo la vuelta al lugar original y la despedida, repetida una y otra vez, de esas mismas raíces. Debo confesar, frente a mis reparos incluso airados hacia quien diseñó el otro, mi rendida devoción por la arquitectura del aeropuerto madrileño. La calidez, la luminosidad, la amplitud y el buen gusto del nuevo Barajas —frente a la angostura sombría y aplastada bajo los techos opresivos del antiguo— han proporcionado durante todo este tiempo una suerte de envoltorio amniótico al trasterrado que había de pasar una y otra vez por sus instalaciones. Era la primera impresión del regreso, y la última antes de marchar de nuevo rumbo hacia el país extraño que cada día lo era un poco menos. Es curioso que esta mañana, frente a la sensación usual de bienestar, he sentido una pizca de congoja cuando he recogido mis maletas de la cinta y me he dado cuenta de que en adelante Barajas ya no será mi punto de destino, sino otra vez el punto de partida de todas las expediciones que me reste hacer por el mundo.

Tampoco, y me aproximo al momento desde el que lo cuento y lo observo todo, se ha abierto paso la idea en mi mente durante el cómodo y aséptico viaje en el tren de cercanías que une Barajas con la estación de Atocha. Esta vez no lo he hecho leyendo, como de costumbre, sino mirando por la ventanilla, incluso las paredes grises o negras de los túneles. En ese breve trayecto de media hora mi corazón estaba tan confundido por la mezcla de sentimientos encontrados que nada he podido concluir. Incluso, en algún tenebroso pasaje entre Nuevos Ministerios y Recoletos, he de reconocer que me ha rondado el fantasma del arrepentimiento. Ha sido un rapto pasajero, pero cierto, del que para que el relato esté completo he de dejar la debida constancia.

Ha sido ahora, aquí, al bajar hacia la glorieta desde la estación, cuando me he dado cuenta de todo. Cuando he sabido, al fin, lo que al cabo de este largo y fructífero periplo de los últimos siete años me tocaba saber. Ha sido al verla de pronto, al sentirla de pronto bañando mi piel, cuando he comprendido. La luz de Madrid. No es la más clara, ni la más cálida, ni la más poderosa que se me ha concedido contemplar. Pero no hay otra como ella. Es la luz que ilumina los cuadros de Velázquez, la luz a la que Cervantes, tras una vida de sobresaltos, peripecias y peligros vividos en un mar y dos continentes, atisbó la triste figura de un caballero llamado a hacer por fuerza personas de bien a quienes leyeran y asimilaran cabalmente sus andanzas.

Es, voy a llamarla por su nombre, esta luz castellana y manchega la que dio forma y carta de naturaleza a mi mirada sobre las cosas; es esta luz la que estaba conmigo cuando miraba otras luces, cuando era feliz o desdichado bajo ellas, cuando incluso las hacía mías y de ellas me servía para construir la imagen de lo que soy y de lo que son las personas y el mundo que me rodean. No me ha vedado ser otro, de otros y con otros; y quizá ese sea el más hermoso regalo que recibe quien a la luz de Madrid abre los ojos por primera vez, frente a otras luces que reclaman, y lo pienso y lo digo sin ningún encono, y sin dejar de llevarlas en el corazón, una pertenencia exclusiva, invitando de paso a algunos exaltados a caer en el rechazo de las luces ajenas.

Es esta luz, que besa de nuevo mis párpados cerrados para sentirla mejor, que aquí en Atocha vibra henchida del sacrificio que la sinrazón impuso a los madrileños como injusto precio a su natural abierto y desembarazado, la luz que tuve que irme lejos para aprender a ver, a sentir, a conocer y amar como lo hago ahora. Es esto, que había perdido, lo que fui a buscar y encontré tan lejos de donde nací, entre gentes que hablaban otro idioma e incluso, en algún que otro caso, desdeñaban lo que soy.

Es esta luz que alumbra mi vuelta a casa, y a la familia a la que abrazaré dentro de un rato, lo que fui a perseguir allá lejos, y si a ella regreso es, ahora lo sé, porque nunca, bajo ninguna circunstancia, me impedirá irme y probar a ser otro, mirar como otro, escuchar y hablar como otro, cuantas veces me sea necesario.

Vestido de azul

La memoria tiene tendencia a prescindir de los sin-
sabores. Aunque como mecanismo de protección
esto no está del todo mal, a veces resulta una desventaja. Por ejemplo, cuando a uno le piden que recuer-
de el peor verano de su vida y, después de tomarse el
trabajo de encontrarlo, descubre que el olvido se ha
tragado el material más deprimente, perjudicando
seriamente el posible patetismo del relato. En el recuerdo, pasados unos años, perdura un rastro muy
débil de las contrariedades sufridas, por las que uno
llega, incluso, a sentir un aprecio retrospectivo. Pero
con estos bueyes hay que arar, y araremos.

Creo que no hay duda posible: el peor verano de
mi vida fue el de 1984, porque cuando empezó yo era
un gozador irresponsable, con dieciocho años cumplidos y la cabeza llena de pájaros, y a mediados de
julio me raparon, me vistieron con un uniforme azul
y me pusieron a marcar el paso diez horas al día bajo
el inclemente sol de la meseta. No he sufrido un cata-
clismo estival comparable a aquel. De la más absoluta libertad pasé a una reclusión que duraba de lunes a
viernes y que fácilmente podía extenderse al sábado

y al domingo: bastaba con que en alguna revista ma-
tinal el instructor apreciase que tus botas no estaban
bien lustradas. Además, tenías que llevar la mayor
parte del día un fusil encima, ir siempre corriendo de
un sitio a otro y limpiar hasta la extenuación cualquier cosa que pudiera limpiarse: suelos, retretes, pe-
rolas, hebillas, rastrojos. Yo, que a la sazón me creía
un joven ingenioso, ilustrado y prometedor, me vi de
pronto reducido a algo cuyo valor era bastante inferior al de la mierda: un recluta.

Para empezar, los reclutas ni siquiera teníamos
nombre. Nos asignaban un número, por el que, per-
suadidos de nuestra insignificancia, llegábamos a
llamarnos nosotros mismos. De modo que yo pasé
a ser el número 48, encima par, con la tirria que
siempre les he tenido a los pares. Por ese número se
nos pasaba lista, se nos imponían tareas y principalmente se nos abroncaba. Cuanto más sonaba tu número, peor. Lo más pernicioso era que se quedaran
con él los veteranos o los desalmados de tu propio
reemplazo, que nunca faltaban. Eso le pasó, entre
los del mío, al número 17, a la sazón ostentado por
un recluta especialmente tardo de reflejos. En poco
tiempo, ese número se convirtió en sinónimo de pa-
toso, desgraciado, cabeza de turco.

Al pobre 17 se le ponía la zancadilla durante la
instrucción, se le robaba el gorro, se le hostiaba bajo
cualquier pretexto y se le otorgaba la muy dudosa
distinción de ser el primero en experimentar las no-
vatadas con las que se amenizaban las aburridas
noches en el calor pegajoso de la escuadrilla —que
es como en Aviación se llama al dormitorio comu-

nal—. Notoriamente se trataba de un chaval apocado e hipersensible, lo que no era más que un estímulo para darle más y más caña. Alguno salía a veces en su defensa, pero sin mucha convicción, porque se le hacía ver al instante, y con toda contundencia, que no podía lucharse contra la ley de la jauría. Como tampoco era solución convertirse en un chivato —el pecado máximo entre la tropa—, al final todo se dejaba correr y el 17 seguía recibiendo. En definitiva, terminaban pensando muchos, las putadas que él acumulaba eran putadas que nos ahorrábamos de sufrir los demás. Todavía me pregunto cómo el 17 sobrevivió a aquel verano, pero el caso es que lo hizo. En rigor, él es quien debería escribir estas líneas. Sus recuerdos serían auténtico *heavy metal*.

Pero bueno, los demás también llevábamos nuestra ración. A la falta de libertad y los trabajos forzados, entre los que destacaba la instrucción, la mejor y más meticulosa máquina de despersonalizar al personal jamás inventada, se sumaba esa terrible sensación de tener que hacer cualquier cosa que cualquiera te mandase. No ya los instructores, sino cualquier tarado con dos meses de mili más que tú. Todas las mañanas, después de la lista y del desayuno, los veteranos se complacían en acuciarnos con la misma consigna: «Recluta, a pilotar». O sea, a limpiar la porquería de todos. Era un chiste mil veces sobado, pero seguían riéndose como si acabaran de descubrirlo. «Esto es Aviación, recluta —decían—, aquí se pilota que te cagas.»

Otra delicia de la vida del recluta era la menguada compasión que en general encontraban sus errores. Los menos dotados para el aprendizaje carecían del apoyo psicológico personalizado que recomienda la moderna pedagogía. Como sustitutivo, se los ridiculizaba en público, lo que a veces, porque Dios gusta de escribir recto con renglones torcidos, podía constituir una forma de justicia. Me estoy acordando del día en que el 45, el más constante y entusiasta torturador del 17, fue obligado por un instructor a demostrar ante todos los demás sus lamentables dificultades para leer en voz alta. Advertida la debilidad del sujeto, el instructor le hizo leer dos páginas, que acabó sudoroso y con el rostro convertido en un pimiento morrón. El auditorio, como un solo hombre, reprimía apenas la carcajada.

En suma, aquel verano azul me sirvió para convivir intensamente con sádicos, ignorantes, gente a la que le olía el aliento, gente a la que le olían los pies, lanzapedos, roncadores, camorristas y hasta delincuentes reincidentes y politoxicómanos, que de todo había en aquella bendita escuadrilla. Allí era donde cada noche me abandonaba en los brazos de Morfeo sin saber si de ellos me arrancaría la corneta que tocaba diana a las seis y media o un balde de agua helada a las tres de la mañana.

Y sin embargo, y aquí es donde vuelvo a lo que decía al comienzo, con la perspectiva del tiempo transcurrido me siento incapaz de afirmar que lamento haber tenido aquella involuntaria experiencia. Lo cierto es que aquel verano, mientras corría, fregaba y daba panzazos como un gilipollas, conocí a mucha gente que ni siquiera sabía que existía; gente que no pertenecía a mi mundo y cuyo trato me ayudó a descabalgarme de la nube en que había flotado hasta entonces. Muchos eran tipos sin suerte, semianalfabetos, casi sin esperanza. Tipos que no habían tenido ni tendrían nunca las mismas oportunidades que yo, que ni era rico ni me sobraba nada, pero podía plantearme ir el año siguiente a la universidad en lugar de tener que ganarme la vida. Había gente que no era buena, incluso gente mala de cojones, para qué vamos a engañarnos, pero la mayoría era gente como cualquier otra, mezquina y generosa a partes iguales, o según las circunstancias. Por ejemplo el 31, un pastelero de ciento treinta kilos, tirador infalible, mafioso y traficante de hachís, que tenía la taquilla llena de libros y me los prestaba cuando yo me acababa los míos. Los que me gustaban, me obligaba a quedármelos. Gracias a él leí, entre otros, *Rebelión en la granja*.

Aviación, por otra parte, no era la Legión. Los instructores nos daban tralla, sí, pero nunca o muy pocas veces nos arrimaban al límite. El sargento, cuando se le trataba, era un individuo bastante humano y bondadoso. Por todo ello, tiendo a creer que mi interludio militar fue una forma llevadera de mejorar mi deficiente y parcial visión del género humano, que siempre resulta útil, y de aprender a vivir siendo el último mono, que en mi humilde opinión lo es aún más. A todo el mundo debería dispensársele alguna dosis de esa medicina. Ayudaría a muchos imbéciles a controlar el impulso de darse importancia.

Lo imposible

Lo había soñado muchas veces. Los dos niños jugando a la orilla del mar, el sol resbalando sin prisa hacia la línea del horizonte. Los veía corriendo sobre la arena, al borde del agua, chapoteando cuando venía la ola. Los oía reír, llamarse, llamarla a ella. En el sueño el tiempo estaba detenido, pero no en esa espera sin esperanza que empastaba de cemento gris sus días. Era otra forma de quietud, tersa, luminosa, donde la risa de los dos niños resonaba como el conjuro que la aliviaba de todos los errores y todos los fracasos.

Pero era sólo eso, un sueño. En la crudeza que le mostraba la realidad, lo más probable era que los dos niños nunca jugasen juntos. Que no llegasen a conocerse, siquiera. A veces fantaseaba con la posibilidad de que algún día, muchos años después, cuando los dos fueran adultos, descubrieran la historia, se buscaran y acabaran por encontrarse. Qué se dirían, qué pasaría entre ellos, si eso diera en suceder. No podía evitar pensar —aunque pudiera juzgarse una conjetura pueril, o ridícula— que acaso ellos llevaran a término lo que entre sus padres había quedado truncado casi en su inicio.

La hija de ella. El hijo de él. Cuando los soñaba juntos, corriendo por la playa, era sólo el rostro de la niña el que podía ver con cierta exactitud. Las facciones del niño eran algo más imprecisas, una especie de bosquejo de las de su padre. No tenía por qué ser así, se decía cuando despertaba y recordaba el sueño desde la tristeza espesa de sus mañanas. Muy bien podía parecerse a la madre.

Pero siempre, cuando volvía a soñarlo, lo veía parecido a él. Después de todo, aquel sueño debía de ser el homenaje masoquista de su subconsciente al edén perdido, que en su memoria y en su corazón llevaría por siempre el nombre y el rostro de él. Su hija se parecía a ella. El niño debía, pues, parecerse al padre. Así el sueño era más inequívoco, y la amargura que le dejaba, más absoluta.

Nunca esperó nada. Vio sucederse las semanas, los meses, los veranos, con la sensación de tenerlo cada vez más lejos. Ella no podía ir a buscarlo. Él no podía venir a buscarla. Los dos niños iban cumpliendo años y el sueño se deslizaba poco a poco hacia el reino de lo imposible. Pero ella no sabía que a veces la vida da quiebros imprevistos, y que en contadas ocasiones, sólo para algunos elegidos, se complace en hacer que dos quiebros coincidan para permitir aquello que el adusto cálculo de probabilidades invitaba a descartar.

Siete años, dicen, es el tiempo que tarda la vida en hacernos girar. De pronto, siete años después, él pudo ir a buscarla y ella pudo ir a buscarlo. Todos los océanos juntos no habrían sido barrera bastante para impedir el encuentro. Ahora los dos niños jugaban juntos, a la orilla del mar, y el sol caía despacio sobre el horizonte. Y ella supo que no había otro modo de celebrar aquella felicidad que con las mismas lágrimas con las que tanto había llorado su desdicha. Son los intervalos oscuros, había leído en alguna parte, los que nos enseñan a apreciar la luz. El llanto de aquellos siete años le había limpiado los ojos hasta hacerlos dignos de lo que al fin contemplaba. Se había creído torpe, errada, mísera. Pero ahora lo veía de otro modo: su dolor no había sido en balde, su sueño era certero.

El niño se parecía a él.

Por un puñado de euros

Para Noemí Salas, que era una chica bastante perspicaz, estuvo muy claro desde el principio lo que significaba ser una becaria. Se lo mostró sin tapujos el redactor jefe del semanario durante la rápida y desganada entrevista de selección. Un par de ojeadas distraídas a su expediente académico, y cuatro o cinco preguntas difusas y apenas mascuilladas, que fueron todo lo que de profesional tuvo el encuentro, poco o nada pudieron decidir. Cuando recibió la llamada con la que le comunicaron su contratación, Noemí no pudo dejar de acordarse del indisimulado placer con que el redactor jefe se había entregado a la contemplación de su escote; un placer cuyo disfrute el individuo había prolongado, impertérrito, aun después de que ella le hiciera la señal inequívoca de sujetarse con la mano el cuello de la blusa y protegerse con el brazo. Pese a todo, la oportunidad era demasiado buena para una estudiante de último curso de Ciencias de la Información, y Noemí ya había aceptado algunos años atrás, cuando la naturaleza le había manifestado con cierta generosidad sus dones, que aquellas miradas indeseadas eran un problema con el que tendría que lidiar durante una buena temporada, siempre que hubiera varones en sus proximidades.

En los dos meses que habían transcurrido desde entonces, Noemí había tenido que enfrentarse a otros muchos inconvenientes aparejados a su condición de becaria. Bien pertrechada con la convicción de estar realizando un sacrificio transitorio y una inversión de cara al futuro, había arrostrado todas las miserias que le habían ido correspondiendo con mansedumbre y un inquebrantable espíritu deportivo. En definitiva, así era como estaba la cosa en el bendito siglo XXI; todos habían de pasar por allí y ella tenía tanto aguante como el que más, si es que alguien se había permitido dudarlo.

Pero aquella mañana de enero de 2002, lacerada inoportunamente por una de sus dolorosísimas menstruaciones, y reciente aún en su memoria la apocalíptica discusión mantenida con su novio a propósito del plan de Nochevieja —cuestión en la que, una vez más, había acabado cediendo como una imbécil—, Noemí estuvo a punto de sublevarse. Lo único que le faltaba, a la sazón, era que el redactor jefe se acercara por su mesa y, sin privarse de aprovechar el desnivel —ella sentada, él de pie— para su solaz particular, le dijera:

—Noemí, bonita, me vas a mirar una historia. Un dulce, para que luego no se diga que aquí a los becarios sólo los tenemos picando o haciendo fotocopias.

El *bonita*, el tonillo sarcástico y el recordatorio de su estatus de paria ya eran suficiente para hacerle hervir la sangre. Pero a continuación, el redactor jefe, con toda parsimonia, obligándola a sostener la sonrisa pese a que el dolor le estaba rompiendo las entrañas, descendió a explicarle en qué consistía el presunto *dulce*.

—Acabamos de estrenar el euro —le informó, como si fuera lo bastante necia, sorda y ciega como para no haberse enterado—, y se me ha ocurrido que podríamos averiguar cuál ha sido el primer robo que se ha cometido en nuestro país en la nueva moneda. Seguro que ha sucedido ya, porque los choris no descansan y la poli ya se sabe que últimamente anda a por uvas. Así que métete en las agencias, tócame juzgados, gabinete de información de la dirección general, los municipales, todo lo que se te ocurra. Una investigación en condiciones, no me digas que no es un trabajo de puta madre.

Noemí, apretando los dientes, asintió.

—Y para que veas cómo me fío de ti, te dejo incluso que lo escribas —añadió el redactor jefe—. Un breve, no más de quince líneas. Si te queda lo bastante bien como para meterlo, hasta lo firmas.

Ahí fue donde a Noemí empezó a olerle a chamusquina. Dejar que el trabajo de un becario apareciera firmado en la revista era algo completamente inusual. Con una espantosa sensación de pereza, la becaria trató de imaginarse cuáles serían los siguientes movimientos del redactor jefe, y en cuál de ellos se vería obligada a decirle que se comprara una muñeca hinchable y por tanto a dar por prematuramente terminada su colaboración profesional con el semanario.

—Llamo tu atención sobre un pequeño detalle —concluyó el redactor jefe, sacándola de estas incómodas cavilaciones—: cerramos mañana a las tres, así que necesito poder leerlo antes de la una.

Noemí volvió a asentir, implorando para sí que aquel degenerado se largara de una vez. Por fortuna, el redactor jefe ya debía de haber saciado aquello que buscaba saciar y emprendió la retirada hacia su cubil. Sin deshacerse, eso sí, de aquel gesto de profesor campechano tutelando a una colegiala despistada pero prometedora.

Cuando se hubo quedado sola, Noemí clavó la mirada en la pantalla de su ordenador con una sensación que tendría ocasión de repetir muchas veces, en los años venideros, frente a otras pantallas de ordenador, en otras redacciones y finalmente en algún despacho. Por qué, para qué estaba allí, si lo que en realidad quería era pasear mojándose de lluvia por un parque, tumbarse en el césped o simplemente meterse en un bar a tomar un café olvidada de todo. Y como luego haría muchas otras veces, para alejar de su mente esa pregunta y lo que implicaba, al instante asió el ratón del ordenador y se dispuso a abstraerse en la tarea que tenía ante sí.

Hizo lo que le había pedido el redactor jefe. Buceó en las agencias, en las ediciones electrónicas de los diarios, incluidos los regionales y locales, anotando datos, sumando historias y descartándolas, localizando los huecos y pensando en cómo podría rellenarlos. Dos meses atrás, cualquier laguna la habría agobiado hasta lo indecible. Ahora sabía que no había casi nada que con unas cuantas llamadas telefónicas y un poco de desparpajo no acabara por saberse con razonable aproximación, o por lo menos con la aproximación suficiente para escribir quince líneas. Sin embargo, el redactor jefe le había pedido que contara el primer robo en euros, y el asunto resultaba fastidiosamente concreto. Si elegía uno y luego aparecía otro anterior, quedaría desacreditada como periodista antes de haber podido considerarse como tal. Por eso se trilló a conciencia todo lo que el ordenador podía facilitarle, y después se lanzó a hacer llamadas a diestro y siniestro. Cruzó los datos que había sacado de sus indagaciones con los que le fueron dando sus interlocutores, y poco a poco fue cercando la presa que le habían ordenado perseguir.

La primera historia que se le presentó como una sólida candidata a protagonizar su trabajo había ocurrido a las 7.55 del día uno en un hipermercado de la periferia de Madrid. Los responsables del centro, aprovechando la circunstancia del día festivo, que les sugería una mayor seguridad, habían dispuesto para entonces el transporte de billetes y monedas para la dotación de las cajas al día siguiente. Los empleados de la empresa de seguridad se habían tropezado con los atracadores —por el acento, presumiblemente colombianos— a la entrada misma del centro. Había habido un tiroteo, un vigilante y un atracador heridos, y los asaltantes habían huido con un botín de veinte mil euros. La policía trataba de averiguar cómo habían podido tener noticia los ladrones del transporte de efectivo, porque el *modus operandi* acreditaba una cuidadosa planificación.

Noemí pensó que era una buena historia. Con violencia, con sangre, con el elemento pintoresco de los maleantes colombianos, genuinos representantes del tercer mundo, apoderándose a tiro limpio de la nueva divisa de los opulentos europeos. Pero mientras intentaba contrastarla, se le cruzó otra. Cuando vio de qué se trataba, quiso que no fuera verdad, que aquel portavoz policial hubiera sufrido una confusión o no recordase bien. Sin embargo, pocos minutos y un par de llamadas después, se veía obligada a rendirse ante la simple contundencia de aquellos nada estimulantes hechos.

Eran las 0.05 del día uno. Ramón R., un ingeniero de treinta y tres años, soltero y residente en Barcelona, reparó mientras se dirigía a una fiesta de Nochevieja en que no andaba sobrado de dinero. Vio desde el coche un cajero automático y detuvo el vehículo en doble fila. De fondo todavía sonaban los petardos con los que la gente festejaba el cambio de año. Ramón R. introdujo su tarjeta en el cajero y comprobó con sorpresa que las cantidades disponibles se le mostraban en euros. «Coño, euros», debió de decir, y a continuación, después de echar cuentas mentalmente —no le costaba mucho dividir por seis—, pidió que la máquina le dispensara ciento cincuenta. Observó con curiosidad los billetes, siete de veinte y uno de diez, y antes de haberlos guardado se encaminó de regreso hacia su vehículo. Fue entonces cuando un individuo de unos veinticinco años le salió al paso esgrimiendo una navaja. Ramón R., sin ofrecer resistencia, le entregó el dinero. Temió que el atracador le hiciera sacar más, pero la agilidad mental del delincuente no le permitió percatarse de que aquella suma en euros no agotaba el límite de la tarjeta, o ya tenía bastante y no quiso arriesgarse para aumentar el botín.

—Ya ve, sólo cinco minutos y el primer robo en euros —le dijo el portavoz policial después de contarle el caso—. Nos preguntábamos cómo sería. Un palo de cajero. Nada apasionante, ¿verdad?

Noemí estuvo completamente de acuerdo. ¿Cómo podía contar aquella historia anodina y vulgar de un modo que resultara mínimamente interesante? Podía ir al redactor jefe y decirle: «Mira, esto es lo que hay, así que tu idea genial ha resultado ser una parida». De hecho, estaba a punto de hacerlo, con una satisfacción que en parte la compensaba del dolor que la seguía martirizando y del trabajo baldío, cuando la asaltó una duda que la retuvo. ¿Y si el primer robo en euros hubiera ocurrido antes de concluir 2001? No era imposible, porque las monedas y billetes, aunque fuera de forma restringida, habían empezado a repartirse antes del 31 de diciembre.

A pesar del cansancio, y de que ya caía la tarde y se abría ante ella la perspectiva de tener que seguir trabajando hasta las tantas, Noemí reinició sus pesquisas con aquel nuevo planteamiento. Y no tardó en encontrar otra historia. No era espectacular, pero por lo menos tenía su gracia. Dentro de la gracia que puede tener un robo.

Manuel P., un previsor pensionista vallisoletano, se plantó puntualmente el día 14 de diciembre a las nueve de la mañana en la puerta de la sucursal de la caja de ahorros donde tenía su cartilla. Su objetivo: hacerse con uno de los euromonederos que a partir de esa fecha empezaban a distribuir las oficinas bancarias. Como llegó el primero, y los empleados le dijeron que había muchos euromonederos disponibles, decidió pedir tres. Uno para él y otro para cada uno de sus dos hijos. En total, una suma de 36,06 euros, el equivalente a 6.000 pesetas. Muy contento con su adquisición, y sin poder resistir la curiosidad, cometió el error de examinar las monedas en un banco de la plaza más cercana. Mientras se hallaba abstraído en la identificación de las diferentes piezas, se aproximó a él, sin ser percibido hasta que fue demasiado tarde, un sujeto de unos treinta años, en apariencia toxicómano y armado de una jeringuilla sucia. Sin mayores preámbulos, le exigió que le entregara todo el dinero, empezando por aquellas monedas. Manuel P., observando con aprensión la jeringuilla, le entregó los tres euromonederos y cuatro mil pesetas que llevaba en la cartera. El atracador se hizo rápidamente cargo de todo, y tal vez le llamó la atención recibir tantas monedas y que vinieran empaquetadas en bolsas de plástico. Cuando las miró más detenidamente y vio que eran euros, dudó un instante y se las arrojó de vuelta a su víctima. «Quédate con eso, abuelo —dijo—, que hasta el día uno no me valen para nada y yo no sé si el día uno voy a estar vivo.» Y se largó con las cuatro mil pesetas, dejando a Manuel P. sumido en el lógico estado de nerviosismo y estupefacción.

Aunque estaba cansada y se sentía como una idiota trabajando a aquellas horas por las cuatro perras que le pagaban, Noemí sintió que tenía una buena historia y que había merecido la pena el esfuerzo. Se disponía a escribirla cuando le entró una pequeña duda. ¿Sería aquel, de veras, el primer robo en euros? ¿No era posible que hubiera habido otro antes? Ya se había cerciorado de que, al contrario que en Alemania, no se había registrado ninguno durante los transportes masivos de dinero, protegidos por la Guardia Civil. Pero desde comienzos de diciembre habían empezado a repartirse euros a entidades financieras y grandes superficies. No podía descartarse que en todo aquel movimiento se hubiera producido alguna incidencia. Sin dejar que la fatiga, ni su aversión al redactor jefe, ni su simpatía por el caso del jubilado la disuadiesen, Noemí echó mano de su fuerza de voluntad y volvió a sumergirse en la búsqueda. Y entonces, al fin, encontró su historia, la que había de escribir y la que iba a ser la primera en aparecer publicada con su nombre.

El texto le salió de corrido. Decía así:

Quizá lo primero que hace nacer una moneda es el deseo de poseerla en aquel a quien no le pertenece. El euro está oficialmente en nuestras manos desde el 1 de enero de 2002, pero nada menos que un mes antes de esa fecha tuvo lugar el que quedará registrado para la historia como el primer robo en euros en nuestro país. Aunque preferiríamos, por su interés noticioso, poder decir que el suceso fue fruto de la fría astucia de una sofisticada mente criminal, o consecuencia de la audacia de peligrosos malhechores, lo cierto es que se debió a la incomprensible e ingenua infidelidad de un gris y hasta entonces irreprochable empleado de banca. J. L. Z., de cuarenta y siete años, con veinticinco a sus espaldas de dedicación a la entidad, director de sucursal en Alicante, falsificó los recibos de la provisión de euros que se le había entregado el día 1 de diciembre de 2001, haciendo constar en ellos 1.000 euros menos de los efectivamente recibidos. El desfalco fue detectado por los servicios de auditoría interna del banco tan sólo dos semanas después. La razón por la que J. L. Z. decidió echar a perder veinticinco años de servicio por un puñado de euros continúa siendo un misterio.

Releyó su trabajo un par de veces, satisfecha. Miró el reloj. Eran las doce y media de la noche. Todavía quedaba bastante gente en la redacción, como correspondía a una víspera de cierre. Pero a fin de cuentas a los otros les pagaban un sueldo más o menos digno, así que Noemí apagó el ordenador, se puso el abrigo y se encaminó hacia la salida con la conciencia tranquila. Al pasar junto a un despacho, vio al redactor jefe discutiendo con el jefe de la sección de deportes. Dejó atrás aquella escena con un profundo alivio.

Al día siguiente, tras releerlo otras tres o cuatro veces, Noemí le entregó el texto al redactor jefe. Prefirió hacérselo llegar a través de la secretaria. Aunque no habían dado las diez cuando le dejó a esta el folio, su superior no vino a verla hasta las dos.

—Muy bien esta cosita, Noemí —le dijo con la misma indulgencia que se usa para enjuiciar los palotes de un párvulo, aunque su trazo sea trémulo y sólo precariamente vertical—. Quizá un poco recargada de adjetivos, pero bueno, eso es un síntoma de juventud. Ya los irás perdiendo por el camino. Sólo quería preguntarte si te has cerciorado bien de la historia que estamos vendiendo. O sea, si estás segura de que este es el primero, de verdad de la buena.

—Descarté otros tres antes —repuso la becaria un poco seca.

—Entiéndeme, no es que dude de ti —trató de ablandarla el redactor jefe—. Es que debo hacer la comprobación. ¿No imaginas por qué?

—¿Por qué?

—Lo metemos. ¿Cómo quieres firmarlo?

Noemí miró al hombre que tenía ante sí tratando de dilucidar cómo debía reaccionar ante aquel anuncio que por lo visto debía causar en ella la misma impresión que la llegada de los Reyes Magos. No podía sacarse de la cabeza que no era el mérito de su escrito lo que justificaba que fueran a publicarlo —«demasiados adjetivos», había dicho el muy cerdo, y lo peor era que tenía razón—, y aquello que en condiciones normales habría debido considerar su primer triunfo periodístico le sabía de pronto a humillante fracaso.

—Noemí Salas —dijo al fin—. Así me llamo.

—Muy bien. Pues Noemí Salas.

«Noemí Salas», leyó en voz alta Casiano Jiménez, una semana después, cuando terminó aquel breve encabezado por el aparatoso titular «EL PRIMER ROBO EN EUROS». Entonces le asaltó una duda y fue a buscar la carpeta de las adjudicaciones. Hizo pasar las que no le interesaban hasta que llegó a la que le había recordado la lectura del texto escrito por aquella desconocida periodista. La leyenda era tan aburrida como la de las demás: «Refuerzo del firme entre los P. K. tal y tal de la carretera tal». Mientras seguía leyendo, recordó la cifra, 3.051.363 euros. Y al fin dio con la fecha bajo la que estaba estampada su propia firma: 26 de noviembre de 2001. Sonrió.

—Pues lo siento, Noemí Salas —murmuró—, porque no sé cuál es el primer robo cometido en euros, ni me importa tres cojones, pero desde luego no es el de ese pobre diablo que me cuentas.

El presidente de la constructora adjudicataria de aquella obra era un tipo de palabra, Casiano Jiménez lo había comprobado en otras ocasiones. Y el trato era que una vez firmada la adjudicación de los trabajos, se comprometía a reservarle el pico de 51.363 euros, que le haría efectivo a Jiménez tan pronto como cobrara la primera certificación. Aquella suma venía a ser la quinta parte del clavo que entre los dos habían decidido meterle al presupuesto de la obra. En números redondos, el 26 de noviembre de 2001 le habían robado a la Diputación 250.000 euros. Algo más que un puñado, Noemí Salas.

Edith, luchadora

Después de conocer su historia, me resulta difícil poner el acento en otra. Pensar que alguien entre nosotros, nacidos en el lado confortable de la raya del mundo, podría ser un ejemplo de algo por encima de ella. Que cualquiera de nuestras dificultades superadas, cualquiera de nuestros logros alcanzados, cualquiera de nuestros hallazgos o trabajos, aventaja a la atroz aventura que para ella fue la simple supervivencia.

Sé poco de ella, y al decir poco quiero decir poco cierto. La costumbre de vivir en una época donde tantos desaprensivos se lanzan a contar —y lo que es peor, a juzgar— a tontas y a locas, teniendo las historias cogidas por los pelos, no me ha llevado a olvidar que cuando uno trata de poner en pie un cuento ha de hacerlo con responsabilidad y conocimiento del percal, y levantando acta de lo que le falta. Poniendo en él todo lo que uno tiene, como ya aconsejaba la sufí Fátima al-Mutana, la sabia nonagenaria a la que tomaban por tonta los ignorantes de la Sevilla del siglo xii, y que supo reconocer en Ibn Arabi a un hombre que se daba por entero a lo que hacía, que es el único modo inteligente de hacer algo.

Pongo todo mi ser, pues, al servicio de Edith y su historia, pero me toca reconocer que ni siquiera sé en qué país nació. Ella decía venir desde Sierra Leona, pero bien pudo mentir para tener mayores opciones de que le concedieran asilo en España, porque Sierra Leona era entonces —es ahora, quizá sea siempre— un país en guerra. No es improbable que fuera nigeriana, o de cualquier otro país cercano, y tampoco entra dentro de lo impensable que el apellido que decía ser el suyo, Napoléon, fuera falso y de conveniencia, para apuntalar mejor su posible patraña. Como tantas otras, Edith atravesó el desierto, seguramente a pie durante buena parte del camino, y llegó a las costas del Estrecho.

Se dice pronto, se dice rápido, se dice simple: atravesó el desierto. Pero esas tres palabras no sólo encierran miles de kilómetros, la arena, el calor, el sol abrasador. Encierran los abusos, las extorsiones, en el caso de Edith es más que imaginable que también las violaciones. No una, sino varias. A veces a cambio de transporte, a veces por comida, a veces porque sí. Creo poder asegurar que Edith, en todo caso, sorteó el premio que recibieron muchas de sus compañeras: concebir un hijo de alguno de sus violadores. No consta que lo tuviera cuando sucedió lo que me permitió conocer de su aventura y su existencia.

Luego se las arregló para cruzar el Estrecho en una patera. Debió de salir al anochecer, hacinada con otras decenas de desdichados. He pasado horas en las aguas del Estrecho por la noche, mirando las dos costas y el agua negra y feroz que le tiende a uno el abrazo. La miré desde una embarcación mejor que la que trajo a Edith. Era una noche de verano, con el mar algo revuelto, pero no con su peor faz. Y aseguro que intimidaba.

En todo caso, Edith logró pasar, y pasó después por todos los trámites de la extranjería en Europa: centro de acogida, de internamiento, y al final a la calle con su papel acreditativo de tener solicitado el asilo, habitante del limbo a la espera de resolución. Con él en la mano se dedicó a lo que tantas de sus compatriotas. Quizá venía ya *traficada*, nuevo eufemismo que esconde que era una esclava desde que salió de su pueblo africano, predestinada a buscar y encontrarse con el proxeneta de su misma raza y procedencia que la explotaría en España.

Durante un buen número de meses, Edith se puso cada tarde al costado de un vial del parque del Oeste de Madrid, junto al paseo de Camoens, aquel poeta que nunca imaginó que daría nombre a tal cosa, para prostituirse. Era menuda, de formas redondas, atractivas para los hombres. Muchos pagaron por ella, más de uno repitió. Y Edith siguió yendo allí, cada tarde, a ganarse la vida, a cumplir con los que la esclavizaban para tratar de saldar la deuda que le habían impuesto, a lo que fuera, con una sonrisa prendida en los labios. Sólo conozco una fotografía de ella, en la que se la ve así, risueña, esperanzada pese a haber ido a parar a las manos de la peor gente, pese a no ser más que un trozo de carne oscura para los ciudadanos del país que, lejos de acogerla, tuvo a bien seguir prolongando su vejación.

Habría salido adelante, de algún modo, porque tenía dentro la fuerza para ello. Salió adelante hasta su último día, que vino cuando un joven empresario la recogió, se la llevó a su casa de Boadilla del Monte y sucedió algo que nunca pudo explicar. Que nunca pudo explicar el empresario: el mismo que descuartizó el cadáver de Edith y lo arrojó en bolsas de basura al contenedor situado enfrente de su portal, donde las encontraron, poniendo en marcha una investigación que lo enviaría a la cárcel.

Allí sigue el empresario. En cuanto a Edith, era demasiado grande para quedarse en la basura a donde quisieron arrojarla. Su cuerpo yace por ahí, a saber dónde. Su alma, una vez más, porque esta no es la primera, dicta mis palabras. Para que no se la olvide, para que se sepa que fue, que luchó, que merecía esta vida más de lo que la mereceremos ninguno de nosotros.

La fresa jugosa

Rosa estaba lo bastante cerca como para distinguir el brillo en los ojos de él, la pronunciación trabajosa con que ella aún se expresaba en castellano. Sólo viéndolos, pensó, la historia podía deducirse con una aproximación que resultaba casi excesiva. No debería poderse averiguar tanto a primer vistazo; todos los seres humanos, también ellos, tenían derecho a resultar un poco menos transparentes, un poco más misteriosos. Pero qué se le iba a hacer. Qué se podía imaginar al verlos así, tan acaramelados, cogiéndose la mano sobre la mesa, en la penumbra de aquella cafetería de una próspera población onubense. Qué no iba a maliciarse cualquiera al oírle a él, con su acentazo local, y a ella, con su indisimulable deje eslavo; al compararlos, él ya un poco fondón y con las entradas despejándole una buena porción de cráneo —aunque se arreglara los pelos supervivientes para reducir el efecto—, y ella, un ángel rubio veinteañero y espigado, abarcándolo y perdonándolo todo con el límpido espejo azul de sus ojos tallados por los fríos del norte. Podía preguntar al azar a cualquier parroquiano que nunca hubiera oído hablar de ellos y seguro que atinaba a figurarse cómo había llegado a suceder.

Conjeturaría que ella había venido un día en un autobús desvencijado, con varias decenas de compatriotas, atraída por el reclamo inmediato de la campaña de la fresa, pero también, secretamente, por un sueño algo más vago y a la vez más crucial. Que él, por los cauces que seguían aquellos negocios, la había empleado, junto con otras, para recolectar el fruto de sus explotaciones; quizá por lo legal, con los permisos y todo eso, o quizá no, pero tampoco este detalle introducía mucha diferencia. A partir de ahí, ya sólo faltaba que se diera la ocasión, que siempre se acaba dando cuando ambos tienen razones para avenirse y deseos o interés de hacerlo. Los motivos de ella estaban claros, y era su modesto privilegio no necesitar pensárselos mucho: todos los hombres tenían sus cosas, y ya guardaba mala memoria de unos pocos; este, para variar, le prometía algo concreto y tangible. En cuanto al ímpetu que a él le movía, acaso fuera intrínseco a su naturaleza de macho mamífero: tras una vida trabajando como un cabrón, ahora iba viento en popa y el dinero le corría entre los dedos, pero el tiempo también; le quedaba menos para darse gustos, y en casa le aguardaban estímulos menguantes y reproches crecientes, todo eso que van criando los años.

La chica le ayudó a salvar los escrúpulos. Sin necesidad de haberlo estudiado, sabía dónde y cómo rendirle; y sin perfidia ni maldad alguna, lo hizo. Con la misma naturalidad con que cae la lluvia. Aquella agua fresca en el rostro fue para él una redención demasiado poderosa como para no desear que durase algo más que una tormenta. Luego hubo algunos trámites, algún dolor, alguna culpa. Pero, tras superarlos, podía irse a navegar por el mar en calma de aquellos ojos azules. Zarpó el marinero.

Ah, el marinero. Había sido joven, había rebosado energía, había desafiado a las tempestades. Nunca había sido muy delicado, pero había sido ingenuo y algún día había derrochado una locura generosa, enternecedora. Mientras los miraba desde su rincón, no lo dudaba; aunque ahora, qué remedio, muchos lo considerasen mezquino y ventajista. ¿No merecía tales adjetivos aprovecharse de la necesidad, coger la fresa jugosa, rehuir los viejos compromisos? Pero había que fijarse en sus ojos. Se fijó. Aquel destello. No, no era ni mejor ni peor de lo que había sido antes; o en fin, no había empeorado más de lo que el tiempo nos empeora a todos. Sólo tenía miedo. Sólo estaba solo. Sólo quería creer la mentira de que podía salvarse. Como cualquiera.

Rosa lo sabía bien. Habían sido treinta y tres años juntos.

Pongamos que hablo de...

En un lugar de la Mancha, de cuyo nombre no necesito acordarme, no ha mucho tiempo que vivía un puñado de hijos de algo y una multitud de hijos de nadie, o mejor dicho, de nadie que contara mucho en realidad. Organizábanse estas dos fracciones con arreglo a una serie de normas relativamente sofisticadas, que no sólo regían, con mayor o menor eficacia, el funcionamiento interno de cada uno de ambos grupos, sino también las relaciones entre ellos y las que pudieran llegar a establecerse entre los individuos particulares que los componían.

El día normal de este lugar manchego comenzaba a una hora muy temprana. Antes que la aurora con sus dedos despaciosos comenzara a rasgar el tejido de la noche, emergían de sus refugios nocturnos centenares de miles de hijos de nadie —y algún que otro hijo de algo despistado o que debía tomar el primer vuelo a algún sitio—. Pocos de estos madrugadores abandonaban el lecho espoleados por la impaciencia de correr a acometer alguna empresa para ellos apasionante, o en la que se sintieran personalmente concernidos de forma intensa. Bastaba examinar sus rostros en los habitáculos de las máquinas que los desplazaban de un sitio a otro para advertir esa desgana de vivir y esa renuncia a aparentar el más mínimo entusiasmo que muestra el viejo cómico cuando inicia una representación mil veces repetida ante un público al que ha dejado de respetar. En medio de la muchedumbre de congéneres, veíase a cada uno de los hijos de nadie solo y fatigado y, en casos extremos, derrotado y rendido antes de haber comenzado el combate. Entre ellos los había que gozaban del derecho a estar allí, en el habitáculo, en el lugar manchego y en sus alrededores; otros ostentaban ese derecho de forma transitoria; y otros, finalmente, carecían por completo de él, por ser su presencia una irregularidad tolerada en términos inciertos y sobre la que sólo podían fundar precarias perspectivas. Todos compartían en cualquier caso el mismo espacio, y se veían obligados a competir, desde su privilegio o su desventaja, por los nichos de subsistencia que en su categoría de hijos de nadie les resultaban en principio asequibles.

Las reglas que determinaban su supervivencia obedecían a una rica casuística resumible, no obstante, en dos esquemas básicos: algunos, tras superar diversos trámites de admisión, que presuponían su condición de individuos con derecho de estancia permanente, lograban trasladar la carga de su manutención al conjunto de sus semejantes, con carácter vitalicio y contra la prestación, real o fingida, de un servicio a la comunidad; otros, previo el aprendizaje de técnicas de dificultad variable, accedían a la posibilidad de recibir recursos de suficiencia también variable para sostener una existencia digna

—conforme a alguna de las múltiples acepciones de esa expresión—, siempre y cuando acreditaran su capacidad para hacer que otro ganara dinero merced a su trabajo. Si esto no era demostrable, o después de haberlo sido dejaba de serlo, o sin más dejaba de convenir al rentabilizador de sus esfuerzos seguir utilizándolos, su arreglo vital podía ser abolido casi en el acto, sin otro requisito en el mejor de los casos que abonarle una suma que compensaba sólo en parte el deterioro de sus expectativas de futuro.

Se entenderá que ninguna de estas dos fórmulas permitía a los hijos de nadie una vida singularmente heroica, ya que en un caso se ganaba la tranquilidad al precio de la sumisión al orden comunal y en el otro se carecía no sólo de la posibilidad de hacer grandes conjeturas sobre el porvenir, sino del tiempo y las energías necesarias para nadar a contracorriente —porque conseguir que otro se enriquezca es una tarea exigente y fatigosa—. Salvo seres excepcionales y anómalos, que alguno siempre hay, la vida de los hijos de nadie venía a resumirse en la obediencia más o menos escrupulosa a los reglamentos y las instrucciones que les dictaban desde las instancias competentes. Para persuadirlos de la pertinencia de esta conducta, y de la irresponsabilidad temeraria que constituiría no observarla, a los hijos de nadie se los programaba para que a la primera ocasión practicable desearan formalizar una hipoteca y para que necesitaran de manera imperiosa acceder al uso y disfrute de una infinidad de artículos de consumo velozmente obsolescentes: pulsiones ambas cuya satisfacción requería la disponibilidad del efectivo al que sólo podían aspirar mediante la enajenación de su autonomía.

Por lo demás, como la de cualquier ser que alienta y palpita bajo el sol, la vida de los hijos de nadie estaba punteada de momentos dulces y momentos amargos. Dulce les parecía entrar por primera vez en el espacio habitable adquirido contra la formalización de la hipoteca, y también se sentían dichosos cuando observaban fascinados el funcionamiento o la prestancia del último artículo de consumo que habían incorporado a su patrimonio. Amargo era ponerse enfermo a horas intempestivas y acudir a dependencias atestadas donde médicos bisoños, o distantes, o desbordados, o las tres cosas a la vez, les proporcionaban al cabo de horas de espera paliativos estrictamente químicos para sus dolencias —que podían funcionar o no y, en caso de que no lo hicieran, sólo serían renovados previo padecimiento de otra interminable espera en condiciones tanto o más penosas—. Amargo era, también, recorrer cada mañana la distancia que los separaba de sus centros de producción en vagones demasiado pequeños para la cantidad de gente que pretendía subir a ellos, o tratar de progresar en un laberinto cuyas vías cortadas o menoscabadas por obras siempre decididas por otros los condenaban a sufrir las consecuencias de atascos y accidentes. Y amargo era en no menor medida, aunque sólo algunos lo percibieran, tener que enviar a sus hijos a educarse en centros donde muy probablemente estarían lejos de proporcionarles las nociones que necesitarían para llevar adelante no ya alguna empresa memorable o sobresaliente, sino una vida mediana de hijo de nadie.

En las mismas coordenadas geográficas de latitud y longitud, es decir, en el mismo lugar de la Mancha, pero dudosamente en el mismo espacio y el mismo mundo, vivían los hijos de algo. Los narradores resentidos y sarracenos, estilo Cide Hamete, incurren al referir sus vicisitudes en vulgaridades y groserías que no cometeremos aquí. Dejaremos bien sentado, por tanto, que los hijos de algo estaban, como los hijos de nadie, expuestos tanto a la felicidad como a la pesadumbre, y dotados tanto para la virtud como la abyección. Entre ellos, como entre los hijos de nadie, había personas de corazón y mente anchos y generosos, y seres más propicios a las angosturas. Las diferencias que separaban a unos y otros, con ser importantes, no eran del calibre necesario para dejar de considerarlos partícipes por igual en las luces y sombras de la común condición humana.

Lo que diferenciaba a los hijos de algo era su grado de autonomía. Ser hijo de algo exoneraba en gran medida de las dificultades e incertidumbres que presentaban las soluciones vitales disponibles para los hijos de nadie. No sólo podían acceder en mejores condiciones, tanto de partida como de llegada, a los tipos de arreglo antes enunciados, sino que una vez instalados en ellos su grado de dependencia de la voluntad ajena era mucho menor. Los hijos de algo disponían además de otras soluciones propias y específicas, susceptibles de proporcionar satisfacciones y niveles de confort y maniobra impensables para los hijos de nadie del común, y a los que ni siquiera los hijos de nadie en quienes concurrían cualidades extraordinarias y una astucia fuera de serie podían aspirar sino con el concurso de una fortuna anormalmente propicia o como fruto de algún azar extravagante.

En general, los hijos de algo podían eludir los centros sanitarios saturados y ser atendidos por gente aleccionada y pagada para ser amable con ellos cuando la salud les era esquiva. Podían concebir esperanzas razonables de que sus retoños recibirían la instrucción necesaria para mantener la condición de hijos de algo. Y aunque los laberintos viarios y las obras les perjudicaban como a los hijos de nadie motorizados, solían tener mayor flexibilidad para evitar las horas punta y al menos no se veían obligados a soportar las estrecheces del transporte público, que eludían salvo que ocasionalmente les conviniera por alguna razón tomarlo. Un conjunto reducido de hijos de algo disponía, además, de ventajas especiales. Viajaban en coches conducidos por otros que siempre los depositaban a la puerta del lugar al que iban y los recogían allí mismo cuando terminaban; se beneficiaban no ya de la deferencia sino del servilismo de las personas que velaban por su salud —y que los trataban y examinaban con toda atención aun cuando no sufrieran mal alguno—; y podían convertir a sus hijos en personas de mente y visión privilegiadas, políglotas y refinados, o, en caso de fracasar en ese empeño, hacerlos pasar por tales a todos los efectos.

Y así iba la vida, en el lugar manchego, según todos sabían, aceptaban y, en cuanto les era posible, aprovechaban. Y los hijos de todos, en las escuelas, leían, quién sabe por qué y para qué, la historia de un viejo loco que embestía molinos de viento y clamaba contra las injusticias.

Equidistando en Navidad

Yo antes molaba. Incluso —no dejaré de confesar el placer culpable— había ocasiones en las que me molaba a mí mismo. Qué tiempos. Qué nostalgia. Hace ya mucho que siento todo lo contrario: que cada vez molo menos. Incluso —me veo obligado también a reconocerlo— que he dejado de caerme bien. Lo que uno puede pensar de sí, salvo que seas un narcisista patológico, no deja de estar comprometido, mucho más de lo que nos gusta admitir, por lo que percibe que los demás opinan al respecto. Y siendo realista, tengo que aceptar que de un tiempo a esta parte mi reputación, a ojos de mi entorno, se ha desplomado.

Quisiera pensar que yo no tengo la culpa, pero quién sabe. Quiero creer que todo es consecuencia del enrarecimiento del ambiente a mi alrededor, que lleva a mis semejantes a percibir como sospechosas, incluso como ofensivas, actitudes que hasta no hace tanto uno podía sostener con cierto decoro, cuando no con un discreto y legítimo orgullo. Sin embargo, la inquina que advierto en sus miradas, el menosprecio que impregna su juicio sobre mí, las palabras sin excepción hirientes que me dedican cuando me esfuerzo, humilde y honradamente, por seguir siendo el que soy, ese mismo que antes no concitaba en torno a sí un odio tan encarnizado, invitan a dudar si el problema no lo tendré yo. Si no será que no he acertado a acompasarme como se me exige y como es debido a los nuevos aires que soplan, aferrado con perseverancia digna de mejor causa a categorías caducas, a consideraciones secundarias y extemporáneas, en lugar de leer correctamente el signo perentorio e inapelable de los tiempos.

Dentro de poco me toca afrontar otra cena de Nochebuena. Contra lo que propugna el tópico perezoso —pido disculpas por la redundancia—, el peligro en su transcurso no proviene de mi único cuñado, un hombre paciente, prudente y bondadoso al que jamás le he escuchado impertinencia alguna. Mi prevención viene provocada por dos recién llegados a la familia que desde el instante de su irrupción no han dejado de marcar con enérgica determinación su nuevo territorio: mi yerno y mi proyecto de nuera —por fortuna aún susceptible de frustrarse, no pierdo la fe ni dejo de rezar cada noche a todos los santos a los que hacía décadas que no molestaba—; dos jóvenes vehementes y asertivos que al otro lado de la mesa con velas, lombarda y langostinos se erigen en fiscales del oscuro tribunal que parece haber decretado que mis méritos son sobrados para condenarme al ostracismo, si aquel viejo expediente griego siguiera vigente en nuestros días. En términos más modernos, supongo que podría decir que he adquirido la condición de cancelable, o, sin más, de amortizable, que es vocablo menos enfático y que casa mejor con la mezcla de desdén y conmiseración que noto que abrigan hacia mí.

Para mi yerno, portavoz infatigable de todas las esencias de la hora última del progresismo, y siempre dispuesto a ponerles a las cosas el nombre más taxativo y lacerante —«yo es que no tengo filtros, ya me perdonarás», suele advertir—, el padre de su pareja no es más que un criptofacha que en el trance decisivo, este en el que al parecer nos hallamos, se ha quitado la careta para que emerja el facha que siempre fue hasta el tuétano. No otra explicación tienen, para él, mis medidas objeciones —no soy ni fui nunca pendenciero, creo con mi admirado Montaigne que la ira denota falta de juicio— frente a las decisiones más traídas por los pelos que toma su cofradía. Desde revertir de la noche a la mañana principios que se declaraban inamovibles hasta dar preferencia a quien se jacta de aborrecer el Estado que mejor o peor garantiza los derechos y libertades de todos en detrimento de quien se dejó la piel sosteniéndolo de buena fe —no abogo por delincuentes, ni condenados ni presuntos— y que ahora pasa, día sí y día también, como la peor clase de chusma sin que nadie lo reivindique. Y no aludo con esto a jueces o fiscales, que esos, al menos, tienen a quien les dé alguna caricia; sino a los servidores públicos de a pie que se fajaron en defensa de los derechos de sus conciudadanos y que ahora quedan degradados sin réplica a la categoría de esbirros, en tanto que quien maniobró contra el bien común, con engaño y hasta con violencia, adquiere talla de prócer.

Para mi futura nuera —si los santos a los que desatendí durante tantos años me hacen sentir su desaire al final—, mi desdoro, igualmente imperdonable, es de signo contrario. Criada en lo que antes se llamaba una buena familia, o lo que es lo mismo, nacida con dinero de quien a su vez ya nació adinerado, juzga mis posiciones demasiado tibias: ante el atropello a manos de una banda de traidores, yo debería reaccionar —aquí me permito hacer alguna conjetura personal— con la virilidad de mi raza, sacar pecho y nombrar la infamia, porque no hay ni puede haber otra respuesta ante la disipación y el apocalipsis que nos trae una partida de aventureros y tahúres sin escrúpulos. Para ella, y tampoco se priva de decírmelo —eso de los filtros ya me voy percatando de que ha devenido un anacronismo engorroso—, lo que asoma en mi déficit de ferocidad, en mis dudas acerca de que la solución sea Santiago y cierra España, o cuando le digo que a pesar de todo quienes toman caminos que juzgo nocivos y erróneos no dejan de tener legitimidad para defender su ideario, es que al rojo vergonzante y trasnochado que vive en mí le faltan agallas para elegir, frente al mal, la verdad, la luz y la vida.

En algo coinciden ambos: en que soy un equidistante, que viene a ser lo peor. Y cada día que pasa, sí, me siento a la misma distancia, sideral, de más gente. En el fondo es justo, admito, que me hagan sentir, en reciprocidad, su rotundo desprecio.

El día en que morí

Ese día yo iba a cometer un crimen. Todo estaba arreglado previamente: la víctima elegida, la ocasión buscada, el precio pactado. Sí, siempre hay un precio. De un tiempo a esta parte, será cosa de las películas, las novelas o los programas televisivos que explotan hasta la náusea los despojos de esos crímenes mediáticos —casi siempre con niña o muchacha en el papel de víctima—, se ha extendido por ahí la idea del crimen gratuito, ese que brota de una pasión incontrolable o de un oscuro arrebato del alma. Lo que no deja de ser una pamplina: todos los criminales, cuando actuamos, lo hacemos para ganar algo. Que ese algo sea razonable, o se lo parezca a quien no comete el crimen, es otra consideración que nada tiene que ver con el asunto. El que aprieta el gatillo, en ese justo instante, siente que obtiene un beneficio. Y ese día, lo aseguro, yo no iba a ser menos.

Llevaba semanas planeándolo. Mi acción me exigía trasladarme desde una ciudad de la periferia de Madrid hasta otra situada en la costa cuyo nombre no daré para no ofrecer más pistas de las imprescindibles. Había estado estudiando las posibilidades y en un principio me decanté, por discreción y economía, por la opción ferroviaria. Un tren de cercanías hasta Atocha y otro de larga distancia hasta mi destino. Incluso llegué a mirar los horarios para ver la forma de combinarlos. Mi intención era no llegar demasiado tarde pero, si era posible, tampoco madrugar en exceso. El día en que vas a enfrentarte a un acto tan comprometido como el que yo me proponía conviene estar descansado. Sin embargo, prácticamente a última hora, y por este mismo motivo, cambié de idea. Decidí que era mejor viajar en mi coche la víspera y dormir ya en el lugar donde iba a perpetrar la acción. Gracias a eso estoy hoy aquí, contándolo.

Sí, de no haberse producido este súbito —y no sé muy bien a qué debido— cambio de planes, yo debería haber estado bajándome en los andenes de la estación de Atocha Cercanías el 11 de marzo de 2004, más o menos a la hora en que empezaron a explotar las bombas. Incluso he pensado alguna vez que la población mundial habría mejorado en su composición si, en lugar de alguno de esos 192 inocentes, los explosivos depositados en las mochilas se me hubieran llevado a mí, que de tantas cosas soy culpable, por delante. Pero el hecho cierto es que el 11 de marzo de 2004, sobre las siete y media de la mañana, después de un sueño reparador en un hotel cómodo y poco llamativo, no me encontraba en la estación, sino a cientos de kilómetros de allí, saboreando un café con leche y tomándome unas tostadas con aceite, mientras pensaba en los detalles del crimen que me disponía a cometer. Desayunaba en un bar, como todos los bares españoles presidido por un gran aparato de televisión. No recuerdo muy bien qué hora sería cuando empezaron a aparecer las noticias. Una explosión, otra. Un tren, otro. En El Pozo, en Santa Eugenia, en Atocha, unos metros antes. Y luego aquellas imágenes, que resultaban tan horrendas como hipnóticas.

Confieso que fui incapaz de moverme de aquel taburete. Yo, un criminal curtido, convencido hasta ese momento de mi condición y, ya que no de su bondad, sí de la necesidad justificable, ante mí mismo, del papel que había elegido en la vida. Yo, que tantas veces había tomado sobre la marcha o tras meditarla la decisión de dañar o asustar a otra persona, sin arrepentirme ni conmoverme jamás, de pronto, al ver la devastación causada en la vida de tanta gente por alguien como yo, alguien que seguramente creía tener razones para dinamitar a sus semejantes, y que sin duda sentía, como yo había sentido tantas veces, que ganaba algo con ello, tuve la sensación de que algo se rajaba de parte a parte dentro de mí y, por más que quise, fui literalmente incapaz de despegarme durante horas de aquella pantalla.

Quienes decidieron sembrar de muerte aquellos trenes, sin otra mira que la destrucción indiscriminada, procuraron sin quererlo un bien colateral. La víctima con la que esa mañana yo estaba determinado a encontrarme no me conoció jamás, y se libró de lo que le habría deparado nuestro encuentro. Y no sólo ella: también todas las que en estos diez años, de no haberse truncado de aquella forma mi disposición a herir a otros, me habrían conocido y habrían lamentado que me cruzara en sus vidas. Aun antes de saber lo que ahora sé, y que quizá explique misteriosamente lo que me sucedió —lo diré al final del cuento, tengan paciencia— en los días y meses sucesivos, me admiró que hubiera personas, en el propio país donde había acontecido aquello, y fueran cuales fueran sus motivaciones, que conservaran la capacidad de urdir y cometer crímenes, y especialmente homicidios. Qué clase de cabeza podía contemplar, sin sufrir un colapso absoluto e instantáneo, la posibilidad de atentar contra otra persona, con la coartada que fuera, después de haber asistido a semejante orgía de muerte y desolación, semejante reducción al absurdo de las ideas que llevan a un ser humano a creerse autorizado para disponer de la vida de otro ser humano.

Regresé a Madrid esa misma tarde conduciendo muy despacio. Diría que no pasé de cien por hora, y diría también que muchos de los que me encontré en la autovía avanzaban presos de una ralentización semejante. Recuerdo los meses que siguieron, en los que incluso hubo una boda real, sin que la ciudad saliera de aquel estado de shock, de la especie de letargo que sobrevino tras la conmoción que le había reventado el corazón, esa estación en la que todas las mañanas se cruzaban cientos de miles de sus habitantes. Fueron los meses que destiné a buscarme otra forma de vivir, y no estoy tratando de decir que me volviera bueno o mejor de lo que era: sencillamente había perdido la aptitud para mi oficio, y si este hubiera estado regulado por las leyes habría podido pedirle una pensión de incapacidad a la Seguridad Social. Como no era el caso, hube de buscarme otra manera de estar en el mundo y ganarme la vida. Hasta hoy.

Sin embargo, la historia no se agota aquí. Varios años después descubrí algo que me sobrecogió y dotó de un extraño sentido a la transformación instantánea que en mi interior produjo aquel suceso. Por razones que no son del caso, regresé a mi viejo barrio, me reencontré con algunos conocidos de mi juventud y uno de ellos fue quien me dio la noticia: el 11 de marzo de 2004, en uno de aquellos trenes, viajaba un antiguo compañero de instituto. Lo recordaba de forma imprecisa: un chaval de aspecto bonachón, sociable, que nunca daba problemas. De pronto me acordé de que habíamos llegado a jugar al fútbol en el mismo equipo, y de cómo me dio, más de una vez, un pase de gol.

Entonces lo supe, y entendí lo que había sucedido conmigo aquel 11 de marzo mientras me disponía a cometer un crimen a cientos de kilómetros de Madrid. Aquella masacre se llevó por delante al criminal que yo era, y me cargó con el deber, que al principio me desconcertó, y que ahora que lo sé todo acepto, de reemplazar, en lo que me quede y en lo que me sea posible, al tipo decente que fue mi compañero de instituto y que esa mañana no tuvo la suerte, como yo, de cambiar de planes y abstenerse de tomar el tren. Ese donde alguien, por motivos que debían de parecerle suficientes, y con la sensación de estar ganando algo, había preparado todo para alcanzar el logro más estúpido e imperdonable al que puede aspirar, mientras esté en condiciones de evitarlo, un ser vivo que piensa: impedir que otro ser vivo y pensante siga recorriendo el camino que ante él se abre en el mundo.[1]

---

1. Este relato, por supuesto, es una ficción, pero también quiere servir, desde esa condición, como homenaje a Juan Alberto Alonso Rodríguez, mi compañero del I. B. —hoy I. E. S.— García Morato, fallecido el 11 de marzo de 2004 en un tren de cercanías de Madrid.

Un año después

Para Francisca Amador Calvo
(1942-2022)

La noche no es lo contrario del día; la muerte no es el envés de la vida: son su realce. El terciopelo negro debajo del diamante.

José Luis Sampedro, *Octubre, octubre*

Y de pronto, como quien no quiere la cosa —y esto tiene que ver con la cosa menos querida del mundo—, ya ha pasado un año. Un año desde que vino a buscarte la peor de las visitas, esa frente a la que habría querido tener armas y ser capaz de estar siempre en guardia para alejarla sin contemplaciones de tu puerta.

Ha sido un año extraño, acaso el más extraño desde que tengo memoria de mis pasos y mis renuncias. He deseado —como no deseé nada antes— hacer el inventario de todo lo que me diste para poder llorarte con todo el fundamento; para agradecértelo, aunque sea ya a deshora, como habría debido tener los reflejos y la abnegación para hacerlo cuando aún estabas a la distancia de un abrazo. He buscado entre los pliegues de tantos recuerdos esos instantes luminosos en los que te mostraste ante mí como esa presencia única entre todas, la del ser que estaba siempre pronto a dejar sus asuntos para atender los míos.

En su momento, cuando te fuiste, en las pocas palabras que entonces acerté a ordenar y poner juntas, recordé esa cualidad tuya y alguien me afeó que la ponderara. Que ya estaba bien de ensalzar la figura de la madre que se quita el pan y la vida de la boca para que vivan las criaturas de su vientre, esa siniestra a la par que tóxica construcción del patriarcado para cortar las alas de las mujeres y reducirlas. Quizá no me expliqué bien, como me ha pasado tantas veces, y sobre todo cuando las emociones son más grandes que las herramientas que tenemos para expresarlas. No me refería a tu condición de madre, menos aún a tu condición de mujer. Hablaba del ser humano que eras, un ser humano como lo somos todos, padres y madres o no: con otros seres humanos a cargo, porque todos dependemos de los demás y los demás, en alguna medida, dependen de nosotros. Y porque lo más sabio, lo más perdurable, lo más gratificante que en esa condición nos cabe hacer es cerrar los oídos a los dictados de nuestro pobre ombligo y entregar a otro algo de lo bueno que acertamos a reunir.

No te hablaba como mi madre, sino como mi primera maestra en el arte de la vida; ese que tanto me gustaría y que nunca, ya me he resignado, llegaré a dominar como lo dominabas tú.

Porque ser generoso no esclaviza, sino todo lo contrario. Sin dejar de ser esa criatura atenta y dadora —con tus hijos, pero no sólo con ellos, sino con cuantos tuvieron la suerte de cruzarse en tu camino—, supiste algo más que ser libre: supiste levantar tu libertad, que no te venía concedida ni por la cuna ni por la suma de las circunstancias de tu existencia, y trabajar para que otros —y de nuevo, no sólo tus hijos— pudieran levantar la suya.

Durante este año me he esforzado por recordar todos esos trabajos tuyos, que tal vez no serán los de Hércules ni tendrán su poeta épico, que ahora y aquí sólo tienen la voz de alguien a quien la poesía no le otorgó precisamente sus favores, pero que para los que nos beneficiamos de tu sereno, discreto y constante empuje —más sensacional que la fuerza de un semidiós, porque salía del cuerpo y el alma de una hija de humanos— tiene el valor de las hazañas inconmensurables. Me he acordado, claro, de cómo en el otoño de tus días, cuando tantos empiezan a bajar los brazos, tú los alzaste y te remangaste para construir en tu ciudad algo que no existía para quienes más lo necesitaban: aquellos a quienes la vida les había negado el acceso a la plenitud del conocimiento cuando aún los asistían las energías, la avidez y la frescura de la juventud. Todo estaba en contra, no lo hiciste con el auspicio de ningún poder ni la palanca de ninguno de los prestigios que son moneda corriente. Tu único poder era la luz de tu idea, tu única palanca la convicción y la nobleza de tu empeño. No fue fácil, como nada que de veras merezca la pena, pero lo conseguiste.

Y ahí está. Ahí sigue. Dando testimonio de ti.

He recordado, también y en especial —porque tienen que ver con lo que más me concierne, con lo que no trascendía al exterior y si no lo hago se perderá en la bruma del olvido—, los trabajos que hiciste por los tuyos, por quienes tuvimos tu cuidado, pero, sobre todo, porque es lo que perdura más allá de él, tu ejemplo y tu enseñanza. Tu dulzura para poner un plato en nuestra mesa, para confeccionar nuestra ropa, para estar junto a nuestra cama en la enfermedad, para acompañarnos en los logros y los reveses de la vida; pero también para no dejar de decir en el momento preciso y con el énfasis justo la palabra necesaria, la que servía para impedir que nos despeñáramos por esas pendientes de la presunción y la mezquindad que todos tanteamos alguna vez con la esperanza de que las nimias recompensas que prometen nos sean concedidas sin pagar luego el precio que al presuntuoso y al mezquino les acaba facturando su atolondrada inclinación.

Lo cuento así, en general, porque no tendría tiempo aquí, ni en el resto de mi vida, para hacer la lista completa. Pero a veces cierro los ojos y recuerdo, y me vienen las estampas, delineadas a la luz particular de cada día, cada noche que las albergó. Tu mano con el vaso de agua fresca para combatir la sed o la fiebre. Tu aplicación para tomar las medidas de lo que luego sería un jersey o una chaqueta y para tejer o coser la prenda en las largas tardes del invierno. Tu prudencia para poner en palabras eso que uno no quería escuchar. Tu paciencia cuando alguien, yo mismo, no sabía agradecerte lo que hacías o le decías por su bien. Tu sonrisa cuando la vida nos premiaba, con lo que fuera, por poco que fuera, ayudándonos a aprender la lección de la gratitud.

Por desgracia, también ha habido tiempo para acordarme de otras cosas: aquellas que no querría que hubieran sido, las que tendrían que haber sido y no fueron. Los momentos difíciles que te dio la fortuna, o el desmaño o la negligencia o la brusquedad de otros, empezando por quienes te debíamos amor y respeto. No son muchos, en lo que a mí me toca, porque tu bondad exigía un acopio sobrehumano de malicia para llegar a hacer, incluso por descuido, algo que pudiera dañarte u ofenderte. Pero todos los que quedamos para añorarte, es inevitable, pensamos alguna vez, o muchas veces, en lo que podríamos no haber hecho, en lo que no llegamos a hacer, y no podemos dejar de atormentarnos. Si aquel día que dijiste que notabas algo de fatiga al respirar no me hubiera dejado convencer para esperar al viernes, que tenías ya la cita con la doctora. Y luego, así es la vida, ya no hubo viernes para ti. Sé que con este recuerdo podría castigarme hasta el fin de mis días. Sé que no es lo que querrías, que no es esto lo que te debo.

Lo que te debo, lo que venturosamente tengo para entregarte hoy, un año después, es lo que motiva esta carta. A lo largo de estos doce meses he aprendido algo inesperado, aunque ya me lo anticipó un amigo, que a la vez lo era tuyo porque vio tu luz a la primera y no dejó pasar la oportunidad. También a él estos años oscuros en los que la muerte ha hecho horas extras lo cargaron con una pérdida, como a tantos otros. Y mientras trataba, como podía, de habituarse a ella, me aseguró que empezaba a encontrar un consuelo, y que este era sólido y firme como una roca sobre la que podía levantar el edificio de su duelo en paz. Tal y como lo describía, me pareció entonces que lo que había encontrado era una forma de engañarse para rellenar el vacío. Al ser humano se le da bien soldar con invenciones las fracturas de la realidad.

No esperaba, ya te digo, que algo así me pasara a mí en este trance gemelo al suyo que me impuso tu marcha. Me precio de ser una criatura racional, que afronta las verdades amargas como se presentan y por derecho, con todo lo que eso conlleva. Cuando vi que ya no estabas, acepté que tocaba añorarte, seguir camino sin tu calor y tu guía, llorarte a solas cada vez que me acometiera el recuerdo, la conciencia de tu despedida sin vuelta atrás.

Y claro que han venido, una y otra vez, esos momentos. En medio de la noche en algún hotel de cualquier sitio del mundo al que me llevaran esas diligencias en las que hay que perseverar para no desuncirse de la vida. Más de una mañana, en la pausa del trabajo para mirar por la ventana tomando un café. Tantas veces conduciendo por la ciudad, por la carretera conocida o por la nunca vista, en ese instante de conciencia extrema y diáfana que tiene uno al volante de una máquina que lo mismo puede llevarle a un destino rutinario, a una meta singular o al fondo del barranco que aguarda siempre dispuesto tras una curva. Son los momentos en los que he dejado que las lágrimas me bañaran la pena, no para lavarme de ella, sino para consustanciarla con lo que de ahora en adelante, sin ti, me veía obligado a ser. Quizá sea el fruto de una educación equivocada, que me cuesta achacarte a ti y que tiene más que ver con mi condición de hombre en el tiempo y en el lugar donde intento convertirme en uno; el caso es que me cuesta permitir que otros me vean llorar, incluso llorarte, que es la cosa más debida y natural que pueda concebirse.

Y sin embargo, lágrima a lágrima, al principio de manera casi inadvertida, he acabado entendiendo que mi amigo tenía razón. Hay un consuelo, que no es ficción y que me sostiene. A fuerza de recordarte, de llorarte, de echarte de menos, he acabado por ver lo que me anunció: «Un día sientes que no sólo no se ha ido, sino que del lugar en el que está no se va a ir nunca». Ese lugar, madre, donde habitas y eres por siempre, por todo el siempre del que yo puedo dar cuenta y garantía, son las entretelas de tu hijo, las del cuerpo, las del alma, las de los ojos con los que contempla el mundo, las de las palabras en las que intenta, a tientas siempre que se trata de algo trascendente, poner en claro lo que ve.

Estás en cada viaje que hago, en cada idea que tengo, en cada emoción que me traspasa. Estás en todo lo que me sale bien, para recoger el premio que es más tuyo que de nadie. Estás en lo que me sale mal, cuando no estoy a la altura, cuando fracaso o me desvío o desfallezco, para ofrecerme tu piedad, para decirme que no pasa nada, que todos los nacidos de mujer somos criaturas frágiles y algo desnortadas, que navegamos como podemos en las aguas de nuestras limitaciones; pero también que no me duerma en los laureles, que no me complazca en mis desatinos, que no me rinda sin pelear, porque esa fragilidad se transmuta en una fuerza sin igual cuando uno es consciente de ella y se apresta a luchar, cuando sea, como sea, contra todas sus asechanzas.

Vives en mí. Como el sol de este día, como la rotación de la tierra sobre la que sigo en pie. Más, incluso, porque de la tierra y del sol a veces me olvido. No morirás antes de que yo muera.

Eso he aprendido. Ese es mi consuelo. Y es verdad.

Mi hermana, el hada

Mi hermana siempre estaba enferma. Aparte de su extremada debilidad gástrica, que la condenaba a no digerir una de cada dos comidas que hacía —acarreándole, de paso, una anemia crónica—, no recuerdo día de su vida de los que yo la tuve cerca que no se lo pasara tosiendo. Que su temperatura se mantuviese durante días un grado por encima de lo normal, o que continuamente le doliese la cabeza, nos parecían contratiempos tan leves que apenas nos preocupábamos.

Quizá como consecuencia de su mala salud, o quizá por una tendencia del ánimo previa a sus dolencias —si es que esto podía concebirse—, mi hermana siempre fue una muchacha triste, demasiado pensativa. Y como efecto, a su vez, de nuestra habituación a este temperamento predominante, sus instantes de alegría eran el espectáculo más extraño y embriagador que en casa podía verse. Sus bromas no se reducían nunca a las trivialidades eludibles que cualquiera de nosotros daba en lanzar bajo el influjo de una fase optimista. En ellas afloraban, sinuosos, reflejos atroces del infierno en que vivía, imágenes inauditas apresadas en finísimos tubos de vidrio que ella manejaba tranquilamente, simulando ignorar un peligro al que distaba de ser ajena. Esa es la impresión fundamental que guardo de mi hermana: a primera vista habríase dicho que no era consciente de su desdicha, de ninguna cosa en realidad; pero si se miraba mejor, se advertía que no sólo tenía un conocimiento meticuloso de su dolor, sino que este le había abierto ojos implacables para otras muchas regiones en las que nadie más podía penetrar. Si se obstinaba en aparentar su distracción era para no alarmarnos, o para no alarmarse; pero quién sabe si no habría llegado a alcanzar su ciencia del sufrimiento un grado tan alto de perfección que ni siquiera tenía que recurrir a pretenderlo para mantener esa dicotomía permeable entre su mente y sus sensaciones. Yo sólo puedo decir que acostumbraba a observarla largamente, acechando, en el raro fulgor de sus ojos oscuros, la llama perenne que custodiaba el templo de un dios cruel y hermético. A veces ella se fijaba en mí, y me ofrecía una sonrisa para alejarme, para disuadirme de descifrar la clave de acceso a aquel templo que me tentaba más que la belleza y la tiniebla, que era en sí la conjunción de la belleza y la tiniebla. Yo no entendía que ella quería salvarme de tormentos que me habrían destruido. Cuando lo entendí, insensato, inflamado por las ansias imprudentes con que a uno le carga un vago discernimiento del deber a que está llamado, sólo deduje que quedaba acreditada la necesidad de destruirme, y mi curiosidad por lo que se escondía en el templo creció de tal manera que el deseo de entrar llegó a ser una obsesión. Por desgracia, mi hermana se precipitó entonces a una larga serie de problemas, y poco más tarde su llama dejó de señalar el rumbo. Hoy que me doy cuenta con facilidad de que empeñarme en ir tras ella era un error —en su mundo inhóspito yo habría sucumbido sin que quedara de mí ni el rastro, sin haber desentrañado nada—, no vacilo por eso en lamentar el fracaso de mi tentativa de introducirme allí. Así como nunca hay un momento para acertar, porque nunca se acierta perdurablemente, sí que hay un momento para equivocarse único, escurridizo, definitivo; aquel en el que mi hermana estaba a punto de comenzar a desvanecerse fue el último para zafarme de un destino inferior y miserable, sustituyendo mi prolongada agonía en los sórdidos dominios en que habito por el fulminante estallido en manos de algo que me sobrepasaba infinitamente; algo que, en aquel tiempo, todavía habría podido vaciarme de mí. Pero ella no lo consintió. Prefirió irse sin revelarme el camino, sin abrirme la puerta, reclamada por la locura y el desastre.

Algunas tardes, si llovía y hacía frío, mi hermana se quedaba junto a la ventana, envuelta en su chal. Sólo en esas tardes la vi disfrutar de una paz profunda, o de algo que desde el exterior resultaba muy semejante. Era entonces cuando la tenía más a mi disposición, y procuraba, con avaricia, no desaprovechar estas oportunidades. Me sentaba junto a ella y esperaba. Al cabo de unos minutos, tras haberme escrutado larga, indulgentemente, empezaba a hablarme, no como me hablaban todos, recurriendo a traducciones inhábiles que trataban de ser convenientes a mi edad, sino con el único idioma que utilizaba, el mismo para un anciano que para mí, inusual para todos. Su voz era grave y a la vez frágil, a causa de sus dificultades respiratorias, y sin embargo articulaba con toda limpieza cada sonido, construyendo un discurso parsimonioso, metódico en su sintaxis y en su ritmo. No obstante mi febril atención, era poco lo que retenía de cuanto ella me contaba, y nada lo que ahora podría reconstruir. No importaban los significados concretos de sus palabras; importaba el tono, la liturgia, aquellas eses pulcras que comunicaban la certeza de no estar en el mundo cotidiano, sino flotando en otro más nítido, tanto más precioso cuanto que la maga que me guiaba había de esquivar una legión de siluetas diabólicas mientras sus susurros me acariciaban sin prisa. Porque ella me hablaba con afecto, e incluso deslizaba de cuando en cuando las yemas de sus dedos fríos por mi frente. Pero yo nunca pude decidir si me quería. Hoy sólo podría apostar al respecto desde el rencor que le guardo por haberme dejado solo, desde la indefensión y el apocamiento de no haberla comprendido. No merece la pena empañar de fango lo único seguro: yo la quise; sin desmayos, sin cálculo.

Burladas mis aspiraciones de compartir con ella su reino impenetrable, tuve que resignarme a vivir junto a la frontera, contentándome con atisbos borrosos que constituyeron, con todo, mis más genuinas experiencias de lo sagrado. Y fue sobre ellos como saboreé después, desgarrándome, la hiel que vierten en el paladar del devoto la barbarie y la profanación.

Presagiando mi futura supeditación a las meras sombras de los seres y los hechos —con la que habría de venir a dar la razón, muy a mi pesar, al ridículo mito platónico—, lo que más mortificaba de mi hermana no era su propio martirio, que no alcanzaba a figurarme, sino sus secuelas perceptibles. Me he referido a su voz, a su calma cautelosa. Pero por sobre toda otra huella, me turbaban las huellas que mostraba su cuerpo, tan pequeño y lánguido. Su cara, de rasgos desvaídos, nunca miraba al cielo; todo lo más la apuntaba a la altura de los labios de su interlocutor, que infaliblemente debía reprimir un estremecimiento en las contadísimas ocasiones en que se encontraba con sus ojos de sentenciada, enormes y casi negros. Sus brazos eran delgados hasta inspirar angustia, largos en proporción a su tamaño, rematados por unas manos afiladas que jamás vi temblar, ni en lo peor de la fiebre. Del resto, a excepción del cuello, trenzado de músculos apenas encubiertos por el esmalte translúcido de la piel, era muy poco o nada lo que sus ropas solían permitir que se observara. Debo a una ruin estratagema, de la que me cuesta arrepentirme —porque ella fue avara de sí conmigo y yo la necesitaba como aire—, poder desvelar aquí algo más. Describir sus piernas, tenues estelas opalinas tendidas entre el suelo y su vientre, donde demarcaban las orillas de una tupida noche azulada que emulaba, en otra calidad más precisa, las ondas de su cabellera. Evocar la concisión de sus nalgas, las afloraciones esqueléticas de su costado, de sus caderas, de su pecho de niña, en el que sobresalía escasa la carne blanda y rizada de unos pezones rosa. Anotar el desánimo con que ella se contemplaba mientras el agua resbalaba sobre el cuarzo vulnerable de sus miembros. He soñado demasiado esta escena, con morosidad de segundos y exactitud de milímetros, para olvidar el más insignificante de sus extremos. Pero mientras mi hermana lavaba su desnudez prohibida que yo, desaprensivo, estaba violando con mi espionaje, experimenté una clase de deseo que nada tenía en común con el que, en otros lugares y épocas, me llevó a esa práctica que bien analizada no consiste más que en expeler fluidos más o menos a destiempo. Ella era mi hermana, y era además la vestal que guardaba la entrada del enigma. Sólo envilecido por los años y los reveses pude, mucho después del instante en que capturé aquella imagen, emplearla como instrumento de instintos tan fraudulentos. Por eso, y por algo que narraré a continuación, me lastimaba lo indecible cierta frase que mi amigo Néstor, ignorante del mal que me producía —yo nunca le hablé de mi hermana, ni de lo que ella había sido para mí—, repetía jocosamente a propósito de cierta persona:

—Está tan salido el cabrón que si le soltaran en un cuento lo primero que haría sería follarse al hada.

Aquella sentencia malévola expresaba demasiado certeramente, con toda su intención burlona, la tragedia inconmensurable a la que me tocó asistir antes de que mi hermana se marchase para siempre. Se me parte el alma al rememorar aquellas ceremonias de profanación, monstruosas como no pudieron serlo mis fantasías eróticas; ceremonias que eran reales y en las que era ella, mi hermana, la que se entregaba, lúbrica, a la infamia más absoluta. Como el nazareno que se siente Dios y se ofrece a los hombres para que le atormenten y aniquilen, mi hermana, concienzudamente, en un holocausto cuya finalidad se me ocultaba, empezó a pasar por los brazos de los individuos más ruines y brutales que se cruzaron por su camino. A mí primero me llegaron los rumores, luego la mofa general. Un día, trastornado por la ira, la seguí. Todavía me ahoga la rabia cuando la veo en mi cerebro, manoseada por un gorila aparatoso, moviéndose como una anguila dentro de su abrazo, suplicando extática que la golpease. La vigilé otras veces, y la oí gemir como una puerca debajo de tantos sementales resudados que no podría aventurar un número. En alguna ocasión ella me descubría, agazapado entre los arbustos, y me lanzaba, sonriente, aviesas miradas que significaban que todo estaba bajo control, que se daba perfecta cuenta de lo que estaba haciendo. Luego, cuando llegaba a casa, me saludaba con complicidad y me pasaba por el rostro el dorso de su mano arañada y sucia de hombre. Yo, desolado, corría a acostarme. Sobre la almohada empapada de lágrimas soñaba con frecuencia —muerto de asco, sin la lóbrega premeditación con que más tarde lo haría— que la follaba yo también. Y soñaba esa palabra, *follar*, que era la que decían todos para designar lo que habían hecho con ella, y por eso evité yo decirla en ninguna circunstancia y me dolía cuando Néstor la pronunciaba en su chiste.

Al final, su cuerpo eternamente endeble se había vuelto tan escueto que costaba cazarle el perfil. En el semblante cadavérico, unos ojos inmensos, vivaces como en los mejores días, atestiguaban que mi hermana seguía gobernando la situación, o creyendo que la gobernaba. De lo que no dudaré, como no dudé entonces, es de que ella buscó el resultado que acabó consiguiendo. Alguien o algo la llamó desde un ignoto rincón de su país tenebroso; y ella, gozosa, tenaz, acudió. Y yo hube de odiarla no sólo por haberme abandonado, sino por no explicarme el motivo y dejarme aún más humillado de lo que ya estaba a causa de sus muchos secretos anteriores.

No voy a detenerme en referir esos pequeños procedimientos lúgubres con que la vida alarga fastidiosamente lo que ya ha concluido antes, en los que comparecí de forma muy superficial, absorto en mi cólera enturbiada de amargura. Basta con poner que ella murió, que fue en diciembre y que el viento aullaba cuando la cubrieron de tierra. Yo no había cumplido los quince años.

Hipótesis libre sobre la muerte de Benedicto XIII, papa

Sé que ella estará ahora en la sala grande, tendida en el jergón a la menguante luz de la claraboya, en la misma postura que desde hace tres días se niega a deshacer, imponiéndome su espera como la prueba inflexible de mi obligación. Atardece sobre el mar, que sigue siendo, como siempre, una posibilidad sin límites; pero el agua, abajo, al pie del acantilado que las olas lamen hoy sin violencia, se me muestra teñida de un gris casi pardo, que se oscurece mientras yo busco en sus ondulaciones, infructuosamente, el azul que guardaba en la memoria y mañana ya será tarde para recobrar. Porque debe de estar escrito: «Y sucumbió al tercer día». Y si no está escrito, lo exige ella, con esa mirada imperiosa que yo soy incapaz de rebatir.

Al principio —y al decir al principio me refiero a los tiempos en los que el mar no había cambiado de color—, sólo los miembros de la curia, la servidumbre y la guardia me acompañaban dentro de estos muros. Consciente de estar sitiado sin remedio —ya entonces las tropas de mis enemigos obstruían el istmo, aislando del continente la exigua península en la que hombres de otro mundo erigieron esta fortaleza—, me asistía, no obstante, el consuelo de ser libre ante el horizonte sobre el que vivía suspendido. Podía volver la espalda a las playas donde ellos habían levantado sus campamentos y atender a las gaviotas que se internaban en el firmamento o rasaban el mar inacabable, porque entre ellos y yo había una muralla no sólo materialmente inexpugnable para sus máquinas de guerra, sino también lógicamente irrefutable para sus entendimientos y para el mío. Gozaba del aislamiento como de un privilegio que la Providencia me concedía, y en el estandarte que clavé en lo más alto de la muralla, allí donde nunca llegaron las flechas de sus mejores arqueros, mandé bordar la media luna no sólo como una provocación, sino también como la insignia de mi soledad y de mi orgullo. Muchas cosas se han envilecido de allí a esta parte. Entonces el castillo era blanco, y la roca de que lo hicieron deslumbraba cuando caía sobre ella la luz del mediodía. En los salones inferiores, en el aljibe, en el establo mismo, la penumbra era fresca y reconfortante, aun en lo más ardiente del verano. Ahora, la piedra de los muros se ha vuelto ocre y el agua del aljibe está corrompida; los soldados han desertado y los lacayos y mis acólitos los han imitado porque la atmósfera es irrespirable en sus alojamientos.

Natura non facit saltus, eso afirman, piadosamente, ciertos ignorantes. Para mi desdicha, no puedo describir un proceso paulatino que determinase estas transformaciones. He pasado años acomodado sin perturbaciones al ritmo apacible del asedio, contemplando cómo en las playas se retiraban y volvían a plantar las tiendas: cambiaban los ejércitos, cansados de intentar o diferir el asalto, pero el cerco era el mismo y mis provisiones se mantenían copiosas. Considerando que ya era un anciano cuando me refugié aquí, tenía la certeza de que no vería el momento de la capitulación. Pero Dios no previene gratuitamente contra la soberbia. Quizá, si fuera joven, diría que el modo en que todo se vino abajo tiene mucho de extraño. En coherencia con mi edad, únicamente digo que ocurrió hace un mes y que la mutación resultó brusca e infortunada.

El primer signo fue que el sirviente no acudiera a despertarme a la hora habitual, sino que la luz del alba me sacara del sueño. El segundo, que ninguno de mis ayudantes me aguardara en la antesala de mis habitaciones, como estaba prescrito. El tercero, que a mis gritos encolerizados no se presentase el oficial de la guardia. Recorrí el castillo de punta a punta, y en ningún sitio encontré a nadie. Se habían ido, todos, hombres, mujeres y bestias, de la noche a la mañana. Cuando acepté esta idea absurda, empecé a darme cuenta del resto. Noté los cambios en el mar, en el castillo, y desde el pabellón superior pude comprobar que las playas estaban igualmente desiertas.

Había perdido a los míos, pero también se habían esfumado quienes me hostigaban. Aun sin entender, tuve la tentación de ignorar las alteraciones indeseadas y celebrar aquella aparente exacerbación de mi estado anterior, aquella impresión pura de existir desnudo ante el espacio no ya en una, sino en todas las direcciones posibles. Cuando ya iba a abrazar esta interpretación, de pronto, y mientras me estremecía como si me hubiera rozado la nuca el aliento helado de Satanás, la divisé en el centro del patio, envuelta en su hábito negro, con la cabellera agitada por la brisa y esa expresión obstinada en los ojos, que no apartaba de mí. Pronto averigüé que su presencia no sólo impedía la euforia precipitada a la que me disponía a darme, sino incluso la subsistencia de aquella ilusión de estar solo que había conservado invulnerable a despecho de los rezos, los cuidados o los ejercicios marciales de quienes habían habitado el recinto durante los largos años que esa mañana habían concluido.

Desde aquel momento casi no he dejado de verla. En los primeros días se me aparecía siempre lejana, en lo alto cuando yo descendía hacia el patio, abajo cuando subía a la torre. Poco a poco se fue acercando, aunque siempre permanecía inmóvil, observándome. Hace cuatro días, al fin, entró en mi estudio. Estaba sentado, hojeando sin atención un manuscrito cualquiera, y hube de aguantar el miedo mientras ella se deslizaba silenciosa, adelantando un poco los hombros, hasta la mesa que se interponía entre ambos. Seguí el curso que describió con lentitud la uña de su dedo índice a través de la madera hasta el pergamino, y ya sobre este, sinuosa y desafiante, entre las líneas paralelas de los textos sagrados. Mi mano imaginó el contacto, pero su dedo, al llegar al borde inferior de la página, se detuvo.

No hubo palabras, porque ella no las precisaba para descubrirme y porque yo comprendí sin que las pronunciase. Desde luego, si es que algo recuerdo de lo que en mi juventud aprendí al respecto, dista de ser una mujer hermosa. Su gesto es desabrido, tiene la barbilla angulosa y la nariz afilada, y sin que sus rasgos sean toscos, el conjunto de su cara resulta más bien desagradable. Pero lo cierto es que su singular fealdad, en aquella proximidad inédita, me sedujo como nada femenino creía ya que pudiera seducirme, y ella lo percibió desde el primer instante. Tampoco hube de revelarle que nunca la amaría, porque eran muchos los años transcurridos desde que había arrancado de mí la afección desviada a que habría debido recurrir para conseguirlo. Lo supo, y yo, por mi parte, me percaté de que ella venía a destruir mi soledad no porque nada la atrajese, sino para dar cumplimiento a otro designio que nos sobrepasaba a ambos. Por él debía estar dispuesta a asumir cualquier sacrificio, incluso el de entregarse a mí.

Desde hace tres días me espera en la sala grande. No me retienen los votos, porque, aparte de mi conciencia, no hay nada que no haya traicionado, y me cuesta concebir desde aquí que esas nimias ligaduras puedan continuar razonablemente vigentes. No me resisto por tibieza; la anhelo sin entusiasmo, sin lujuria, pero con convicción. Y ya no la temo, porque he acariciado sus mejillas y no dudo de que en el rito que hemos de celebrar juntos, aunque todo haya de suceder al margen de su voluntad, será apasionada y cálida. Lo único que ha alimentado mi reticencia ha sido mi apego a los espejismos de la memoria. Ir hasta ella y hundirme plácidamente en su seno, aunque la luz y el aire y el impulso que decidirán nuestra unión estén degradados, constituye un reclamo que sólo he podido eludir con la añoranza febril de aquella remota sensación azul de libertad, desde este mirador donde solía experimentarla y al que nunca volveré a asomarme.

Cae la noche. Ella habrá encendido los candelabros, habrá perfumado su cuerpo envenenado y paciente, aguarda mi rendición. No puedo más, la necesito, la odio. Sin embargo advierto, ahora que las tinieblas esconden el mar y borran los perfiles de la muralla, que hay una razón más crucial para lo que está a punto de ocurrir. Sí; después de todo, mi alma está arrepentida. No de lo que hice, que mejor o peor, no supuso más que una manera de llenar el tiempo; me arrepiento, y naufragando en ella voy a expiarlo, del crimen más irreparable y absoluto: haber sido.

Boceto de muchacha al atardecer

*Les étoiles sont belles, à cause d'une fleur que
l'on ne voit pas...*

Antoine de Saint-Exupéry, *Le petit prince*

1 de diciembre ya dios mío como el que no quiere la
cosa y parece que fue ayer que en la tele y en los periódicos y en los grandes almacenes decían feliz año
nuevo y todos hablaban de ese escritor inglés que había venido a luchar aquí con las milicias del poum en
la guerra y luego había convertido a stalin en cerdo
en una novela que no me acuerdo ahora maldita sea
cómo se titulaba yo no la leí pero la vi en película como
ahora casi todo se ve en película es más fácil más ase-
quible tampoco me acuerdo ahora de cómo se llamaba el escritor y mira que estaban todos con su nombre para arriba su nombre para abajo el año de owen
creo que se llamaba ya hace tiempo que dejé de estar
al corriente del mundo de las letras yo me quedé en
el último estreno de lorca allá por el 35 o el 36 apenas
había empezado a entrar en él y ya poco más vino la

guerra y había que llorar y arreglárselas para comer
no había tiempo para leer ni tampoco se podía leer
casi nada hasta que claro se pierde la costumbre y
una se vuelve una burra ay qué pena pues decían sí
que era su año porque había escrito una novela que
se titulaba como este año que se va al cajón del olvido como mis otros sesenta y cuatro años y decían que
todo lo pintaba muy negro era una obra de ciencia
ficción sobre lo que pasaría en este año pero que no
era para tanto que había sido demasiado pesimista
claro muy pesimista salvo si se hubiera referido a ru-
sia que entonces sería casi verdad como siempre en
política una ya no sabe qué creer ni si creerse nada
porque aquí como en todos sitios cada uno va a lo
suyo nadie se preocupa de los demás cada uno está
en su casa y dios en la de casi nadie y digo casi porque probablemente estará en la de alguien yo qué sé
si algún santo perdido o un millonario o un pobre en
una chabola normalmente no se sabe muy bien de
parte de quién está dios aunque ellos decían que de la
suya por eso lo llamaron cruzada que también tiene
gracia o es para llorar hasta vaciarse de agua pero
qué importa todo eso ahora casi todos están ya muertos y los pocos que quedamos nos moriremos pronto
quizá sea lo mejor para esta gente que viene detrás
y que cualquiera sabe a dónde va o a dónde la llevan y
yo creo que ellos menos que nadie desde luego no les
hemos ayudado mucho todo se lo hemos dejado demasiado embarullado demasiadas heridas abiertas y
demasiadas cosas mal hechas aunque es verdad que
a nosotros nos lo dejaron igual o peor y ellos harán lo
mismo con los que los sigan qué se le va a hacer este

mundo es entre otras muchas cosas que todos discuten e interpretan de modos muy diferentes algo en lo que todos en el fondo están de acuerdo y es que es irremediable aunque todos venga a hacer utopías y a hacer guerras y a matar gente y a dar a luz gente para tratar de demostrar lo contrario por intentarlo que no quede desde luego resulta bastante loable seguramente ay qué tonterías se le ocurren a una vieja en la cama el sábado por la mañana y qué pero qué frío sólo sacar la mano para coger el despertador y ver la hora las nueve y cuarto y se te queda tiesa menuda helada que debe de haber caído esta noche pero esta mañana casi nadie va a trabajar y no se ve a la gente rascando los cristales de los coches esas costras de hielo luego pasado mañana hace un sol increíble y vas por la calle y te pesa el abrigo el tiempo está loco aunque luego por las mañanas sigue haciendo el mismo frío y es que cuando a una se le mete el hielo de la muerte en los huesos ya no hay quien se lo saque de todos modos tengo que incorporarme porque ya me viene esa sed de todas las mañanas menos mal que anoche no se me olvidó poner la jarra de agua en la mesilla porque si no sería peor tendría que levantarme ir a la cocina y el suelo está muy frío y nunca acierto a la primera a meter el pie en la zapatilla así y todo vaya la jarra está helada bueno sólo unos segundos y ya está qué falta me hacía y ahora vuelta al calorcito como cuando era pequeña y la prima teresa me acostaba en la cama que había calentado antes con bolsas de agua que amorosamente había puesto a hervir ella fue la única que me quiso qué pena qué mierda de guerra me da igual ser mal hablada porque no hay otra palabra para decirlo pero en fin quién sabe si no se ahorró cosas peores si no sería ahora una pobre vieja todavía más vieja que yo sin más cosa para ocuparse en un sábado por la mañana que quedarse en la cama como yo para refugiarse del frío y luego cuando me levante a limpiar a hacer la comida y sin nada agradable que me espere agazapado detrás de un minuto de este día por lo menos algo es algo ayer me acordé de orinar y no me pasa como otras mañanas que me tengo que levantar corriendo porque tengo la vejiga hinchada y casi me duele es un dolor que se te hunde hasta dentro hasta donde empieza el hueso ese largo de la pierna pero hoy no hoy puedo aguantar hasta las once en la cama así tan a gusto si me da la gana que otra cosa no me queda nadie me controla y puedo hacer lo que quiera no puede ser a ver el martes fue mi cumpleaños 27 de noviembre miércoles jueves viernes estaba contando pero nada sí que es verdad sábado 1 de diciembre ya y el invierno se nos echa encima como una losa como ese losón grande que tapa a la prima teresa a sus cachitos en la almudena que es un cementerio que cada día se hace más enorme aunque creo que ya casi no entierran allí sólo en nichos y es natural porque ya no cabe ni un alfiler se te pierde la vista en un mar de cruces y cruces y lápidas también es a su manera bonito no me daría miedo quedarme por la noche en ese cementerio es como una ciudad de gente tranquila no como el del pueblo allí sí que no pasaba ni dos minutos y eso que está allí mi madre pero es que es tan lúgubre y tan oscuro hasta creo que hay enterrado uno que agarrotaron aunque cualquiera sabe si es verdad además me parece que no se les puede enterrar en camposanto o no eso era para los suicidas aunque parece ser que últimamente van transigiendo el vecino de aquí abajo que trabajaba en intendencia militar se ahorcó y lo enterraron con cura y todo rezando por él y dos oficiales saludando mientras bajaban el cajón al hoyo claro que yo no estuve me lo contó la portera que donde ella no esté es que ni dios que dicen que está en todos lados podrá estar qué lástima también ahorcarse dicen que lo encontró su hija en el cuarto de baño colgando como un jamón con los ojos abiertos como platos y la pobre chica casi se muere los chillidos se oían hasta en la calle yo no estaba menos mal había ido al pueblo a llevarle flores a mamá por una vez me alegré de haber ido corrían rumores desde luego de que estaba deshecho desde que se murió su mujer qué buena que era de verdad la única que merecía la pena entre todas estas brujas gordas y cotillas murió a manos de los médicos como tantos otros le dieron un medicamento para arreglarla por un lado que la reventó por otro y él era un hombre muy depresivo seguramente sólo la tenía a ella es normal que no le viera sentido a la vida cuando te lo encontrabas por la escalera daba miedo mirarle a la cara era como si tuviera ya el infierno en los ojos sí seguramente habrá ido al infierno porque los suicidas y en general los débiles acaban en el infierno hartos ya de que nadie los ayude pero fíjate tú ahora ya nadie se acuerda de él salvo su hija quizá cuando vaya al retrete o se duche qué horror pobre criatura aunque a lo mejor hasta a eso acabas acostumbrándote si no tienes más remedio invierno ya la estación en la que los viejos se mueren como los pajaritos no supongo que yo no porque todavía soy lo suficientemente fuerte pero tampoco sé si eso es una suerte si no sería mejor ser ya como esos hombrecillos ya doblados y esas mujercitas diminutas que se agarran un resfriado en enero y ese ya es el último y se van de puntillas sin hacer ruido ojalá me pase a mí lo mismo por favor que yo no me muera retorciéndome de dolores y gritando como una loca que haya algún muchachito de esos con bata blanca y siete años en la universidad que tenga el valor y la delicadeza de cortarme el tubo de la porquería esa que te insuflan para seguir coleando y me quite todos los cables antes de que llegue a eso sería horrible aunque cualquiera sabe tal vez ya no te das ni cuenta y si te la das tampoco importa demasiado porque te queda tan poco que nunca vas a poder recordarlo invierno ya amanece cuando le da la gana y antes de que te hayas enterado se te echa la noche encima y sin ver el sol la mayor parte de los días con esa costra gris en el cielo que a las ocho de la mañana se enciende débilmente y a las cinco y media de la tarde se apaga sin más trámite es algo malísimo todo el día encerrada en casa miras y miras por la ventana oyes la radio ves la televisión y piensas y piensas y piensas sin hablar nunca con nadie sin esperar carta de nadie sin que te telefonee nadie sin poder escribir ni telefonear a nadie y lo peor de todo es que no sé no acierto a entender por qué dios me odia por qué empezó a pegar puñetazos en mi vida desde tan pequeña no podía estar castigándome por nada entonces porque yo ni siquiera había tenido tiempo para hacer nada o quizá es que yo pagaba por otro llevo toda la vida pagando por otro que se le escurrió muerto entre los dedos cuando apenas había empezado a castigarle y le dejó con mil iras sin desatar claro que ya tiene costumbre con lo de sodoma y gomorra y el diluvio y en fin vamos a dejarlo porque lo mismo estoy desvariando ay y demasiado ganada a pulso me tengo ya la condenación eterna caso de existir que existirá como todo lo que a mí me pueda hacer mal 1 de diciembre dentro de veintitrés días es navidad vi ayer cómo empezaban a poner las luces en la calle preciados este año sí que empiezan pronto también todos los comercios con ese despliegue tan brutal que hacen ahora vaya chorro de millones que se meten en el bolsillo también empiezan a anunciar el turrón y el champán a mí no me gusta el champán me da una sed que luego no hay quien la aguante y venga a tragar agua pero nada se me hincha la barriga y sigo teniendo la misma sed de antes estas navidades a lo mejor lo que sí compro es una botellita chiquita de esas de sidra y brindo con la pájara por un feliz año nuevo y que sea verdad y que las dos lo veamos entero también es mala pata me regalan un canario para que me alegre un poco cantando y resulta que es pájara y además yo creo que muda pero qué le vamos a hacer ya le he cogido cariño se ha hecho vieja conmigo y probablemente nos vayamos casi a la vez cogiditas de la mano ah siempre que llegamos a estas alturas del año me acuerdo como supongo que casi todo el mundo de las únicas dos o tres navidades o quizá fueran más pero no importa demasiado en que me pareció ser feliz las navidades en casa de la prima teresa en esta casa pero que entonces era la casa de la prima teresa y era diferente mis navidades de niña huérfana de hijos únicos siempre la fatalidad sin más familia que aquella prima segunda que me había acogido y me quería como una hija más todavía que como una hija como podía querer ella una solterona sin remedio a la hija que nunca iba a tener yo sabía que empezaban las navidades porque un día llegaba del colegio y veía a mi prima atizando el fogón y ella sin dejar de mirar hacia lo que estaba haciendo me decía pasa a la salita y mira lo que hay yo pasaba y me encontraba un árbol pequeñito con adornos y un nacimiento con figuritas de cartón todo se volvía un poco mágico hacía menos frío abrazada contra ella la noche del 24 después de cenar frente a la estufa envueltas las dos en una manta mientras me contaba alguna historia de las muchas que había leído ella siempre tenía un libro entre las manos y me decía aunque ella nunca iba a misa que había que querer al niño jesús porque protegía a todos los niños claro que yo entonces era muy pequeña pero lo cierto es que era y es verdad los protege mientras los niños creen en él mi prima tenía una rara sabiduría y es que había cursado bachiller superior como yo decía orgullosa a mis amigas sin pensar que algún día yo también cursaría y casi terminaría bachiller superior incluso estaría a punto de ir a la universidad y de todos modos no me serviría para aprender gran cosa desgraciadamente mi pobre prima tan feúcha y tan poquita cosa con su pechito de alondra ella creía que ningún hombre podría quererla pero eso era porque ningún hombre la había mirado nunca a los ojos a mi prima porque en sus ojos brillaba vaya si brillaba todo lo que un hombre va buscando y se muere sin haberlo encontrado esa semana todos los días comíamos extra eran los buenos años en que mi prima ganaba un sueldo bastante apañado en el ministerio y todas las noches me acostaba con ella y me estaba contando historias hasta que llegaban esas horas de la madrugada tales como la una o las dos en las que yo nunca estaba despierta el resto del año y me intrigaba saber qué pasaba si el mundo seguía siendo igual o soltaban unos demonios que volvían todo del revés como me decía la guarra de marujita para asustarme marujita la que acabaría de madre superiora en un colegio de monjas seguramente porque se daba mucha maña ya desde tan chica para asustar a las niñas con patrañas infernales y esas cosas en las navidades era cuando yo más quería a toda la gente que quería y me hacía feliz el querer como después no volvió a suceder incluso dejaba de odiar a la gente que odiaba y aun llegaba a olvidarla como el niño el día de su cumpleaños frente a la tarta olvida que existen las pesadillas y apaga las velas sin ningún miedo a la oscuridad como de costumbre luego llegaba la nochevieja y las campanadas por radio nacional no no eso fue más tarde después de la guerra entonces era unión radio nosotras fuimos de las primeras que tuvimos radio ya no me acuerdo en qué año tendría yo ocho o nueve y yo podía comerme todas las uvas sin atragantarme porque antes la prima teresa me había quitado los huesecillos o las semillas vamos y ella brindaba con un vasito de vino blanco y yo con uno de agua porque todavía no tenía edad por último venían los reyes un año me regaló una muñeca de trapo y otro una cajita de música pero no recuerdo qué otras cosas en otros años la tarde ya del día 6 yo me quedaba mirando por la ventana un largo rato con mi juguete en el regazo y una pena muy dulce en el corazón porque ya todo había pasado pero había sido bonito a fin de cuentas doce meses más tarde volvería a repetirse volvería porque lo que es ahora ya jamás se repetirá sólo me queda llevarle a ella un clavel blanco todos los unos de enero a la almudena para que se lo ponga en un ojal del alma y sonría su carita blanca de muerta qué pena

ahora bien mis navidades de después las navidades de mis quince o dieciséis años esas sí que quiera el destino que no se repitan aunque personalmente no sé si yo tendría algo más de lo que tengo ahora desde luego tenía mi juventud esa juventud tan tristona y tan desafortunada que tuve y que se me fue por desgracia tan pronto tenía mis ilusiones tenía el convencimiento de que merecía la pena seguir tirando hacia delante para conseguir que las cosas fueran diferentes a como eran para que no hubiera tantos gritos y tantos odios desatados en las calles y desatados también en el corazón de los hombres yo tan menudita buscando una alternativa a todo aquello tenía gracia pero entonces por lo menos y aunque me pasaba tantas largas tardes languideciendo en mi cuarto estaba más viva que ahora que bueno mejor es dejarlo en aquellos tiempos yo veía a todos aquellos muchachos enloquecidos y me decía siempre cuándo saldremos de todo esto nunca olvidaré un día en la misma gran vía que estábamos unas amigas tan tranquilas y de repente llegaron tres o cuatro coches con falangistas todos cantando no sé si el cara al sol o alguna otra canción de las suyas y se bajaron allí algunos llevaban pistolas y otros porras con sus botas altas y sus correajes el pelo a raya y esas caras de niño que daba miedo de sólo mirarlas nada más se bajaron parece que venían expresamente se fueron hacia un tenderete donde se vendían periódicos de izquierdas y lo destrozaron todo al pobre hombre que estaba vendiéndolos le pegaron una paliza de espanto y eso que sería ya mayor tendría sus cincuenta y tantos y nosotras allí aterrorizadas no nos atrevíamos ni a respirar cuando vemos uno que se acerca y fíjate cómo estaríamos que ni nos movimos del sitio cuando va el chaval yo no sé si tendría diecinueve años y nos dice muy cortésmente por favor tendrían la bondad de apartarse señoritas nosotras ya ves como las balas y el chico que con la porra yo no sé si sería de acero o algo así se lanzó contra el escaparate y lo destrozó también se llevaron algunas cosas no recuerdo de qué era la tienda pero decían que el dueño era partidario de azaña yo no sé pero hay que ver cómo estaban de informados ahora que a mí el que de verdad me impresionó fue josé antonio cuando lo vi en una foto de un periódico creo la primera vez y luego no sé si en un no-do en el cine o ya en la tele treinta años después porque con todo esto una pierde la memoria y lía las fechas que es algo horroroso desde luego con la voz era más impresionante todavía pero ya desde que vi la foto me sorprendió porque me dije este hombre hay que ver este hombre con la que está armando y mandando a todos esos jovenzuelos violentos y nunca me hubiera pensado que tuviera tanto de femenino es una cosa increíble y sí hablando era aún peor pero ya con sólo verle la mirada y las facciones a mí desde luego me pareció que en el fondo era muy tímido luego en los años cuarenta cuando todos le glorificaban era rara la vez que al mencionarle dejaran de aludir a su hombría a su entereza todas esas palabras que me producen siempre que las oigo esa rara sensación que me hacen siempre pensar en algo entre torero borracho sinvergüenza y loco cuando él parecía tan mesuradito con esa mirada que decían que era honda pero que a mí se me figuró siempre de niña triste claro que tampoco lo vi muchas veces cualquiera sabe si en los mítines del partido y esas cosas vociferaba como los demás y cubría de insultos a los rojos que seguramente lo haría ahora que a mí lo que nadie me quita de la cabeza es que pasó un miedo terrible cuando lo mataron eso sí que lo pasó además digo yo que es natural a cualquiera le ocurriría lo mismo por mucho que luego hayan dicho de su valor al afrontar el fuego de las balas rojas ante el pelotón de fusilamiento ay qué gracia ahora que me acuerdo cuando un día que vino a casa antoñito el hijo de la vecina aquella angustias que hace un montón de tiempo que se fueron ya y estábamos leyendo la enciclopedia esa que daban en el colegio en aquella época y que en los últimos capítulos hablaba del alzamiento nacional de la cruzada de liberación y cuando comentaba el fusilamiento de josé antonio decía murió acribillado por las balas rojas mientras miraba rectamente de frente a sus asesinos y antoñito me preguntó si es que para fusilar empleaban balas de color rojo yo al principio me reí claro era tan pequeñito apenas seis años qué iba a saber la criatura luego se lo expliqué lo mejor que pude no fuera a tener problemas en la escuela porque nunca se sabía con algunas maestras nacionales que había en algunos colegios no fueran a enfilarle porque a los seis años todavía no odiaba a los rojos claro que por otra parte todos sabían que el padre había sido guardia de seguridad en el bando republicano pero en fin cuanto menos se liara la cosa era mejor a pesar de todo recuerdo que en los años 34 y 35 también iluminaban las calles en navidad y la gente lo vivía como podía ya casi te ibas acostumbrando lo de sanjurjo lo de asturias en el 34 lo de casas viejas era mala sangre por todos todos lados cuando fue peor fue en el 35 ya todo el mundo sabía que la cosa iba a acabar mal la cnt por las calles los otros los de más allá y el pobre azaña tan feo en medio que ahora dicen los historiadores esos ingleses que lo han estudiado todo de aquello porque nosotros todavía tenemos demasiada mala leche en el cuerpo contra nosotros mismos como para hacerlo dicen que se vio desbordado por la izquierda más radical y luego me lo encerraron allí en el palacio de oriente de presidente de la república desde luego tenía que ser una buena persona tú ves largo caballero y mira que joaquín y los demás lo reverenciaban y decían que iba a salvar a españa a mí me daba más miedo no sé yo nunca he entendido demasiado de todo esto y por otra parte casi no quiero entenderlo maldita la falta que nos ha hecho nada más que para hincharnos a garrotazos los unos a los otros ay las tardes de invierno de mis dieciséis años leyendo a galdós o la regenta que después casi la prohibieron yo miraba por la ventana y casi me parecía ver la torre de la catedral de vetusta que no era como una señorita cursi con corsé apretado nunca se me olvidará aquello no sé si llegué a terminarla desde luego era una novela bien larga y unas cuantas tardes sí que me ocupó luego yo escribía versos mis primeros versos que no sé por quién estarían más influidos quizá por rubén darío o por bécquer la verdad es que bécquer me parecía demasiado dulzón ahora que lo que sí tenía un mérito era cómo sonaba y también las leyendas la del rayo de luna que a mí me parecía algo sublime la de los ojos verdes el monte de las ánimas sus noches casi se respiraban y se tocaban como si se difundieran flotando desde las páginas ay mis versos le hice un poema a una muchacha ahogada en un estanque que esperaba a un amante dulce que viniera a rescatarla un caballero sin espada que nunca hubiera matado a nadie que lo supiera todo de flores y árboles y tuviera un caballo blanco muy tranquilo y que naturalmente nunca iba a venir todo era también demasiado cursi supongo pero qué se le iba a hacer probablemente en mis circunstancias no podía escribir otra cosa todavía los guardo por ahí en algún sitio pero mira tú para ponerte a buscarlos ahora también había otro en el que hablaba de que quería tener una hermana pequeña a quien proteger y que me quisiera alguien que se pareciera a mí y aquel otro que empezaba nunca me diste un beso en navidad y que era no sé si un soneto creo que sí dedicado a mi pobre padre al que no conocí lo escribí una nochebuena precisamente que me di cuenta mirando a la prima teresa que estaba silenciosa frente a la estufa hundida en sus pensamientos que en los últimos años eran de lo más sombríos supongo una nochebuena que me di cuenta de que no había tenido un padre y de todo lo que esto realmente significaba no sé a mi madre la echaba menos en falta porque había tenido a la prima y porque aunque sólo fuera hasta los dos años había estado a mi lado y aunque yo no podía acordarme había algo en el fondo de mi cerebro que sí se acordaba de ella y que me decía que para lo imprescindible y lo primero la había tenido conmigo yo no sé era algo egoísta probablemente pero es que el pobre papá muerto allí en monte arruit en el 21 y que apenas me pudo conocer en dos o tres permisos de diez o de quince días que tuvo yo tenía si acaso un año cuando me vio la última vez luego fue cuando allí las cosas se pusieron mal el general silvestre aquel que se ve que quería llegar hasta guinea cortando por el desierto mira tú que lanzarse a una campaña hasta el centro del rif contra aquellos moros que nacían sabiendo matar y además qué leche aquella era su tierra nosotros siempre haciendo el tonto donde no nos llaman pobre general loco dicen que tenía no sé cuántos balazos y sablazos en el cuerpo y que casi todos se los habían hecho en la misma batalla luego lo mataron en annual como un cerdo seguramente se quedó en su posición a sufrir el desastre al que había llevado a todos sus soldados eso

por lo menos fue un gesto que le dignifica aunque
vete a saber si es que no supo huir a tiempo y todo
fue en julio encima con el calor pobrecillos mi padre
era sargento en el regimiento de ceriñola infantería
claro no sé si él estaba en el mismo annual cuando
empezó el desastre yo leí un libro sobre aquello hará
sus veinte años o quizá alguno menos para enterarme de cómo fue que me tuve que pasar toda la niñez
sin padre y toda la vida y allí decía que los soldados
en la retirada habían tenido que salir andando desde
annual que era el cuartel general en el centro de todas las montañas en dirección a melilla no sé cuántos
kilómetros a unos los mataban apenas salían porque
los moros les disparaban desde las montañas con fu-
siles franceses y también ingleses y munición que a
veces les vendían los propios soldados españoles para
poder tomar un poco de vino o fumar algo de tabaco
y a otros se los cargaban a medida que iban pasando
por las diferentes posiciones que había entre annual
y melilla una de esas posiciones era monte arruit yo
por eso no sé si mi padre estaba allí mismo o había
llegado andando desde annual el pobre por otra parte no tengo muy claro qué sería peor porque si llegó
andando quizá no lo mataron en la misma posición
que creo que era un recinto cuadrado o así que los
moros machacaron con los cañones que les habían
quitado a los españoles y aunque al principio no
apuntaban muy bien después aprendieron rápido
porque los moros y toda esa gente para las armas son
una cosa mala mejor supongo que sería que en vez
de haber estado soportando ese bombardeo lo hubieran matado en un santiamén de un tiro en la cabeza

cuando justamente pasó por allí corriendo hacia melilla de todas formas es horroroso y una canallada que no se puede perdonar los pobres soldaditos arrancados de su pueblo para irse a áfrica y que les pongan un uniforme de infantería unas alpargatas de mala muerte en los pies y un fusil antediluviano en las manos y casi sin comer lanzarlos contra los moros que luchaban en su propio terreno pobrecillos todos y tantos y tantos y tantos soldados españoles tantos y tantos como mi padre que murió sin que yo le conociera sufriendo a lo peor cómo le mutilaba una mora cruel que creo que lo hicieron y mucho eran casi como salvajes tantos y tantos soldados españoles como mi padre que a los veinticinco años dejó su pellejo sobre las rocas del rif por españa y por el rey y quizá también por dios y por el imperio un imperio de miseria y de injusticia así claro pasó lo que tenía que pasar cómo no iba a pasar al final todos enloquecidos unos contra los otros después cuando pasaron los años las veces que me acordaba de papá no lo podía evitar siempre el que se me venía a la cabeza era joaquín y el caso es que era lógico porque sin haberle conocido la cara de alguien le tenía que poner y no sé por qué me daba la impresión de que mi padre debía ser un poco como joaquín también es raro que ni siquiera haya visto una foto suya una foto como esas que se hacían los soldados en áfrica cuando todavía no se les había raído el uniforme demasiado en un estudio y todo y con una cara y una planta de orgullo que cualquiera diría que todos eran generales y vivían estupendamente si nos mandó alguna lo más probable es que se perdiera o que a nadie se le ocurriera meterla en la maleta con que me trajeron a mí a madrid a casa de la prima teresa pero sí la verdad es que yo siempre lo asocié con joaquín hasta el punto de no considerarlo mi padre sino casi como mi hijo un poco como consideraba a joaquín que alguna vez había llorado en mi regazo también hay que tener en cuenta que de esas veces que digo que pensaba en papá muchas eran cuando yo tenía mis buenos cuarenta y tantos y mi padre que murió con poco más de veinte me parecía que era casi un chiquillo la verdad es que era una cosa muy rara en cuanto a lo de confundirlo con joaquín no es nada extraño tanto da monte arruit 1921 que brunete 1937 a los dos los mataron en julio y me imagino que tan árida es áfrica como castilla para los ojos de un moribundo además probablemente era la misma guerra dieciséis años después a mil kilómetros o aunque sean menos pero era la misma guerra la cosa fue que murieron como siempre los inocentes y seguramente también tenían que morir por su relación conmigo uno por haberme engendrado y el otro porque se acababa de casar conmigo eso era algo que no podía perdonar ese alguien que desde siempre me está persiguiendo quiera dios o quienquiera que esté encargado de eso que nadie más se tenga que ver en mi caso estas chicas jóvenes de ahora desde luego han tenido suerte han nacido cuando aquí ya se comenzaba a olvidar y a comer bien aunque quizá haya muchos que ni entonces ni aun ahora hayan olvidado y quizá yo sea el peor ejemplo todo el rato venga que venga a pensar en lo mismo pero al fin y al cabo tampoco duraremos demasiado y qué se le va a hacer una vieja sola no tiene más que sus ideas fijas y sus pobres recuerdos para entretenerse y seguir tirando qué hora es ya las diez sigue haciendo el mismo frío con todo las peores navidades fueron sin duda las de la guerra bueno yo no sé si aquello eran realmente navidades porque las cosas estaban tan fastidiadas como el resto del año pero era peor porque hacía más frío las del 36 recuerdo que el mismo día 25 estábamos la prima y yo comiendo tan tranquilas y tan amargadas lo que habíamos podido conseguir en el ministerio ya no le pagaban tanto y lo único que sacaba de allí eran disgustos porque se enteraba de que las cosas iban a peor y más aún si cabe que los demás se daba cuenta del caos que reinaba en todo pues eso allí estábamos sin meternos con nadie y comienzan a golpear en la puerta mi prima casi se muere del susto salió a abrir porque lo peor que podías hacer era esperar a que echaran la puerta abajo eran unos milicianos que andaban buscando fascistas alguien les había dado el soplo de que allí se escondía uno nosotras les dejamos pasar cómo no y mientras lo revolvían todo estábamos asustaditas perdidas pensando además en un señor que había en el piso de abajo que era militar y que estaba en madrid siguiendo tratamiento en el hospital gómez ulla porque una granada lo había medio destrozado hacía ya algunos años y todavía seguían sacándole cachitos de metralla además estaba casi sordo también vivían con él su mujer y dos niños pequeños que tenían ellos no se metían con nadie ya ves tú con quién se iban a meter desde luego que no eran fascistas los milicianos se fueron y al día siguiente nos enteramos de que los

había podido avisar con tiempo alguien que cono-
cían no sé si en gobernación o algo así y habían esca-
pado incluso creo que se habían ido de madrid mira
tú menos mal mi prima y yo nos quedamos mucho
más tranquilas cuando nos enteramos mi prima estaba hecha un auténtico lío ella que siempre había
sido republicana eso sí moderada no sabía qué pensar de todo aquello cogían a la gente por menos de
nada en una esquina y le daban el paseo las cosas estaban muy feas con lo de la quinta columna que había dicho no sé qué general de franco que había aquí
en el mismo madrid y todos los milicianos y los guardias de asalto buscando quintacolumnistas hasta debajo de las piedras luego toda aquella gente que mataron en la cárcel modelo la situación se ponía desde
luego cada vez más oscura y más para la pobre prima teresa que se veía sola e indefensa teniendo además que cuidar de mí más de una noche la oía llorar
en su cuarto y yo me daba cuenta entonces de que ya
me había hecho mayor de que me tenía que haber
hecho mayor por narices porque ella ya no podía alejar de mí todos los peligros ni contestar todas mis
preguntas ella a quien yo consideraba la persona más
lista y que lo sabía todo se daba cuenta de que no sabía nada y de que era insignificante en medio de
toda aquella locura para mí debió ser algo muy parecido el descubrir aquello a lo que dicen que les pasa a
los niños o a los que no son tan niños cuando pierden
a su padre eso de que con su muerte se dan cuenta de
lo solos que están en el mundo y de que nadie sino
ellos mismos va a cuidar de que no les ocurra nada
malo ay el año 38 para navidad ya hacía mucho que

había muerto joaquín y también la prima teresa había muerto fueron tres aviones que volaban muy alto y cuando aquel edificio se había terminado de desplomar sobre ella y se oían explosiones aquí y allá y comenzaban a elevarse las llamas yo que lo había visto todo desde unos cincuenta metros escasos me había quedado mucho tiempo mirando hacia arriba hacia las tres crucecitas negras que volaban formando un triangulito tres crucecitas negras como jesús y los ladrones en el gólgota pensé yo y no dejé de seguirlos con la mirada hasta que se perdieron en el cielo y me dije ojalá que algún día alguien vaya a alemania y les bombardee sus casas y les mate a sus mujeres rubias yo entonces no podía saber que apenas unos años más tarde eso ocurriría desde luego cuando ocurrió no me alegró para nada porque el que entonces lloraran las mujeres en alemán no nos iba a devolver a todos los que aquí habíamos llorado en español luego tuve que ir a identificarla iba con el corazón en un puño me decía ahora estará desfigurada el cuerpo hecho pedazos toda cubierta de sangre pero resultó que el edificio le cayó encima de un modo que sólo dios sabe cómo fue que tenía la cara que ni siquiera un rasguño con sus ojos cerrados y una infinita paz en el gesto eso sí el cuerpo era apenas un atisbo de figura humana todo desgarrado me dijo después el bombero porque la tenían tapada con una manta hasta el cuello para que yo no la viera él no quería decírmelo pero yo le pedí por favor que me lo dijese tampoco lloré demasiado entonces no me daba cuenta cuando sí que me la di fue por la noche en la casa yo sola y sin poderme dormir porque apenas cerraba los ojos se me aparecían su rostro y su mano derecha junto a su cabeza reposando sobre los escombros irreal como si flotara era un noviembre muy parecido a este que acaba de terminar muy parecido sólo que muchas casas estaban en ruinas y por eso parecía que hacía más frío pero sí era igual el cielo era igual y los gorriones miraban hechos una bolita desde los árboles a la gente que pasaba por la calle exactamente lo mismo que lo hacen ahora

vaya cómo está el papel de las paredes sobre todo aquellos rincones es que esta casa la maldita humedad que tiene y que ha tenido siempre yo no sé si es que antes los arquitectos no sabían hacer casas aunque lo que es ahora parece que saben menos o a lo mejor es que se olvidan de que las casas las hacen para que vivan criaturas dentro me acuerdo de cuando fui a aquel pueblo fuenlabrada hace dos años qué paisaje todas aquellas moles de cemento inhumanas eso de las ciudades dormitorio es un crimen pero ahora que pienso es que ya hace bastante que empapelé esta habitación por última vez fue cuando empapelé también la salita hará sus diez años sí porque fue cuando se murió franco si no recuerdo mal pues habrá que ir pensando en comprar papel y llamar a alguien antes de que se echen las fiestas encima porque por esos días no encuentras a nadie y ya hasta enero nada enero ay qué eneros los de los años cuarenta el agua se helaba en las cañerías y la agüilla en la punta de la nariz casi qué horror dijeron que lo que pasaba era que estábamos padeciendo las temperaturas más bajas del siglo todo se cebaba con nosotros porque también estábamos pasando el hambre más hambre del siglo y en general la miseria más grande lo que yo no entiendo es cómo nos podía suceder eso si estábamos bajo la protección de dios por lo ultracatólicos que éramos todos los españoles nosotros solos ante el judaísmo y el ateísmo internacional y la masonería dios mío en mi vida me he podido enterar de verdad de qué era la masonería era el precio que había que pagar por que ganaran quienes ganaron pero si ganan los otros probablemente habríamos pasado la misma calamidad y el precio que habríamos tenido que pagar habría sido diferente pero precio al fin yo no sé como yo no entiendo ni nunca entendí quizá con los otros habría habido menos injusticia como decía joaquín pero quién sabe afortunadamente dentro de lo malo pude encontrar aquel trabajo el tener cierta cultura y saber escribir a máquina no era algo demasiado frecuente en las chicas de la época y a pesar de que joaquín había luchado por la república ellos lo sabían claro no me fue demasiado difícil probablemente aquel trabajo no me ayudó a llevar mi vida por el mejor camino pero me dio de comer que ya era bastante de todas formas yo ya estaba perdida para la vida y para la esperanza a mis veinte años viuda y sola yo únicamente quería seguir sobreviviendo y tampoco entiendo demasiado bien qué razón tenía para quererlo pero así fue cada vez me hundía más en mí misma los ratos muertos me los pasaba frente a la estufa sin pensar absolutamente en nada me habré pasado quince años de mi vida sentada frente a la estufa sin pensar absolutamente en nada no quería saber nada con el mundo exterior donde la gente se mataba salía adelante como podía después incluso progresaba porque lo que no mata engorda pero a mí ya no me importaba nada para mí cada día era igual a todos los demás a todos los anteriores y a todos los que habían de venir pero no me sentía desgraciada era algo así como si en realidad no existiera por eso no tenía miedo a nada porque nada me iba a hacer desaparecer nada me podía matar porque estaba ya muerta llegaba un domingo y como no iba a misa como hacían los demás era como un día cualquiera pero sin trabajar por la mañana con lo que tenía seis o siete horas extra para languidecer en mi sillón haciendo punto o no haciendo nada en navidad era igual poco extraordinario se podía hacer entonces en gastos y en comida pero el que más y el que menos se gastaba una perrilla más que de costumbre un poquito de turrón una fruta escarchada una insignificancia todos menos yo porque yo me empeñaba hasta con cabezonería en que fuese un día tan lamentable como cualquier otro en nochebuena me acostaba antes que ninguna otra noche en nochevieja esperaba a las doce campanadas y todo el ritual que hacía era arrancar el calendario viejo y colgar el nuevo en el que ya tachaba el día 1 porque así tachando los días antes de que pasaran me iba haciendo a la idea de que duraban menos era una loca carrera conmigo misma hacia ningún sitio el final podía estar a la vuelta de la esquina o no llegar jamás para que me volviera desquiciada perdida pero nada era dramático ni trágico todo lo más como mucho era aburrido y ni aun eso demasiado intensamente así fui quemando mi juventud dejé que mi cuerpo se fuera apolillando y por el desuso desmoronándose lentamente sin ninguna angustia y mi alma bueno mi alma era un montón de ruinas ya era como si tuviera sesenta años desde hacía mucho así pasaron los meses y los meses y los meses hasta que llegaron los años cincuenta y empezaron a venir aquí los primeros turistas muy poquitos entonces y la ayuda americana empezamos a vivir mejor no ya bien sino por lo menos como seres humanos a mí todo aquello me daba igual sólo que al menos era más cómodo ya que no tenía más remedio que seguir respirando vivir así y no como habíamos vivido hasta entonces pero supongo que nada habría cambiado de no ser por aquella navidad del 53 es el único año que sí tengo seguro en la memoria muy posiblemente además desde que me he despertado llevo dándole vueltas y vueltas a la cabeza nada más que para llegar a este punto es curioso la cantidad de días que han pasado desde entonces y creo que ninguno he dejado de recordarlo ni uno solo al principio me molestaba no poder olvidarlo era como si fuera esclava de lo que había pasado luego sin más poco a poco se fue haciendo mío hasta que no le di más importancia que a este lunar del cuello que lo veo todos los días en el espejo pero no me importa tenerlo conmigo porque es algo que nunca ha sido diferente de mi propio ser con el tiempo todo se adultera un poco o quizá es que ocupa su verdadero lugar de todos modos no debe de haber una regla general como pasa con las demás cosas el 53 fue el año en que me ascendieron mi primer ascenso importante hasta entonces no habían confiado demasiado en mí la mujer de un rojo claro pero debieron ver que yo no era peligrosa en absoluto de todos modos a mí me daba igual lo único que me importaba era que iba a ganar un poquito más de dinero es curioso cómo cuando no tienes grandes aspiraciones o ilusiones te adaptas tan bien a conformarte y dentro de lo posible a estimularte en el mundo de lo mezquino véase el dinero o una cocina de butano lo que es una forma como otra cualquiera de destruirse poco a poco aquella cena de navidad fue como una cena de esas de las películas americanas aunque lo que comimos era bastante menos suculento que lo que ellos comen me imagino con dos velas en la mesa eso fue sin querer sin premeditación porque simplemente se había ido la luz antes ella había comprado dos rosas rojas y botellas de champán yo no sé qué dineral se gastaría tampoco sé muy bien cómo pilar y yo nos encontramos frente a frente sentadas en aquella mesa aquella noche aquí en casa todo partió de ella seguramente hacía un año o así que trabajaba conmigo las dos estábamos solas en madrid aquellas navidades y no hizo falta nada más para ella todo era así de sencillo para mí la cosa no consistió más que en dejarme arrastrar como hacía habitualmente aunque no creo que hubiera aceptado que cualquiera que me lo hubiera propuesto se metiera en mi vida yo nunca había bebido tanto bueno nunca había bebido casi nada ella parecía que tampoco estaba habituada algo extraño debía pasarle por aquellos días algo que no acababa de explicarse muy bien pero he preferido no pensar nunca demasiado en eso el caso es que nos bebimos todo el champán únicamente esa noche en toda mi vida me pareció bueno el champán yo me sentía muy bien en realidad todo consistía en que sencillamente después de catorce años me sentía por fin viva sólo quería reír a ella la veía borrosamente cómo sonreía y me miraba fijamente de un modo tan extraño que me intranquilizaba todavía más y que poco a poco me arrastraba hacia no podía saber dónde era la primera vez en tanto tiempo que estaba de verdad frente a una persona ya había olvidado lo que era eso y sin que yo pudiera darme mucha cuenta iba levantando todas las barreras que siempre tenía cerradas entre mi corazón y los demás y lo hacía casi alegremente casi salvajemente como una niña traviesa que entra en una casa vieja y deshabitada durante muchos años y se divierte apartando de golpe las cortinas y abriendo todas las ventanas de par en par para que entre la luz y se derrame sobre los muebles cubiertos de polvo cuando ya hacía algún rato que habíamos terminado la cena ella se levantó casi tambaleándose y encendió la radio entonces algunas emisoras ya empezaban a poner algo más que flamenco y villancicos en navidad ponían música italiana de esa tan bonita que empezaba a llegar y que a mí personalmente me gustaba más aunque yo en realidad en cuestión de música nunca he ahondado demasiado cuando encontró algo que le gustaba subió el volumen y empezó muy despacio a bailar con los ojos cerrados ella era tan diferente a la mayoría de las mujeres de aquí atontadas por los curas y que no concebían más diversión que los bailes del pueblo ella de verdad tenía clase como si fuera extranjera además era inteligente le gustaba la poesía no como las demás mujeres que o no leían o se entretenían con novelones lacrimógenos y esas eran ya una cosa selecta aunque yo ya no leía nada desde hacía tiempo ni iba al teatro ni nada respetaba mucho a las personas que entendían de eso porque quizá yo si no se me hubiera arruinado la vida tan pronto habría sido una de ellas y además me habría gustado serlo yo la miraba y la miraba me daba cuenta de que estaba sonriendo yo que apenas había sonreído siete u ocho veces en mi vida que recordara y todas de niña o de muchacha a mis treinta y cuatro años viuda y ya disfrutando mi última juventud viendo bailar a una extraña en mi casa la casa que había sido el templo de mi lenta muerte yo entonces sonreía y me daba cuenta y no me sorprendía ni me impresionaba aquello lo más mínimo ella me vio sonreír se acercó a mí y me cogió la mano me dijo venga a bailar y tiró de mí hacia arriba yo no opuse ninguna resistencia era un tango ella bailaba muy bien yo apenas tenía idea pero me iba llevando y las dos riendo como locas ella hacía de hombre yo de mujer incluso al final ella me bajó y yo eché la cabeza hacia atrás casi como si fuéramos profesionales no nos cansábamos de bailar una canción tras otra todas las que nos echaban vino después una muy lenta y nos abrazamos la una a la otra muy fuertemente yo lo necesitaba lo necesitaba porque algo que había mantenido dormido mucho tiempo se me había despertado de golpe y me exigía que le diera todo lo que le había estado negando ella lo supe más tarde estaba muy sola por aquella época se sentía desgraciada y no estaba demasiado acostumbrada a ello y por eso también me necesitaba a mí tanto como yo a ella aunque por razones tan diferentes sentí en mi cuerpo el calor de su cuerpo tanto que era más del que podía necesitar sería quizá que el champán también ayudaba aquella navidad no hacía por fortuna mucho frío pero a mí me pareció que era casi como verano era una sensación agradable y extraña entonces pilar se separó muy ceremoniosamente yo al principio no me explicaba muy bien para qué pero eso en lugar de asustarme como habría hecho en otras circunstancias tan sólo me hizo sonreír una vez más ella también sonrió y poco a poco con la naturalidad que yo no había empleado en vivir toda mi vida fue desabrochándose uno tras otro los botones de la rebeca luego los de la falda y casi a un tiempo dejó caer las dos prendas al suelo mientras yo la contemplaba entre sorprendida y divertida sin decidirme a hacer nada fue ella la que vino hacia mí y con la misma ceremonia me quitó el jersey y la falda sin que yo hiciera ni viera la necesidad de hacer nada por impedirlo ella simplemente dijo hace calor y se quitó también la blusa y siguió desnudándose cuando terminó se quedó inmóvil como para que yo la viera a mi gusto y sonreía continuamente sonreía con un gesto que decía todo está bien no tengas miedo yo te llevo no tengas miedo y yo no tenía ningún miedo porque sabía que todo era cierto por eso cuando me dijo venga a mí también me gustaría verte yo me desnudé como ella igual de despacito y sin ninguna vergüenza con menos vergüenza que cuando me desnudé delante de joaquín el día de nuestra noche de bodas la noche antes de que él se fuera al frente y eso que yo quería darle todo para que tuviera algo de que acordarse en el momento en que estuviera agonizando que dios no lo quisiese aunque al final lo quiso o simplemente para que fanfarroneara con sus amigos yo era apenas una niña pero aquella noche había querido ser una mujer de verdad tan de verdad como la que más pilar me miraba y yo noté que le gustaba y que estaba contenta pasamos un buen rato mirándonos en silencio yo no tenía ningún frío porque era inmensamente feliz con esa felicidad que no hace ruido que es como un gato chico que se queda en tu regazo y no intenta escapar y se deja acariciar continuamente no que luego el gato cuando es grande sólo deja que le acaricies cuando le conviene y no te quiere en absoluto ni siquiera mientras le estás dando de comer pero yo entonces no pensaba en eso claro parecía como siempre parece que era imposible que llegara el momento del gato grande pilar se vino hacia mí y me cogió nuevamente de la mano y me llevó frente al espejo ese que yo tenía antes en la salita donde te podías ver de cuerpo entero nos pusimos la una junto a la otra ella tenía una figura mucho más bonita que la mía el pecho más lleno pero sin exageración y sus piernas eran torneadas y perfectas como las de una artista de cine yo a su lado parecía delgaducha con los huesos del pecho tan marcados siempre sobresalientes desde muchacha yo creía que aquello era horrible siempre me avergonzaba hasta que joaquín me dijo que le gustaba mi pecho que así con los huesos marcados era más espiritual y me pasaba los dedos por ellos como soñando sí delgaducha seguía siendo a los treinta y cuatro años pero me di cuenta de que todavía tenía la carne firme y el cuerpo vivo incluso me vi en cierto modo hermosa como nunca me había visto ni siquiera había pensado en eso desde hacía tanto tiempo por primera vez me atreví a hablar y le dije que era muy bonita la más bonita que había conocido porque era la verdad y me extrañaba que no lo hubiera supuesto antes ella se rio y dijo qué va mira qué culo más ancho tengo cuando dijo culo a mí me sonó no sé por qué tan raro que me eché a reír también pero no era verdad ella estaba muy proporcionada por todos lados son las manías de cada una después se quedó seria y me dijo que yo no tenía nada que envidiarle que a ella le hubiera gustado tener los pechos pequeñitos como yo los tenía porque así les gustaban más a los hombres dulces que los que quieren unas tetas grandes son casi como animales y a esos mejor no acercarse yo le decía que no era ninguna suerte que yo de tener un hijo apenas habría podido darle el pecho y que ella no habría tenido problemas yo no sabía si tenía hijos entonces pero luego supe que por aquella época efectivamente no los tenía así nos estuvimos algún rato haciéndonos cumplidos yo creo que es que estábamos demasiado borrachas y ya desvariábamos bastante luego bailamos otro poco una tanda de canciones alegres que pusieron debía ser un espectáculo allí las dos desnudas y borrachas bailando en diciembre música que sólo con mucha imaginación era bailable poco a poco comenzamos a tener frío era natural yo sentía el contacto de sus pezones nunca me gustó la palabra pero en fin que yo sepa no hay otra que se habían puesto duros en mi pecho y era como una dulce caricia era como las yemas de los dedos de un ángel y a mí los ángeles nunca se habían acercado a acariciarme supongo que ella sentiría algo parecido porque yo también tenía frío y rozaba sus pechos con la punta de los míos era un montón de sensaciones completamente desconocidas para mí con las que yo nunca había ni soñado ni tampoco había imaginado que fueran agradables en realidad no me repugnaba la idea como a la mayoría de las mojigatas que tenía alrededor pero es que nunca se me había pasado la idea demasiado en serio por la cabeza por otra parte era difícil en aquella época en que casi no se trataba el tema y si se hablaba de él era para decir que eran mujeres amargadas las que hacían eso que no podían tener hijos y eran como machorros yo no me creía gran cosa aquellas opiniones ni las asumía pero tampoco me había formado opiniones contrarias y claro yo no podía imaginar que iba a estar aquella noche de navidad con otra mujer y que gracias a ella iba a sentirme viva como con ninguna otra cosa había conseguido en muchos años por eso me entregué a todas las sensaciones de aquella noche y derribé los pocos esquemas que podía tener sobre el asunto y aún hoy vieja y con un pie en la tumba lo recuerdo todo con una infinita tranquilidad y sin que me remuerda la conciencia como me la remuerden otras cosas que a la mayoría le parecerán menos importantes tampoco aquello me hizo cambiar en cuanto a las relaciones con las personas yo le dije sí a pilar como le dije sí a joaquín y para mí no es diferente es una de las pocas cosas que tengo claras no es que me gustaran entonces que ahora ya una se toma con más calma todos esos asuntos no es que me gustaran las mujeres o los hombres es que me gustaron joaquín y pilar y con esta tranquilidad me basta para mis adentros que claro no se lo pienso decir a nadie porque quizá nadie lo entendería y a nadie le importa llegó un momento en que ya el frío se hizo insoportable y entonces me llevé a pilar a la habitación busqué una manta grande que todavía guardo en algún armario la puse sobre la cama y allí o mejor dicho aquí que nos metimos las dos las sábanas eran hojitas de hielo y las dos nos movimos al principio todo lo que pudimos para calentarnos y después nos acurrucamos la una junto a la otra también para darnos calor cuando nos tocábamos con las manos las dos nos sobresaltábamos porque las teníamos heladas la habitación estaba a oscuras y pilar sacó el brazo de debajo de los cobertores y encendió la lámpara de la mesita de noche ella quería luz en todo lo que hacía en su vida era una de las cosas por las que yo la admiraba y siempre la admiraré yo me levanté corriendo y traje la estufa a la habitación para que tuviéramos menos frío cuando volví a entrar en la cama ella me estaba esperando allí con su calor yo la miré y lo único que pensaba era gracias gracias gracias pero no sabía cómo decírselo ella echó la cabeza a un lado y se quedó mirando hacia la lámpara su cuello era delgado y de color de miel y un mechón de sus cabellos rubios lo cubría como si fuera una espiga de trigo allí abandonada yo le aparté los cabellos y la besé primero en el cuello y después en la mejilla muy suavemente sin que sonara casi luego ella se volvió y con una mano que había tenido apretada contra su regazo para calentarla tomó uno de mis pechos y tan suavemente como yo la había besado a ella comenzó a besármelo mientras decía que era un pechito pequeño como el de una niña solitaria y abandonada y yo entonces al verla tan dulce me reía de quien pudiera llamarla machorro si lo supiera de que pudiera llamarla machorro esa pandilla de ignorantes porque ninguno podía sentir sobre su cuerpo aquella mano pequeñita tan sabia o todas esas mujeres que soñaban con una manaza para arrancarles gemidos y gritos y me acordaba de que joaquín también tenía la mano pequeña como de violinista pensaba yo aunque no conocía a ningún violinista ni sabía de seguro si tenían las manos pequeñas y me acordé también de la hermana que no pude conocer de la hermana que no pude tener de mi hermana que murió al nacer y se llevó a mi madre a la tumba y cerré los ojos y le abrí todo mi ser a ella sin reservas porque era la única que debía que realmente quería y podía entrar diciendo mil veces sí lo abrí y nunca me he arrepentido ni me arrepentiré porque bastantes fantasmas han soltado sobre mí y sobre todos y alguna vez tenía que rebelarme contra todo eso y mandar a la porra a todos los fantasmas y a los fabricantes de fantasmas porque mi vida era mía y ya que apenas me dejaron que la viviese como si lo fuera por una vez tenía derecho sí a hacerlo yo sé que si dios existe y realmente merece la pena jamás me echará en cara nada de todo aquello y si me lo echa yo no quiero ir a ningún otro sitio que al infierno que ese dios haya inventado porque ningún otro sitio merecerá la pena no no no y no ella se fue dos días después y nunca jamás volvió ni yo nunca le pedí que volviera porque no era necesario que me diera más a mí me bastó con el poco tiempo que estuve con ella para tener mucho más de lo que le hubiera podido pedir luego no he conocido a nadie como ella que se atreviera a decir siempre lo que pensaba y lo que todavía es más difícil lo que sentía como cuando a la mañana siguiente se despertó y me dijo tenía ganas de despertarme para volver a verte yo era algo que nunca había sabido hacer eso de decir en voz alta siempre lo que por dentro me decía a mí misma y traté de aprender eso de ella pero luego no he encontrado a nadie con quien mereciera la pena hacerlo tuvimos largas conversaciones en el poco tiempo que estuvimos juntas le sorprendió la historia de mi desgracia y más todavía lo de mi aislamiento de tantos años no se explicaba cómo a los veinte años cuando todo por duro que sea se traga y se trata de superarlo yo me había rendido ya y luego había llevado esa rendición hasta aquellos extremos me pidió me suplicó casi que no siguiera por ahí que buscara a alguien que todavía era joven pero yo ya estaba decidida también esa decisión y esa cabezonería le resultaban incomprensibles cuando se marchó me dijo lo más bonito que me han dicho jamás en ninguna otra despedida además de que la mayoría de mis despedidas han sido a traición y sin una sola palabra de consuelo sin ni siquiera poder ver partir al que se iba me dijo me gustaría que cambiaras pero incluso si no lo haces me voy tranquila porque sé que eres fuerte creo que nunca nadie antes había confiado así en mí yo necesitaba que confiaran en mí para poder confiar yo en mí misma y nadie me había ayudado nunca a hacerlo hasta que llegó y se fue ella en los años siguientes mi vida fue más apacible no vendí mi soledad por nada del mundo pero me hice más accesible a la gente en el trabajo me iba bien comencé a tomar por costumbre pasear todas las mañanas enterarme de lo que pasaba en el mundo hasta de vez en cuando tomar café con alguna vecina o con alguna chica de la oficina que pensaran en algo más que en dejar a la gente como un trapo cuando hablaban con alguien una mañana allá por el sesenta y tantos me llegó una carta de pilar desde barcelona se había casado allí y tenía dos hijos me alegré por ella no contesté a su carta porque sabía que a ella no le importaba que no lo hiciera y yo de verdad prefería no hacerlo me fui haciendo vieja despacito y a gusto no como otras que en dos años se les pone una barriga como un tonel y se van a pique rápido las pobres además yo nunca he estado enferma por eso espero que cuando me toque sea para irme directamente al hoyo sin pasar siquiera por el hospital pasaron días días días días días días y días una tarde de noviembre paseaba yo por el retiro aprovechando que había salido un poco el sol y de repente al pasar junto a un kiosco leí en grandes letras franco ha muerto en ese momento justo en ese aunque la noticia la venía dando la radio desde por la mañana me di cuenta de que habían pasado nada menos que treinta y seis años y yo iba a cumplir ya cincuenta y seis y supe que mi mundo empezaba a acabarse y que comenzaba uno nuevo que no iba a ser mío sino de otros era un síntoma inconfundible de que de verdad y sin remedio ya había empezado a ser vieja y pensé mejor me vuelvo a casa porque por la tarde en invierno casi el sitio de una vieja es su casa al calorcito viendo la televisión pero no me sentí triste ni nada porque ser vieja significaba que había un montón de cosas de las que ya no me tenía que preocupar y comprendí por fin por qué era agradable morir siendo vieja y mientras bajaba por la calle de alcalá eché una lagrimita caliente por la prima teresa por mamá por papá y por joaquín que nunca habían sido viejos nunca porque así lo quiso dios

las últimas navidades han sido la verdad más tranquilas y más bonitas hasta he hecho algo de comer especial y he puesto un arbolito y un año ya puesta a tirar la casa por la ventana me fui a una tienda y compré un belén completo de esos de plástico las figuritas pintadas de colores y musgo y todo lo demás hay que ver lo bonitas que son ahora esas cosas antes quizá había más ilusión y con las figuritas de cartón nos conformábamos pero los niños de ahora que conocen más cosas también necesitan cosas más y más bonitas para ilusionarse los niños de entonces con lo que estos tienen nos habríamos vuelto locos de alegría porque hay que ver qué cosas tienen el belén sin ir más lejos parece de verdad parece que van a echar a andar todas las figuritas de un momento a otro y en el que yo tengo hay hasta un hombre haciendo de vientre yo lo pongo siempre detrás de unas piedras y le coloco siempre cerca unos niños como si fueran a encontrarle también compro caramelos para los más pequeños de la casa porque pienso y es que me digo te vas a morir el día menos pensado y no vas a haber hecho nada por los demás además recuerdo una nochebuena que los vecinos de enfrente qué detalle me invitaron a cenar con ellos y me divertí mucho con los niños ya casi no me acordaba de cómo reían y de su manía de estar preguntando todo el rato uno me preguntó por qué yo no tenía nietos que nunca los veían y yo al principio no sabía qué decir pero luego me acordé de todos los míos muertos hace tanto tiempo y le dije sí que tengo sí lo que pasa es que viven muy lejos muy lejos pero casi todos los días me mandan cartas y pensaba al decirlo en que no hay día que pase sin que me acuerde de todos casi demasiado me acuerdo y de todo el pasado vale que no tengo otra cosa pero yo misma reconozco que a veces me pongo muy tonta como una vieja refunfuñona todo han sido desgracias todo malo todo es un caos y va a peor yo qué sé a lo mejor lo único que pasa es que mi vida ha pintado en bastos y por eso me ha ido tan mal y pienso así pero el mundo tampoco es tan malo si no qué nos queda por lo menos yo ahora no estoy pasando necesidad como la pasan otros muchos así que tampoco tengo tanto derecho a quejarme mi vida después de todo ha sido como ha sido en parte porque yo he querido y tampoco todo ha salido mal en fin habrá que ir pensando en levantarse ya y dejar de perder el tiempo aquí contándome yo sola historias para no dormir recordando navidades y más navidades cuando en realidad ni siquiera es navidad faltan más de veinte días hay que ver de qué forma más boba me las arreglo para volver a lo de siempre a ver si no se me olvida lo del papel que verás tú como de todos modos se me echa el tiempo encima y no lo he hecho como siempre y a ver si voy preparando ya algo para navidad que siempre será mejor que quejarme como de costumbre de que no tengo nada interesante que hacer qué hora es ya las once y diez vaya por dios esto sí que no lo había hecho nunca no puedo empezar a acostumbrarme a estas sesiones de cama porque luego no hay manera de recobrar los buenos hábitos vaya qué frío bueno como siempre no acerté a meter el pie en la zapatilla habrá que encender la calefacción ya desde por la mañana es que tampoco se puede tener todo el día porque luego te viene el recibo y tampoco puedes pagar un dineral a pesar de todo una sigue condenada a ser pobre toda su puñetera vida qué le vamos a hacer mira hoy hace sol pues a ver si aunque me tenga que poner dos abrigos uno encima del otro salgo a dar un paseíto si me doy un poco de prisa todavía puedo hacerlo en fin madre mía por qué con lo bonito que podría haber sido todo nos tocaría sufrir tanto es una lástima que yo y la gente como yo estemos ya marcados para siempre que haga falta haber llegado a donde se sabe que no queda mucho de vida para empezar a apreciarla un poquito la verdad es que somos y no somos culpables pero yo creo que lo único que querríamos es simplemente que no nos juzgaran demasiado mal por la parte de la que somos culpables yo no sé quién será el que deba juzgarnos pero ojalá que no lo hiciera nosotros ya no podemos esperar otra cosa ni pedimos más y pero mejor es que deje el asunto porque no voy a llegar a ningún lado verdaderamente sólo conseguiré pensar más tonterías 1 de diciembre ya es verdad pero no puede ser verdad si hace nada que empezábamos el año y todo el mundo decía que ojalá que las cosas fueran mejor que en el 83 que todo había sido un desastre atentados guerras el paro todos decían que ojalá pero ninguno se lo creía y ahora que estamos al final de este año todos se convencerán de que realmente las cosas no han mejorado pero volverán a desear lo mismo para el año que viene y la mayoría olvidarán para siempre a ese owen del que tanto hablaban en enero y este año cuando en las memorias de todos comparta el pequeño espacio con diez o doce años por delante y otros diez o doce por detrás se confundirá con todos ellos y nadie tendrá muy claros los límites entre unos y otros olvidarán tantas cosas y cuando sean viejos pensarán bueno todos los años en el fondo son iguales 1 de diciembre ya sí el mes en que los viejos se mueren como los pajaritos se van de puntillas casi sin hacer ruido y ya en seguida tendremos de verdad encima el invierno incluso puede que nieve como el año pasado y helará todas las mañanas estará dura la tierra desierta cuando amanezca en los próximos meses dura y fría y desierta y no dejará que los niños se sienten sobre ella ni que asome la hierba habrá que prepararse porque el invierno es tan malo es un tiempo de perros en el que tienes que proteger el poco calor y la poca ilusión que te quedan con el mismo cuidado con que aquella vez de muchacha protegí yo un pañuelito que me encontré en la calle para que no perdiera su perfume porque yo quería guardar ese perfume para siempre quería olerlo cuando me sintiera triste con los ojos cerrados pero nunca se me olvidará por mucho que traté de que no le diera el aire y nadie lo tocara no se me olvidará nunca no y ese es el riesgo que corremos todos los inviernos en menos de una semana el pañuelito ya no olía a nada señor qué frío y lo peor de todo no es eso no lo peor de todo es tener que seguir diciendo aquí estoy aquí quiero estar sí sin saber para qué estoy aquí qué es lo que hago yo en este mundo al que apenas pertenezco mirando siempre mirando lo que ocurre sin poder sin querer entrar a jugar mirando cómo se va la vida cómo se va todo cómo pasa sin pararse ni un solo momento sin mirarme siquiera nunca he entendido bien el asunto ese es el problema ese debe ser el problema pero lo único que puedo decir sólo puedo decir seguir diciendo y aunque no tenga sentido y siempre y sin poder atreverme a dudar siempre como una flor que se abre todas las noches sin saber por qué y aunque cada noche haga más frío se sigue abriendo seguir diciendo siempre sí qué remedio aquí estoy sí sí sí y aquí que ninguno se atreva a dudarlo quiero estar

Apéndice

Tres historias en forma de chat

Una nota de contexto

Las tres historias que contiene este apéndice las escribí en el año 2018 para un proyecto que resultó quizá previsiblemente fallido: una web —también había una app, si no recuerdo mal— destinada a alojar sólo relatos en forma de chat. Quizá podría o debería haber dejado que se perdieran con esa web, cerrada pocos años más tarde, pero de común acuerdo con los editores he pensado en recogerlas aquí como curiosidad, o como rareza, o simplemente como otros tantos afanes sin provecho de esos a los que alude el título del libro al que se unen, y que bien puede darse por leído sin necesidad de pasar las páginas que faltan. A quien a pesar de todo le sobre el tiempo y decida no omitirlas, le agradezco el gesto y la generosidad y espero que el esfuerzo le sirva para obtener alguna forma de recompensa.

¿Despierta?

Usuario desconocido: ¿Despierta?

Raquel: *¿Quién eres?*

Usuario desconocido: ¿No lo adivinas?

Raquel: *No me van estos misterios. Dime quién eres o te bloqueo.*

Usuario desconocido: Mmm. Carácter, me gusta.

Raquel: *Y palabra. No doy segunda oportunidad.*

Usuario desconocido: Espera.

Raquel: *A qué.*

Usuario desconocido: A que te dé motivos para no bloquearme.

Raquel: *A ver. Te escucho. Pero por poco rato.*

Usuario desconocido: Standing at the door of the Pink Flamingo, crying in the rain...

Raquel: *¿Qué?*

Usuario desconocido: No te hagas la distraída.

Raquel: *Oye, de qué va esto.*

Usuario desconocido: Lo sabes.

Raquel: *¿Quién eres?*

Usuario desconocido: ¿No lo sabes ya?

Raquel: *¿Quién te ha dado mi número?*

Usuario desconocido: Así que ya lo sabes.

Raquel: *Te he hecho una pregunta.*

Usuario desconocido: Conseguir un número no es muy difícil, en estos días. ¿No hay otra cosa que te interese más preguntarme?

Raquel: *Esto me interesa.*

Usuario desconocido: Take a look at my face for the last time.

Raquel: *¿Qué?*

Usuario desconocido: Vi tu cara al escuchar esa parte de la canción. Un segundo antes de que se cruzaran nuestras miradas.

Raquel: *¿Y qué viste?*

Usuario desconocido: Que la canción, en ese momento, iba de ti.

Raquel: *¿De mí?*

Usuario desconocido: Y no sólo de ti.

Raquel: *¿De quién?*

Usuario desconocido: De alguien que también estaba allí, contigo. No necesitas que te diga el nombre. Y a partir de ahora, también de mí.

Raquel: *¿De ti?*

Usuario desconocido: Say Hello, wave Goodbye.

Raquel: *Ahora sí que me he perdido.*

Usuario desconocido: Digo hola mientras me despido.

Raquel: *Sé inglés.*

Usuario desconocido: Ya lo he asumido desde el comienzo. Desde que vi cómo escuchabas la canción. Una vieja canción, por cierto. Mucho más vieja que tú.

Raquel: *¿Me estás llamando cría?*

Usuario desconocido: No. Me gustó que te gustara, aun siendo de otro tiempo.

248

Raquel: *¿De tu tiempo?*

Usuario desconocido: Tal vez. Pero no te confundas. Yo tengo muchos tiempos.

Raquel: *Estoy ahora mismo calculando cuántos.*

Usuario desconocido: No lo adivinarás.

Raquel: *Tampoco puedo equivocarme por mucho.*

Usuario desconocido: Puedes, no me conoces. No sabes los océanos de tiempo que he atravesado en las mil vidas que se me ha concedido vivir.

Raquel: *Quizá tampoco esté interesada.*

Usuario desconocido: Quizá. Pero por lo pronto ya has leído 23 mensajes míos.

Raquel: *¿Los cuentas? ¿Es una apuesta o algo?*

Usuario desconocido: Tengo una mente rápida.

Raquel: *Puede que no sea una virtud.*

Usuario desconocido: Lo es, permite ir despacio, y saborearlo cuando merece la pena.

Raquel: *Sin problemas de autoestima, ¿eh?*

Usuario desconocido: ¿Debería tenerlos?

Raquel: *Tú sabrás.*

Usuario desconocido: Y tú, ¿sabes ya quién soy?

Raquel: *Sé cómo es tu cara y recuerdo vagamente tu nombre.*

Usuario desconocido: Ese «vagamente» me encanta. Anótate un tanto.

Raquel: *Ah. ¿Estoy compitiendo en algo?*

Usuario desconocido: Todo el tiempo. Tú, yo, cualquiera.

Raquel: *Conmigo te equivocas. Paso.*

Usuario desconocido: Era una metáfora, mujer.

Raquel: *¿Eres poeta?*

Usuario desconocido: Si conviene.

Raquel: *¿Conviene alguna vez?*

Usuario desconocido: A menudo. Y rezar. Incluso arrodillarse.

Raquel: *De eso te va a costar convencerme.*

Usuario desconocido: Razón de más para intentarlo.

Raquel: *Soy poco religiosa.*

Usuario desconocido: Umm. No haces más que empujarme a convertirte.

Raquel: *A convertirme en qué.*

Usuario desconocido: En aquella que realmente eres.

Raquel: *Y eso tú lo sabes mejor que yo.*

Usuario desconocido: No, pero a lo mejor lo veo como tú no lo ves.

Raquel: *Ya me sorprendería.*

Usuario desconocido: Pasa a menudo. Que desde fuera se ve lo que no se ve desde dentro.

Raquel: *¿Y qué ves? Desde ahí fuera.*

Usuario desconocido: Que estás y no estás.

Raquel: *Dónde.*

Usuario desconocido: Con quién.

Raquel: *A lo mejor estás malinterpretando una cara. Pasa a menudo, también.*

Usuario desconocido: Si sólo fuera una...

Raquel: *Ah, vale. De cuántas caras hablamos, entonces.*

Usuario desconocido: Te he estado mirando toda la noche. Lo sabes porque nuestras miradas se han cruzado más veces. Y porque tú has dejado que se cruzaran.

Raquel: *O a lo mejor me daba igual que se cruzaran.*

Usuario desconocido: A lo mejor. Pero me da que era otra cosa.

Raquel: *A ver, ilumíname.*

Usuario desconocido: Te falta algo. Te sobra algo. Y estás a punto de aceptarlo.

Raquel: *¿De veras?*

Usuario desconocido: Sólo necesitabas el empujón. Y el empujón ha llegado.

Raquel: *¿El empujón eres tú?*

Usuario desconocido: Podría serlo.

Raquel: *¿Quieres serlo?*

Usuario desconocido: Es lo que estoy tratando de averiguar.

Raquel: *Quizá lo que deberías tratar de averiguar es si lo quiero yo.*

Usuario desconocido: También. Puedo hacer dos cosas a la vez.

Raquel: *Eres la bomba.*

Usuario desconocido: No tanto. Me apaño, nada más.

Raquel: *¿Sigues contando los mensajes que te he leído?*

Usuario desconocido: Ya no.

Raquel: *¿Y eso?*

Usuario desconocido: Ya no hace falta.

Raquel: *¿Por qué?*

Usuario desconocido: Porque ya sé que vas a leerme hasta el final.

Raquel: *Salvo que te bloquee ahora mismo.*

Usuario desconocido: Hazlo.

Raquel: *¿Me estás retando?*

Usuario desconocido: Naturalmente.

Raquel: *No me costaría nada. No eres nadie. Nada para mí.*

Usuario desconocido: Eso era antes.

Raquel: *Antes de qué.*

Usuario desconocido: Antes de que me hicieras sitio a tu lado.

Raquel: *Vaya. ¿Te he hecho sitio a mi lado? Primera noticia.*

Usuario desconocido: El suficiente.

Raquel: *Suponiendo que así fuera, una pregunta interesante es si alguien como tú podría entrar dentro de mis preferencias.*

Usuario desconocido: Una pregunta muy interesante.

Raquel: *¿Te la has hecho?*

Usuario desconocido: Por supuesto, antes de atreverme a molestarte. Y ahora, mientras hablamos.

Raquel: *¿Y?*

Usuario desconocido: Sólo encuentro una respuesta, una y otra vez.

Raquel: *Déjame adivinarla.*

Usuario desconocido: Ya la has adivinado.

Raquel: *Lo que no quiere decir que la comparta.*

Usuario desconocido: Pídemelo sólo una vez y desapareceré.

Raquel: *Desaparece.*

Usuario desconocido: Pídemelo de verdad.

Raquel: *De verdad.*

Usuario desconocido: De verdad de la buena.

Raquel: *¿Cómo?*

Usuario desconocido: Bloquéame. Te prometo que no haré ninguna tentativa de contactar otra vez contigo. Borraré tu número de mi agenda.

Raquel: *¿Ya me has apuntado en tu agenda?*

Usuario desconocido: Por supuesto. La memoria siempre puede fallar.

Raquel: *Y con qué nombre me has apuntado. Por curiosidad.*

Usuario desconocido: Pelirroja Difícil.

Raquel: *Es coña.*

Usuario desconocido: Claro. Me gusta tu nombre. Raquel. No se me ocurre otro mejor.

Raquel: *A mí no me gusta tu nombre.*

Usuario desconocido: A mí tampoco. Cámbiamelo.

Raquel: *¿Puedo?*

Usuario desconocido: Puedes hacer de mí lo que quieras. Excepto obligarme a no creer en ti.

Raquel: *No creas. Tengo mil maneras de conseguir eso.*

Usuario desconocido: Prueba.

Raquel: *¿Y por qué en mí?*

Usuario desconocido: Porque no te he buscado. Porque has venido.

Raquel: *Explícamelo mejor.*

Usuario desconocido: Para todas las cosas, primero se busca y luego se encuentra; cuando se trata de Dios, primero se encuentra y luego se busca.

Raquel: *Eso no es tuyo.*

Usuario desconocido: No lo escribí yo, pero claro que es mío. Y tuyo, ahora.

Raquel: *¿Quién lo escribió?*

Usuario desconocido: Se llamaba Ansari, nació hace mil años.

Raquel: *¿Dónde?*

Usuario desconocido: En Herat, que hoy es Afganistán.

Raquel: *¿Y quién era ese Ansari?*

Usuario desconocido: Un místico. Musulmán. Sufí.

Raquel: *¿Esa es tu religión? No me ha parecido.*

Usuario desconocido: No pertenezco a ninguna religión organizada. Así puedo beber de todas.

Raquel: *Me estás dando yuyu. Creía que querías ligar conmigo.*

Usuario desconocido: Claro que quiero ligar contigo. Lo estoy haciendo.

Raquel: *Qué alivio. De pronto me ha parecido que ibas a tratar de ponerme un pañuelo.*

Usuario desconocido: Te lo pondría, pero no en la cabeza. No creo en un Dios que obligue a sus criaturas a esconder como un peligro la belleza que les regaló.

Raquel: *La belleza es un peligro.*

Usuario desconocido: ¿Lo ha sido para ti?

Raquel: *No me considero guapa.*

Usuario desconocido: Lo eres.

Raquel: *No vas a ganarme con piropos.*

Usuario desconocido: Tampoco harán que te pierda.

Raquel: *Nunca se sabe.*

Usuario desconocido: Ahora en serio. Todos somos bellos a los ojos que nos saben mirar.

Raquel: *Ajá. ¿Tú también?*

Usuario desconocido: No sé, yo no me miro. Tú sabrás.

Raquel: *Bueno. No estás tan mal.*

Usuario desconocido: Tan mal como qué.

Raquel: *Tan mal como para salir corriendo en cuanto he descubierto quién me escribe sin que le haya dado mi número ni haberle pedido que me escriba.*

Usuario desconocido: ¿Y si me lo hubieras pedido?

Raquel: *Pero no lo he hecho.*

Usuario desconocido: ¿Y si, sin pedírmelo, me lo has pedido?

Raquel: *Una suposición arriesgada.*

Usuario desconocido: Tengo el deber de arriesgarme. Y tú también.

Raquel: *Por qué.*

Usuario desconocido: Porque estás en un fondo de saco. Porque aún te queda tiempo sobre esta tierra. Porque no mereces tener que renunciar a lo que es para ti.

Raquel: *Deduzco que eso mismo piensas respecto de ti.*

Usuario desconocido: Deduces bien.

Raquel: *No nos conocemos. No sabes quién soy. No sé quién eres.*

Usuario desconocido: Dos inconvenientes que tienen fácil remedio.

Raquel: *¿Me estás pidiendo una cita?*

Usuario desconocido: No pensaba hacerlo antes de hablar un poco más.

Raquel: *Ni siquiera me has preguntado si estoy sola ahora.*

Usuario desconocido: Estás sola, es evidente.

Raquel: *Pero eso no lo sabías.*

Usuario desconocido: Lo sabía, me he informado de dónde vives, quién te llevaba.

Raquel: *No pierdes el tiempo.*

Usuario desconocido: Fue fácil. En una fiesta con alcohol sobra la gente que habla de más.

Raquel: *Y tú, ¿no bebes?*

Usuario desconocido: Sólo si estoy con alguien en quien confío.

Raquel: *Qué disciplina.*

Usuario desconocido: He recibido confidencias comprometidas de personas que al día siguiente no recordaban nada. No quiero ponerme en situación de hacer lo mismo.

Raquel: *¿Guardas secretos oscuros?*

Usuario desconocido: A cientos. Oscurísimos. Como tú.

Raquel: *¿Y eso no te preocupa?*

Usuario desconocido: No. Me preocuparía que no los guardaras.

Raquel: *Me temo que me estás confundiendo con lo que no soy.*

Usuario desconocido: No te avergüences.

Raquel: *No quiero decepcionar a nadie, simplemente. Soy una chica muy normal.*

Usuario desconocido: ¿Y eso qué es?

Raquel: *Trabajo por poco dinero, comparto piso, guardo un par de peluches de mi infancia, cuando las cosas me van mal me atiborro de chocolate.*

Usuario desconocido: Buen intento. No cuela.

Raquel: *¿Qué imaginas que hago o que soy, entonces?*

Usuario desconocido: ¿Quieres que la conversación suba de tono?

Raquel: *Son las cinco de la madrugada. Podría ser.*

Usuario desconocido: En vivo tengo más recursos.

Raquel: *Has llegado hasta aquí sólo con la palabra.*

Usuario desconocido: La palabra es poderosa. Y difícil de controlar. Nos hace libres. Y esclavos.

Raquel: *¿Buscas libertad o esclavitud?*

Usuario desconocido: Las dos cosas.

Raquel: *Pues sigue hablando.*

Usuario desconocido: No he podido evitar darme cuenta antes.

Raquel: *De qué.*

Usuario desconocido: De lo que había debajo de tu vestido, o más bien de lo que no había.

Raquel: *Buen ojo.*

Usuario desconocido: Ojo atento. Curioso. Podría ser mejor. Creo que ya voy necesitando gafas.

Raquel: *No para ciertos detalles.*

Usuario desconocido: Ciertos detalles los ve el corazón.

Raquel: *Ah, lo de antes trataba de ser un comentario romántico.*

Usuario desconocido: No, era lo que parecía.

Raquel: *Dime, entonces, qué imaginas que soy. Qué imaginas que hago.*

Usuario desconocido: Imagino que eres una fuente donde beber sin saciarse.

Raquel: *Muy bien, ya tenemos una decepción garantizada. Y qué hago.*

Usuario desconocido: ¿Ahora?

Raquel: *Ahora.*

Usuario desconocido: Lo que me gustaría hacer a mí.

Raquel: *Quizá estoy sin más tumbada leyendo mensajes que me parecen graciosos porque no tengo sueño y nada mejor que hacer.*

Usuario desconocido: Siempre cabe esa posibilidad.

Raquel: *Pero no, quieres decir.*

Usuario desconocido: Graba este momento en tu memoria, Raquel.

Raquel: *¿Por qué?*

Usuario desconocido: Este es el momento en el que se está escribiendo el futuro que nos hará y nos deshará, el momento que recordaremos incluso después de todo.

Raquel: *¿Tan grave es la cosa?*

Usuario desconocido: Míralo, acarícialo, es el momento más hermoso: el momento que sólo viene a veces y que se va siempre, como todo, camino de lo único que permanece.

Raquel: *¿Dios?*

Usuario desconocido: Llámalo como prefieras. A Él no le importa.

Raquel: *No sé yo si soy tan mística como tú. Me temo que no.*

Usuario desconocido: Me gustaría estar ahora ahí para demostrarte que sí.

Raquel: *Pero no estás.*

Usuario desconocido: Aprovecha, también, para pensar si quieres salir corriendo.

Raquel: *¿Y eso?*

Usuario desconocido: Ahora sólo soy unas pocas letras en esa pantalla, unos pocos bytes en la memoria de tu teléfono y del servidor que aloja nuestras palabras para generar big data y rentabilizarlo.

Raquel: *Qué poético.*

Usuario desconocido: Es la verdad. Ahora soy apenas eso, y el recuerdo desdibujado de la fiesta. Y cada minuto que pase será más desdibujado. Incluso el tuyo para mí.

Raquel: *Pero...*

Usuario desconocido: Pero si continuamos, voy a ser más.

Raquel: *¿Cuánto más?*

Usuario desconocido: Todo lo que pueda. Hasta devorarte el alma.

Raquel: *¿Y eso?*

Usuario desconocido: No puedo evitarlo, soy como el escorpión de la fábula, así que no hagas como la rana, no me cargues a cuestas hasta la otra orilla.

Raquel: *Hum. Planteado así, suena de lo más apetecible.*

Usuario desconocido: ¿Bromeas?

Raquel: *No bromeo. Tampoco te leo sin más. Ni tus mensajes me parecen sólo graciosos.*

Usuario desconocido: ¿Qué te parecen?

Raquel: *Adivina. Y adivina qué hago realmente.*

Usuario desconocido: Lo estoy intentando.

Raquel: *Y por cierto: mi recuerdo de ti no es tan desdibujado como supones.*

Usuario desconocido: El mío de ti es preciso como la arista de un diamante.

Raquel: *¿Y corta igual?*

Usuario desconocido: Cómo lo sabes.

Raquel: *De pronto me ha gustado la sensación de cortarte.*

Usuario desconocido: Es un buen principio.

Raquel: *¿Tú estás con alguien?*

Usuario desconocido: Has tardado en preguntarlo.

Raquel: *Respóndeme.*

Usuario desconocido: ¿Y si así fuera?

Raquel: *Sería extraño. Un poco incómodo. Pero no te bloquearía.*

Usuario desconocido: Me gusta que no me bloquees. En cierto modo es un triunfo.

Raquel: *Lo es. En condiciones normales no soportaría a quien se adjudica así el derecho a meterse en mi WhatsApp.*

Usuario desconocido: Soy consciente.

Raquel: *¿Quién te dio mi número? No me has respondido antes.*

Usuario desconocido: ¿Importa mucho?

Raquel: *Para agradecérselo o cagarme en sus muertos, según siga esto.*

Usuario desconocido: Preservémosla de ambas cosas, por ahora.

Raquel: *Es una mujer...*

Usuario desconocido: O lo he dicho para despistarte.

Raquel: *No vas a decírmelo.*

Usuario desconocido: Sólo si sale bien.

Raquel: *¿Y tampoco vas a decirme si estás con alguien?*

Usuario desconocido: Ya no. Ya sólo contigo.

Raquel: *¿Estabas con alguien antes?*

Usuario desconocido: No desde que vi esos ojos verdes tuyos.

Raquel: *Son más bien pardos.*

Usuario desconocido: Lo que sean.

Raquel: *Los ojos verdes son fatídicos. ¿Conoces la leyenda de Bécquer?*

Usuario desconocido: Por supuesto. Hice BUP.

Raquel: *Eh. No vas a ganar ningún punto riéndote de mis estudios.*

Usuario desconocido: No me río. Entonces era obligatorio. Ahora, no sé.

Raquel: *A mí sí me hicieron leerla, por lo menos. ¿Has estado en el Moncayo?*

Usuario desconocido: Alguna vez.

Raquel: *Yo no. Llévame.*

Usuario desconocido: ¿Para?

Raquel: *Deja que me siente junto a la fuente que hay*

allí, como la desconocida de ojos verdes de la leyenda. Deja que así te arrebate el alma y te busque la perdición.

Usuario desconocido: Ya me la has buscado. Por eso te he escrito.

Raquel: *Me gusta que me hayas escrito.*

Usuario desconocido: Has tardado en decirlo.

Raquel: *Tenías que ganártelo.*

Usuario desconocido: Te lo dije: siempre estamos compitiendo, queramos o no. Tú, en cambio, ya venías con la partida ganada.

Raquel: *Eso suena un poco incoherente, ¿no?*

Usuario desconocido: Bueno, prácticamente ganada.

Raquel: *Lo dudo. Me has estado probando todo el tiempo.*

Usuario desconocido: Más bien tú a mí.

Raquel: *Te equivocas. Sólo lo estaba aplazando.*

Usuario desconocido: ¿Por qué?

Raquel: *Porque tenía miedo.*

Usuario desconocido: De qué.

Raquel: *De lo que me ha recorrido los huesos cuando he visto que me mirabas en la fiesta. De cómo he sentido que estaba desnuda e indefensa ante ti.*

Usuario desconocido: Me estás tomando el pelo.

Raquel: *Ni remotamente.*

Usuario desconocido: ¿Seguro?

Raquel: *Seguro.*

Usuario desconocido: Ahora soy yo quien duda de pronto.

Raquel: *De qué.*

Usuario desconocido: De que sepas realmente quién te está escribiendo.

Raquel: *Lo sé.*

Usuario desconocido: A ver, dame una prueba.

Raquel: *Azul.*

Usuario desconocido: Azul qué.

Raquel: *Tu vestido era azul oscuro, escotado por la espalda. No llevabas pendientes, aunque tienes hechos los agujeros. Tus ojos son negros. Como nuestro futuro.*

Usuario desconocido: Uf. Me resultas demasiado irresistible, Raquel.

Raquel: *Me parece que vas a tener que llevarme al Moncayo.*

Usuario desconocido: Y a mí.

Raquel: *¿Cuándo lo harás?*

Usuario desconocido: Cuando tú me digas.

Raquel: *¿Puedo decidirlo?, ¿de veras?*

Usuario desconocido: Puedes.

Raquel: *Mañana mismo.*

Usuario desconocido: Sea.

Raquel: *Ya has visto, Susana.*

Usuario desconocido: Qué he visto.

Raquel: *Que me has pillado bien despierta.*

Revuelto de setas

Usuario desconocido: Tiene buena pinta ese revuelto de setas.

Max: *¿Perdón?*

Usuario desconocido: Que se ve apetecible, digo. Eres buen cocinero.

Max: *¿Qué es esto? ¿Quién eres?*

Usuario desconocido: No soy un amigo. Eso es todo lo que voy a decirte.

Max: *¿Y cómo sabes que me acabo de hacer un revuelto de setas?*

Usuario desconocido: ¿Oíste hablar alguna vez del Gran Hermano? Hace setenta años era una fantasía. Ahora es la realidad de una humanidad completamente monitorizada. Nadie está a salvo.

Max: *Oye, seas quien seas, ¿cómo tienes mi número?*

Usuario desconocido: Cualquiera que lo desee puede tener tu número, pardillo.

Max: *Mira, piérdete. No sé cómo sabes lo del revuelto de setas, pero me parece que voy a pasar de preguntármelo.*

Usuario desconocido: Yo que tú no lo haría.

Max: *¿Por qué?*

Usuario desconocido: Estás en una casita rural en mitad de ninguna parte.

Max: *¿Y?*

Usuario desconocido: Si estuviera espiándote a través de la red a mil kilómetros sí podrías pasar de mí.

Max: *Puedo pasar de ti estés donde estés.*

Usuario desconocido: Depende. Imagina que estoy en los árboles que tienes enfrente.

Max: *Para qué tengo que imaginar eso.*

Usuario desconocido: Para calibrar el peligro.

Max: *Qué peligro.*

Usuario desconocido: Son las tres de la mañana, estás a varios kilómetros del pueblo más próximo. No sabes lo que quiero hacerte.

Max: *Oye, de qué va esto. Empieza a no tener gracia.*

Usuario desconocido: Y terminará teniendo todavía menos para ti.

Max: *¿Me estás amenazando? ¿Quién eres? ¿Qué te has creído?*

Usuario desconocido: Elijo la tercera pregunta. Nada me creo. Sé lo que soy.

Max: *Desaparece, dime quién eres o llamaré al 091.*

Usuario desconocido: Aquí no hay Policía, como en tu ciudad. Tendrías que marcar el número de la Guardia Civil, que es el 062. Si pudieras marcarlo, claro.

Max: *¿Cómo dices?*

Usuario desconocido: Que no puedes marcarlo. Bueno, puedes, pero no dará señal.

Max: *¿Eh?*

Usuario desconocido: Prueba.

Max: *Joder, qué es esto. Antes había cobertura. ¿Se ha caído la red?*

Usuario desconocido: No exactamente.

Max: *¿Qué quiere decir eso?*

Usuario desconocido: Es un programita, en tu teléfono. Lo he activado antes de escribirte.

Max: *¿Un programita?*

Usuario desconocido: Desafortunadamente, ha dejado de servirte para hacer llamadas telefónicas.

Max: *Me estás hablando por WhatsApp.*

Usuario desconocido: Esa aplicación sí funciona, gracias al wifi de la casita.

Max: *Puedo pedir ayuda por aquí.*

Usuario desconocido: Me temo que no.

Max: *¿Y eso?*

Usuario desconocido: Otro programita que acabo de activar. Sólo se envían los mensajes a este número desde el que te escribo.

Max: *Eso no puede ser.*

Usuario desconocido: Todo puede ser. Todo puede programarse.

Max: *No te creo.*

Usuario desconocido: Prueba.

Max: *Joder. ¿Quién coño eres?*

Usuario desconocido: Nadie está obligado a declarar contra sí mismo.

Max: *¿Es declarar contra ti mismo decir tu nombre?*

Usuario desconocido: Depende de lo que pienses hacer.

Max: *No te sigo.*

Usuario desconocido: Si piensas hacer algo malo es mejor no dejar tu nombre en ningún registro que luego puedan rastrear quienes lo investiguen.

Max: *¿Cómo?*

Usuario desconocido: Pienso dejar tu teléfono junto a tu cadáver. Me divierte que los guardias civiles que lo encuentren lean esta conversación. Hola, agentes.

Max: *La broma está yendo demasiado lejos. Me cago en... ¿Alberto? ¿Eres Alberto?*

Usuario desconocido: Frío, frío. Helado, vaya.

Max: *Alberto, so cabrón, esto no te lo perdono.*

Usuario desconocido: Deja en paz a Alberto. No malgastes tus últimos instantes calumniando a inocentes.

Max: *¿Qué está pasando aquí?*

Usuario desconocido: ¿Tienes ya miedo? Me interesa, esto es también un experimento.

Max: *Hijo de...*

Usuario desconocido: No me faltes. Siempre es mejor que te liquiden piadosamente.

Max: *¿Por qué todo esto?*

Usuario desconocido: No hace falta una razón. Puede haberla, pero no es obligatorio.

Max: *No entiendo nada.*

Usuario desconocido: Somos desechables. Tú, yo, cualquiera. No tenemos derecho a esto. Ni tú a tu revuelto de setas, ni yo a esta diversión.

Max: *Estás consiguiendo confundirme. ¿Va de eso?*

Usuario desconocido: No. Va de lo que te estoy diciendo. Todo lo tenemos prestado. Nos pueden pedir que lo devolvamos, todo, en cualquier momento.

Max: *¿Y para eso estás tú aquí?*

Usuario desconocido: Y para ver hasta dónde podemos llegar en defensa de eso que nos prestan. Tengo que reconocer que me asombras.

Max: *¿Por qué?*

Usuario desconocido: Pensé que te bloquearías, o que harías alguna estupidez. Y aquí sigues, tecleando.

Max: *Una estupidez, ¿como cuál?*

Usuario desconocido: Como intentar salir y subir al coche.

Max: *¿Y por qué sería una estupidez?*

Usuario desconocido: En primer lugar, porque el coche no arrancaría.

Max: *¿Y eso?*

Usuario desconocido: Otro programita. Los coches nuevos tienen demasiada electrónica.

Max: *No te creo.*

Usuario desconocido: Puedes salir a comprobarlo, no hay dos sin tres. Me divertiría. Hazlo.

Max: *No voy a salir.*

Usuario desconocido: Bien, una decisión prudente.

Max: *¿Por qué?*

Usuario desconocido: Porque puede que no te permitiera atravesar el umbral de la puerta.

Max: *¿Estás ahí agazapado?*

Usuario desconocido: El ser humano, a estas alturas de la civilización, ha desarrollado muchos artefactos para intervenir a distancia. No lo necesito.

Max: *¿Me pararías, entonces?*

Usuario desconocido: Te pararía. He decidido que no puedes salir de ahí.

Max: *Eso yo lo he visto en alguna película.*

Usuario desconocido: Claro. En «El ángel exterminador», de Luis Buñuel.

Max: *¿Estás tratando de reproducirla?*

Usuario desconocido: A ver si lo consigo. Te advierto que, si intentaras salir, te pasaría algo más traumático que la parálisis que impide salir a los de la película.

Max: *¿Algo como qué?*

Usuario desconocido: Ponte en lo peor. Prefiero que te paralice el miedo a sufrirlo.

Max: *Estoy pensando en ponerte a prueba.*

Usuario desconocido: Es una mala idea. Y podría ser irreversible. Piénsalo otra vez.

Max: *Has hablado de mi cadáver. Qué más me da.*

Usuario desconocido: Siempre da. Si me complaces, puedo ofrecerte un buen tránsito a tu cadáver.

Max: *¿Y qué tengo que hacer para complacerte?*

Usuario desconocido: Eres un buen negociador. Incluso en situaciones de máxima tensión. Hace bien tu banco en pagarte todo el dinero que te paga. O bueno, que te pagaba, ya.

Max: *¿Sabes dónde trabajo?*

Usuario desconocido: Sé a qué hora exacta te has levantado y los pedos que te has tirado hoy. Lo del banco es nada para mí. Demasiado notorio.

Max: *¿Qué más sabes?*

Usuario desconocido: Por ejemplo, el bonus anual que ya no llegarás a cobrar: tus jefes, según el email que se han cruzado, te han acordado 135.000 euros.

Max: *Vaya, estoy de suerte.*

Usuario desconocido: Te felicito. Bueno, a tus herederos. También tengo tu testamento.

Max: *¿Y eso?*

Usuario desconocido: Le pediste al notario que te mandara copia por email.

Max: *No puede ser.*

Usuario desconocido: Puede, y es facilísimo. Por cierto, eres un buen hijo. Vas a dejar bien provistos a papá y mamá.

Max: *Hijo de...*

Usuario desconocido: No vuelvas a las andadas. También eres un buen hermano. A tu hermana le va a venir bien lo que le dejas para salir del apuro en el que está.

Max: *Veo que te estás divirtiendo.*

Usuario desconocido: Como un cochino en una charca. Como hacía tiempo que no me divertía.

Max: *¿Y qué se supone que debo hacer para complacerte? ¿Seguir diciendo cosas para que puedas jactarte de todo lo que sabes de mí?*

Usuario desconocido: No, eso a la larga sería aburrido. Empieza a serlo ya.

Max: *Qué, entonces.*

Usuario desconocido: Esto me gusta, que tomes la iniciativa.

Max: *Suéltalo.*

Usuario desconocido: Antes de seguir, te estoy viendo. No te esfuerces, no puedes acceder tampoco a ninguna red social para poner contenido o enviar mensajes, sólo recibes.

Max: *¿Me estás viendo?*

Usuario desconocido: Todo lo que sale en la pantalla

de tu teléfono móvil y de tu ordenador portátil sale en dos iPads que tengo conmigo. En tiempo real.

Max: *¿Otro programita?*

Usuario desconocido: Muy sencillo. Un juego de niños.

Max: *Suéltalo. Qué debo hacer para complacerte.*

Usuario desconocido: También te tengo controlado el otro teléfono. Tampoco puedes llamar con él.

Max: *Está bien, me rindo. Cuéntame de qué vas. Qué quieres de mí.*

Usuario desconocido: Para empezar, me gustaría que escucharas una canción.

Max: *¿Cuál?*

Usuario desconocido: Esta, verás qué bonita. Te paso un enlace. https://www.youtube.com/watch?v=IKPbjkZOsiA.

Max: *No entiendo nada.*

Usuario desconocido: Te escribo la letra: «Ich habe Pläne, grosse Pläne / Ich baue dir ein Haus / Jeder Stein ist eine Träne / Und du ziehst nie wieder aus».

Max: *No sé alemán.*

Usuario desconocido: De eso no tenía constancia, mira.

Max: *Me anima, cometes fallos.*

Usuario desconocido: No importa, lo arreglo sobre la marcha: «Tengo planes, grandes planes / voy a construirte una casa / cada piedra es una lágrima / y de ahí ya nunca te mudarás».

Max: *A qué viene ese regodeo.*

Usuario desconocido: No es regodeo. Es una pista.

Max: *¿De qué?*

Usuario desconocido: De eso que me preguntabas antes.

Max: *¿Qué, en concreto, de todo lo que te he preguntado?*

Usuario desconocido: Por qué.

Max: *A ver, deja que lo relea.*

Usuario desconocido: Qué, ¿intuyes por dónde va?

Max: *Ni idea. ¿Tercer verso, tal vez?*

Usuario desconocido: Tienes una mente penetrante. De pronto me da pena estar a punto de desconectarla.

Max: *No lo hagas.*

Usuario desconocido: Está escrito que lo haré.

Max: *Nada está escrito.*

Usuario desconocido: Eso es de otra película.

Max: *Sí, de «Lawrence de Arabia».*

Usuario desconocido: Un personaje memorable. Mira, casi me vale como otra pista.

Max: *De qué.*

Usuario desconocido: De por qué está pasando esto.

Max: *Aquí me vuelvo a perder.*

Usuario desconocido: ¿Quién acaba con Lawrence?

Max: *Una moto. Un coche al que no ve. Así se escribe la Historia.*

Usuario desconocido: Frío, frío. Eso vale para la gente del montón. Él no lo era. Ni tú.

Max: *Cualquiera puede morir de un modo absurdo. Por meter la pata, o por subirse al primer y último viaje del Titanic.*

Usuario desconocido: Siempre puedes tomar precauciones. Rechazar el lujo.

Max: *¿Qué quiere decir eso?*

Usuario desconocido: De hecho, Lawrence rechazó

el lujo. Después de alcanzar la gloria se alistó con otro nombre como soldado raso.

Max: *No veo por dónde vas.*

Usuario desconocido: Piensa mejor en Lawrence. Haz mejor la lista de sus enemigos.

Max: *No soy un experto, sólo vi la película.*

Usuario desconocido: Si tuvieras tiempo, te recomendaría que leyeras los libros. Sus dos libros. «Los siete pilares de la sabiduría» y «El troquel».

Max: *¿Para?*

Usuario desconocido: Ahí lo explica todo. En el primero, contra quién luchó en el desierto. En el segundo, de quién huyó al alistarse. En ambos casos, el mismo enemigo.

Max: *Parece que no voy a tener tiempo. ¿Me harías un resumen?*

Usuario desconocido: No. El verdadero conocimiento es personal y requiere tiempo. Los tutoriales de YouTube de tres minutos sólo sirven para aprender tareas mecánicas.

Max: *Tú estás por encima de eso.*

Usuario desconocido: No, he seguido unos cuantos tutoriales de tres minutos. Para cosas como aprender a manejar programitas. Son útiles, pero no decisivos.

Max: *¿Qué es lo decisivo, entonces?*

Usuario desconocido: Por qué estamos aquí. Por qué nos vamos.

Max: *Si el objeto de todo esto es enseñarme algo, deberías ser más explícito.*

Usuario desconocido: Es que no es ese el objeto. ¿De qué iba a servirte ya nada que te enseñara?

Max: *¿Entonces?*

Usuario desconocido: Sólo quiero llevarte al lugar donde quiero que estés.

Max: *Si era a esta casita donde lo controlas todo, aquí estoy. Sea como sea como lo preparaste, te ha funcionado. Enhorabuena.*

Usuario desconocido: Gracias. Pero eso es sólo el marco físico. Se trata de un lugar mental.

Max: *Luego, en cierto modo, de una enseñanza.*

Usuario desconocido: No, digamos más bien un desenlace. Un desenlace justo.

Max: *¿Justo?*

Usuario desconocido: Cierto, eso es un concepto moral, equívoco. Digamos, mejor, simétrico.

Max: *¿Un desenlace simétrico respecto de qué?*

Usuario desconocido: Respecto de lo que estamos zanjando.

Max: *¿Se trata acaso de un ajuste de cuentas?*

Usuario desconocido: Ese concepto es demasiado burdo.

Max: *Una venganza, una represalia, un desquite...*

Usuario desconocido: Más burdo aún.

Max: *Explícamelo tú.*

Usuario desconocido: No quiero. Lo que quiero es que lo averigües.

Max: *Podría no averiguarlo nunca. Así a lo mejor sobrevivo, si lo prolongo.*

Usuario desconocido: ¿Hasta cuándo crees que puedes prolongarlo?

Max: *Qué sé yo, hasta que pase alguien, hasta que te pase algo.*

Usuario desconocido: Eso no es una opción para ti. Lo zanjaré antes. Y de peor manera.

Max: *Empiezo a estar cansado. Y el miedo me aturde. Lo comprenderás.*

Usuario desconocido: Lo comprendo. Vuelve a la canción.

Max: *Al tercer verso.*

Usuario desconocido: No hemos hablado de otro.

Max: *Las lágrimas...*

Usuario desconocido: Excelente. No estás tan cansado. Ni tan aturdido.

Max: *El desenlace tiene que ser simétrico respecto de las lágrimas. Compensarlas de alguna forma.*

Usuario desconocido: Sí. Me gustan las cosas redondas. Que vuelven al final sobre sí mismas.

Max: *Pago por algo que hice. Por alguien a quien hice llorar.*

Usuario desconocido: Es una descripción algo rudimentaria, pero vas orientándote.

Max: *¿Te hice llorar a ti?*

Usuario desconocido: Yo no lloro. Tampoco río.

Max: *Representas a alguien, entonces. Lo haces por alguien.*

Usuario desconocido: Sí, lo hago por alguien.

Max: *¿Por quién?*

Usuario desconocido: Te vas a reír. Lo hago por ti.

Max: *Esa sí que es buena.*

Usuario desconocido: Es una paradoja. ¿No te gustan las paradojas?

Max: *Depende.*

Usuario desconocido: ¿De?

Max: *De si afectan a otro o me tocan las narices a mí.*

Usuario desconocido: ¿Te estoy molestando?

Max: *No me estás dando un buen rato, precisamente.*

Usuario desconocido: Todo tiene su porqué.

Max: *No me consuela. Ni te hace más simpático.*

Usuario desconocido: O simpática.

Max: *¿Eres una mujer?*

Usuario desconocido: Perfectamente puedo serlo. No he indicado mi sexo en ninguno de los mensajes.

Max: *¿Una mujer despechada? ¿O actúas por cuenta de una que lo es? Me extrañaría. Tampoco he vivido echándome una novia en cada puerto.*

Usuario desconocido: Lo sé. Sólo tres parejas estables, con la que se rompió hace tres meses.

Max: *Vaya. ¿Tanta huella he dejado por ahí de mi biografía?*

Usuario desconocido: Has tenido Facebook, y te recuerdo que leo tu correo electrónico.

Max: *Pues sí, tres, no más. Y dos me dejaron y con la última fue de mutuo acuerdo. No hay motivo para hacerme pagar por eso.*

Usuario desconocido: ¿Tú crees?

Max: *Qué insinúas.*

Usuario desconocido: Si de verdad te crees que eres tan inocente.

Max: *¿En relación con mis exparejas?*

Usuario desconocido: En relación con todo, en general.

Max: *Diría que no he hecho mal a conciencia a nadie.*

Usuario desconocido: Vuelve a encender el portátil. Abre tu correo.

Max: *¿Para?*

Usuario desconocido: Tienes tres mensajes. Cada uno trae un adjunto. Míralos.

Max: *¿Para?*

Usuario desconocido: Tú mira.

Max: *Vale. Ahora sí que me estás acojonando.*

Usuario desconocido: Lo comprendo.

Max: *¿Cómo has grabado esto?*

Usuario desconocido: Eso no importa mucho. Lo que importa es que puedo mandarlo ahora mismo a toda tu libreta de direcciones.

Max: *Joder.*

Usuario desconocido: Empezando por tu jefe. O tus padres. O esa chica a la que has visto dos veces, pero parece que podría llegar a ser algo más. Si no ve nada de eso, claro.

Max: *Esto es delito. Grabarlo. Y difundirlo.*

Usuario desconocido: Ese detalle no me inquieta demasiado. Sé borrar mis huellas.

Max: *¿Quién eres?*

Usuario desconocido: Sabes que esa es la pregunta para la que no tendrás respuesta. Prueba con otras.

Max: *¿A quién representas?*

Usuario desconocido: No voy a engañarte. A nadie. Así que no mires en tu lista de ofendidos, ahora que les has puesto de pronto cara y ojos.

Max: *No entiendo nada.*

Usuario desconocido: Esto, para mí, es sólo un juego. Para ti, ya ves que no.

Max: *Cómo puedes jugar con estas cosas.*

Usuario desconocido: Me he aburrido del resto de los juegos. No disparan mi adrenalina como este. Son banales, en comparación.

Max: *Esto es sórdido, enfermizo, dañino.*

Usuario desconocido: Para ti.

Max: *Cómo puedes soportarte dedicándote a hacer esto.*

Usuario desconocido: Recuperemos la conversación sobre Lawrence de Arabia. Aunque sólo hayas visto la película, piensa otra vez. ¿Contra quién peleó toda su vida?

Max: *Estoy harto de acertijos.*

Usuario desconocido: Este te lo he puesto demasiado fácil. Esfuérzate.

Max: *No sé. ¿Contra sí mismo?*

Usuario desconocido: Bingo.

Max: *¿Qué estás sugiriéndome?*

Usuario desconocido: En resumen, que yo no voy a tocarte un pelo.

Max: *Antes dijiste que ibas a hacerme algo que me dejaría cadáver.*

Usuario desconocido: No exactamente, relee nuestra conversación.

Max: *No me apetece.*

Usuario desconocido: Te dije que voy a hacer algo malo. Pero el cadáver, tu cadáver, es cosa tuya.

Max: *Quieres decir que me suicidaré... ¿Cómo lo vas a conseguir?*

Usuario desconocido: Ya lo he conseguido. La tarea me la has dado hecha.

Max: *Me pierdo. Te odio, cabrón.*

Usuario desconocido: O cabrona.

Max: *Lo que sea.*

Usuario desconocido: Te lo explico: si te asomas a la puerta, morirás de una forma dolorosa...

Max: *No te creo.*

Usuario desconocido: Vuelvo a decírtelo: ponme a prueba.

Max: *Está bien. Sigue.*

Usuario desconocido: Si te quedas en la casa, esperando, mandaré el material a los tuyos. Y entonces preferirás haberte suicidado y morirás dolorosamente también.

Max: *Si me suicido lo mandarás igual.*

Usuario desconocido: Te juro que no. Tengo palabra. Y sentido moral. Te habrás ganado que lo destruya.

Max: *Por qué iba a creerte.*

Usuario desconocido: No tienes otra posibilidad de evitar que te desprecien los tuyos.

Max: *Es una razón, lo admito.*

Usuario desconocido: Y para terminar de convencerte: una de las setas de ese revuelto que ya se te ha enfriado es muy venenosa. Mortal, de hecho.

Max: *¿Cómo puede ser eso?*

Usuario desconocido: La puse yo en tu nevera. Si te comes ese revuelto, morirás dulcemente.

Max: *Este juego no es justo. No me das ninguna esperanza.*

Usuario desconocido: Piensa que al final nunca la hay. Salvo la de dañar lo menos posible a los tuyos.

Max: *Tengo miedo.*

Usuario desconocido: Es normal. Te quedan unos instantes muy amargos. Pero pasarán en seguida. Depende sólo de ti. La seta es eficaz.

Max: *No puede acabar aquí.*

Usuario desconocido: Pudo acabar mucho antes. Pudo acabar peor. Da gracias por lo que se te dio.

Max: *Doy gracias. Y me cago en ti.*

Usuario desconocido: Si eso te desahoga.

Max: *Lo que de verdad me jode es no saber quién eres.*

Usuario desconocido: No es relevante.

Max: *Lo es.*

Usuario desconocido: ¿Lo es para la hormiga que va con su granito por una acera el nombre del peatón que al pisarla provoca que su cuerpecito y su existencia colapsen?

Max: *No mucho.*

Usuario desconocido: Pues piensa en eso. Te aliviará mientras agonizas.

Max: *No pienso comerme este revuelto.*

Usuario desconocido: Te lo comerás.

Max: *No.*

Usuario desconocido: En fin. Ya no voy a escribirte más. Ya no vas a poder escribirme.

Max: *Espera...*

Usuario desconocido: Dentro de diez minutos exactos esparciré tu mierda. Tú verás.

Max: *Espera...*

Usuario desconocido: No espero. Un último consejo.

Max: *¿Qué?*

Usuario desconocido: Antes de comértelo, échale un poco de sal, que lo has dejado un poco soso.

Tu único amigo

Manuel: ¿Me lee?

Felipe: *Te leo. ¿Quién eres y a qué debo el honor, Manuel?*

Manuel: No voy a ocultarlo. Estoy haciendo mi trabajo.

Felipe: *Y en concreto, ¿en qué trabajas?*

Manuel: Trabajo en una unidad de policía judicial.

Felipe: *Ah, qué interesante.*

Manuel: Bueno, tiene sus días. Este lo es, desde luego.

Felipe: *¿Por qué? ¿Porque te toca hablar conmigo?*

Manuel: Eso es.

Felipe: *Lo que no sé es por qué debería yo hablar contigo.*

Manuel: Si me permites, voy a tutearte. Te ruego que sigas hablándome.

Felipe: *Eres muy amable, para ser policía.*

Manuel: Hay muchos tópicos al respecto. Como casi todos los tópicos, falsos.

Felipe: *Los tópicos siempre brotan de alguna verdad, y conservan algo de ella.*

Manuel: Es cierto. Pero los seres humanos somos diversos. También los policías.

Felipe: *Mira qué bien. Bueno es saberlo.*

Manuel: Te agradezco que estés respondiéndome, y con tanta cordialidad, ante todo.

Felipe: *Y por qué no. Tengo tiempo.*

Manuel: De mí sólo sabes lo que digo ser. Y podría molestarte que utilizara tu número sin habérmelo dado.

Felipe: *He decidido creerte. Sería muy estrafalario que mintieras. Y mi número ya sé que lo tenéis desde el momento en que lo usé para lo que lo usé.*

Manuel: Buena deducción.

Felipe: *En cierto modo, es como si te lo hubiera dado.*

Manuel: Así visto...

Felipe: *De manera que no te cortes, Manuel, habla lo que quieras. Te atenderé mientras no haya nada perentorio que me lo impida.*

Manuel: Eres consciente de la situación que tenemos aquí, Felipe.

Felipe: *Desde luego. La he creado yo. Adrede.*

Manuel: Y sabes cuál es mi misión.

Felipe: *Puedo imaginarla de manera bastante aproximada.*

Manuel: ¿Cuál crees que es?

Felipe: *Encerrarme. A lo mejor incluso te atrae la posibilidad de abatirme.*

Manuel: Yo no me dedico a abatir a nadie.

Felipe: *Bueno, el que tengáis entrenado para eso.*

Manuel: Tampoco encierro a nadie. Encierran los jueces.

Felipe: *Con la ayuda de los agentes de policía judicial como tú.*

Manuel: Cierto, somos sus ojos, sus oídos y sus manos.

Felipe: *Ya te lo decía yo.*

Manuel: Lo que abre una posibilidad interesante, si lo piensas.

Felipe: *¿Ah, sí? ¿Cuál?*

Manuel: No podemos decidir por ellos, pero sí influir a la hora de fijar las premisas sobre las que ellos deciden.

Felipe: *Sigue. Me has picado la curiosidad.*

Manuel: Lo que quiero decir es que podemos tener alguna mano a la hora de agravar o atenuar los hechos sobre los que ellos sentencian.

Felipe: *Ah, mira, ahora ha dejado de pronto de interesarme.*

Manuel: ¿Por qué?

Felipe: *Previsible. Vas a ofrecerme una rebaja de pena o algo así.*

Manuel: ¿Por qué estás tan seguro?

Felipe: *Tiene toda la pinta. Quizá sea útil que te advierta algo.*

Manuel: Qué.

Felipe: *El Estado de pacotilla al que representas no puede imponerme una pena superior a la que ya soporto. No me intimida.*

Manuel: Entiendo el razonamiento. Pasa a veces. Más a menudo de lo que crees.

Felipe: *¿Te lo has encontrado antes?*

Manuel: Por supuesto. ¿Tienes tiempo para que te cuente una historia?

Felipe: *Depende de la longitud. Para las «Mil y una noches» me temo que no, Sherezade.*

Manuel: No me llevará tanto. Es una historia real, me pasó en un país árabe, justamente.

Felipe: *Qué coincidencia.*

Manuel: El que tenemos más cerca, Marruecos.

Felipe: *Lo conozco. Tánger, Marrakech, Fez...*

Manuel: Quizá hasta conozcas la ruta, entonces. Me pasó yendo de Tánger a Fez.

Felipe: *Sí, he recorrido esa carretera.*

Manuel: Mejor, así te harás mejor idea.

Felipe: *Me la hago, sí.*

Manuel: Iba en un coche con un conductor marroquí. Un filósofo, como todos los que han aprendido a sobrevivir con poco.

Felipe: *Imagino el prototipo.*

Manuel: En cierto momento vimos a un hombre en mitad de la calzada, caminando en el sentido del carril sin inmutarse por los coches.

Felipe: *No me sorprende mucho.*

Manuel: A mí sí me sorprendió. Aceptas que allí la gente cruce de cualquier manera, pero andar así por una carretera nacional, dando la espalda a la muerte...

Felipe: *No la temería.*

Manuel: Eso fue lo que me dijo el conductor cuando se lo comenté asombrado.

Felipe: *¿Qué te dijo, exactamente?*

Manuel: Lo recuerdo bien. «Hay personas para las que perder la vida no significa perder gran cosa.»

Felipe: *Efectivamente, un filósofo.*

Manuel: Me acuerdo también del hombre, lo miré al pasar.

Felipe: *¿Era guapo?*

Manuel: No diría. Era un hombre flaco, consumido, sin luz en los ojos.

Felipe: *Todo encaja.*

Manuel: Ahí es a donde quería ir.

Felipe: *Explícate.*

Manuel: He visto tus fotos. Incluso un vídeo de ayer, de una buena cámara de seguridad, en el que se te ve perfectamente.

Felipe: *Qué rápidos sois.*

Manuel: Simple protocolo. Cada vez se llega antes a estas grabaciones.

Felipe: *Y qué, ¿te parezco guapo?*

Manuel: No me fijé en eso.

Felipe: *¿En qué te fijaste?*

Manuel: En tu complexión, en cómo te movías, en tus ojos.

Felipe: *¿Y?*

Manuel: No estás acabado, como aquel hombre. Ni tus ojos apagados como los suyos.

Felipe: *Y ahora es cuando te pones a hacer de Mr. Wonderful.*

Manuel: En absoluto. Tienes problemas. Muy graves.

Felipe: *Mira tú. Noticia bomba.*

Manuel: En serio. Te va a costar mucho enderezar tu vida. Vienen curvas feas.

Felipe: *Siempre puedo dejar quieto el volante y salirme en la primera.*

Manuel: Siempre es una opción. Aunque bastante pobre.

Felipe: *Mala jugada. Me acabas de caer mal. Quién eres tú para juzgarme.*

Manuel: No te estoy juzgando. Lo analizo fríamente. ¿Juegas al ajedrez?

Felipe: *A veces.*

Manuel: ¿Eres bueno? ¿Mediano? ¿Regular?

Felipe: *¿Importa mucho eso?*

Manuel: Introduce algún matiz.

Felipe: *No le ganaría nunca a un maestro, pero podría enredar algo si le planto batalla mientras juega cien simultáneas.*

Manuel: Bastante bueno, entonces. Yo no osaría decir tanto.

Felipe: *Nunca he sido modesto, lo siento.*

Manuel: Bien está, no lo censuro. Y dime, ¿dejarías caer tu rey antes de estar seguro de que no puedes por lo menos arañar unas tablas?

Felipe: *Depende. Si me estuviera esperando Monica Bellucci, sí.*

Manuel: Me temo que no te espera Monica Bellucci.

Felipe: *¿Ah, no? ¿Cómo lo sabes?*

Manuel: Tienes razón. No lo sé. Hago una apuesta.

Felipe: *No sé yo si en tu oficio son muy correctos los juegos de azar.*

Manuel: En cualquier oficio hay que hacerlos, alguna vez.

Felipe: *Bonita tu analogía del ajedrez, en todo caso. Y bien traída. Me predispone bien hacia ti que hagas un cierto esfuerzo intelectual.*

Manuel: Sé que eres una persona instruida e inteligente.

Felipe: *Yo en cambio creía que los policías erais todos unos tarugos.*

Manuel: ¿Y eso por qué?

Felipe: *Defendéis un orden social injusto, sólo atrapáis peces chicos y se os escapan los tiburones, las orcas y los cachalotes. ¿Quién quiere ser algo así?*

Manuel: Cachalotes, no sé, pero algún tiburón sí cae de vez en cuando.

Felipe: *Entregado por sus congéneres, nunca cazado por vosotros.*

Manuel: Podríamos discutirlo. De todos modos, tampoco es malo que alguien que arrastra ancianas para quitarles la cadena de oro sepa que puede caer.

Felipe: *Sí, eso está a vuestro alcance.*

Manuel: ¿No te parece? ¿No estás del lado de la anciana?

Felipe: *Con carácter general sí. Hay ancianas que son malas personas.*

Manuel: Aun así, son más débiles que sus agresores.

Felipe: *De acuerdo, Batman, luchas por una buena causa.*

Manuel: En realidad, no quería decir eso.

Felipe: *¿Qué querías decir?*

Manuel: He hecho algo de trampa.

Felipe: *Así que también tienes tus momentos Darth Vader.*

Manuel: Quería mencionar el concepto de debilidad.

Felipe: *¿Acaso vas a llamarme débil? Así tampoco me gustarás.*

Manuel: Al revés. Quiero hacerte notar tu fuerza. La desproporción de fuerza entre tú y ella.

Felipe: *Soy consciente. Es lo que me permite estar aquí, hablando contigo.*

Manuel: También te permite otras cosas.

Felipe: *¿Por ejemplo?*

Manuel: Liberarla. Dejarla regresar sana y salva con los suyos.

Felipe: *No sabes si no es ya tarde para eso.*

Manuel: No lo sé, tienes razón. Pero vuelvo a apostar. Es mi deber hacerlo hasta que tenga pruebas de lo contrario.

Felipe: *Mmm. Voy a llamarte el Negociador Apostador.*

Manuel: No me gusta esa palabra.

Felipe: *¿Cuál de las dos?*

Manuel: Negociador.

Felipe: *¿Por qué? ¿No es precisamente lo que eres?*

Manuel: Tengo ese título, y así se le suele llamar a esto, pero es un concepto demasiado estrecho.

Felipe: *Ensánchamelo, me interesa.*

Manuel: El negociador busca que prevalezca un interés, o que al menos se equilibre con un interés de signo contrario.

Felipe: *Más o menos, sí, así podría describirlo yo también.*

Manuel: Nada de eso hay aquí, entre tú y yo.

Felipe: *¿Qué hay, entonces?*

Manuel: A ti no te mueve un interés, el interés dicta todo lo contrario de lo que estás haciendo.

Felipe: *Bien visto.*

Manuel: Y a mí tampoco me mueve un interés.

Felipe: *Bueno, si te sale bien te darán una medalla.*

Manuel: Ya tengo suficientes medallas. Ilusiona la primera. Las demás te van comiendo el sitio en la guerrera.

Felipe: *¿No te pone que te miren la pechera el día de los Santos Ángeles Custodios?*

Manuel: Te veo al tanto de nuestras costumbres.

Felipe: *Tengo un primo lejano policía.*

Manuel: ¿Puedo contarte otra historia? Va de un personaje ejemplar hoy olvidado, como muchos otros. Los españoles preferimos recordar a gente poco recomendable.

Felipe: *Vuelves a interesarme, Manuel. Por momentos siento que lo estás haciendo de puta madre. Dime, ¿de qué personaje se trata?*

Manuel: El general Domingo Batet. Un hombre con mala suerte.

Felipe: *¿Por qué?*

Manuel: Juró fidelidad a la República, y era fiel a su palabra.

Felipe: *Sí, un acto desafortunado.*

Manuel: Para él lo fue doblemente. Tuvo que defenderla contra las dos Españas que trataban de echarla abajo, en el 34 una y en el 36 otra.

Felipe: *Ah, ya me suena vagamente quién es.*

Manuel: Puedo mandarte un enlace con su biografía, si tienes curiosidad.

Felipe: *Mándamelo. No te prometo leerlo, pero por si acaso.*

Manuel: https://es.wikipedia.org/wiki/Domingo _Batet.

Felipe: *Gracias.*

Manuel: Es la Wikipedia, hay páginas mejores. Pero para un vistazo rápido sirve.

Felipe: *Gracias igualmente.*

Manuel: Podrás ver entre otras cosas que era veterano de la guerra de Cuba, a la que fue voluntario, y que tenía la Laureada de San Fernando.

Felipe: *La máxima condecoración militar española.*

Manuel: Eso es, entre muchas otras. Pues bien, hay un detalle suyo que me parece que lo retrata como un hombre a la vez digno y consciente.

Felipe: *¿Cuál?*

Manuel: En la mayoría de las fotografías se lo ve con la guerrera desnuda. Sin una sola medalla prendida.

Felipe: *¿Moraleja?*

Manuel: El verdadero héroe no necesita lucir chatarra dada por otros. Los que la tenemos no debemos sobrevalorarla.

Felipe: *Puedo estar de acuerdo.*

Manuel: Ante el pelotón de fusilamiento, por ser leal a su palabra, Batet disculpó a los soldados que iban a matarle porque cumplían órdenes.

Felipe: *Impresionante.*

Manuel: Era un hombre del siglo XIX. Ya no queda gente así.

Felipe: *Bueno, sí: tú.*

Manuel: Estoy muy lejos de eso. Sólo procuro no perder de vista el ejemplo.

Felipe: *Vale. Así que no haces esto por la medalla.*

Manuel: No lo hago por la medalla.

Felipe: *Sí lo haces por un sueldo, sin embargo.*

Manuel: Me lo pagarán igual si no aparece viva.

Felipe: *Eso ha sonado un poco brutal.*

Manuel: He sido sincero. Sé que lo valoras.

Felipe: *Lo valoro.*

Manuel: Lo que quiero decirte es que no me mueve la recompensa material ni simbólica, ni siquiera la estima de mis jefes. Que lo que me guía es otra cosa.

Felipe: *¿A saber?*

Manuel: Lo mismo que a ti.

Felipe: *Ya me sorprendería.*

Manuel: No debe sorprenderte. Tú estás ahí donde estás porque te ha llevado tu corazón. No ganas nada. Puedes perderlo todo.

Felipe: *Y tú igual, ¿no? Con la diferencia de que puedes ganar algo y no vas a perder nada.*

Manuel: Te equivocas.

Felipe: *En qué.*

Manuel: En las dos cosas.

Felipe: *A ver, explícate.*

Manuel: No puedo ganar algo, sino mucho, pero no para mí.

Felipe: *¿Y la otra?*

Manuel: Puedo perder muchísimo. Sentir durante toda la vida que no fui lo bastante bueno para salvar a alguien. Me atormentará, te lo aseguro.

Felipe: *Bah, lo superarías.*

Manuel: Tengo experiencia. Sé bien todo lo que no he superado.

Felipe: *¿Qué edad tienes, Manuel?*

Manuel: Cuarenta y nueve.

Felipe: *¿Cómo son tus cabellos?*

Manuel: Blancos.

Felipe: *Voy a elegir creerte.*

Manuel: Si no me crees, puedo mandarte una foto.

Felipe: *No hace falta, sabes que podría pedírtela, no me mentirías.*

Manuel: Bien pensado.

Felipe: *Y empiezo a creerte también en lo demás.*

Manuel: Me alegra.

Felipe: *Eres bueno. Todo esto que sabes no se da en ningún cursillo impartido por un psicólogo, ni de negociador ni de nada.*

Manuel: Intento poner al servicio de mi labor lo mejor de mí.

Felipe: *Te honra. De repente siento bien pagados mis impuestos, al menos en la parte que corresponde a tu sueldo.*

Manuel: Gracias. Pero hay muchos más como yo. Y mucho mejores también.

Felipe: *Eso ya no te lo voy a comprar.*

Manuel: Los prejuicios malévolos no tienen por qué ser ciertos.

Felipe: *Eres coherente. No has partido de prejuicios malévolos contra mí, y si los tienes los escondes muy bien.*

Manuel: No los tengo. De nada me servirían. Me estorbarían, incluso.

Felipe: *En fin, que eres bueno, que eres coherente, que incluso me caes bien. Pero es una pena, porque ya tengo tomada mi decisión.*

Manuel: Las decisiones se toman cuando se ejecutan.

Felipe: *Quizá ya la he ejecutado.*

Manuel: No lo has hecho.

Felipe: *¿Vuelves a apostar?*

Manuel: No, estoy seguro.

Felipe: *Por qué.*

Manuel: No estaríamos hablando. No habrías utilizado antes el condicional cuando has dicho «lo superarías».

Felipe: *¿Qué pretendes exactamente que haga, Manuel?*

Manuel: Pretendo que en primer lugar me des tu localización exacta.

Felipe: *Ya me tenéis localizado, estoy usando un telé-fono.*

Manuel: Dentro del inmueble, quiero decir. Al estar bajo techo en una zona urbana las antenas nos dan un margen de error apreciable.

Felipe: *Vale, entendido. Qué más.*

Manuel: Pretendo, además, que no le hagas nada a la niña. Que la tranquilices hasta que lleguemos ahí con su madre para llevársela a casa.

Felipe: *No la veo nerviosa. Está con la tableta que le compré.*

Manuel: Tú me entiendes.

Felipe: *Y qué más.*

Manuel: Que cuando estemos ahí te apartes despacio de ella, con las manos visibles, y retrocedas lentamente a una distancia razonable.

Felipe: *Por qué habría de hacer eso.*

Manuel: Por tu propia seguridad. Otra forma de moverte la comprometería.

Felipe: *Ah, por vuestros «terminators».*

Manuel: Nosotros los llamamos tiradores de precisión.

Felipe: *¿Habéis traído alguno? Me siento importante.*

Manuel: Unos cuantos. Y ellos tampoco quieren abatirte.

Felipe: *Se entrenan para hacerlo, ¿no? Debe de gustarles.*

Manuel: Se entrenan para no hacerlo, también. Y te aseguro que les gusta más.

Felipe: *Eres muy convincente, Manuel. Me encanta ver que en este país de indocumentados alguien sirve para el puesto que ocupa.*

Manuel: Lo celebro.

Felipe: *¿Alguna petición más?*

Manuel: No.

Felipe: *Bueno, ahora me toca pedir a mí, ¿no? O a ti ofrecerme.*

Manuel: Prefiero lo segundo, si no te importa. A ver si logro persuadirte.

Felipe: *Prueba. Pero si me dices que esto va a quedar en una multa no te creeré.*

Manuel: No te diré tal cosa.

Felipe: *Tampoco creeré que puedo salir de esto con una pena benigna, y que con mi falta de antecedentes penales..., etcétera.*

Manuel: Veo que te lo has estudiado.

Felipe: *Hice Derecho, ¿recuerdas? Deben de habértelo dicho.*

Manuel: Me lo han dicho, sí.

Felipe: *Pues vamos, lúcete.*

Manuel: Felipe, vas a estar años en la cárcel, eso ya lo sabes.

Felipe: *Siempre y cuando me convenzas, no te vengas arriba tan pronto.*

Manuel: Si me permites convencerte, eso ya lo daba por descontado.

Felipe: *Bien, bien.*

Manuel: Además, el delito que te llevará allí no es muy popular entre los reclusos.

Felipe: *¿No estabas tratando de convencerme?*

Manuel: Constato una realidad. Lo que sí puedo decirte es que lo primero que se te facilitaría es otra identidad para tu estancia en prisión.

Felipe: *¿De veras?*

Manuel: Hay precedentes. Peores que los tuyos. Y viven tranquilamente sin que nadie a su alrededor sepa quiénes son.

Felipe: *Mola, pero poco. Dame más.*

Manuel: Una vez allí, depende de ti, no te voy a engañar. Si te portas bien, podrás progresar de grado con arreglo a la legislación vigente.

Felipe: *Largo me lo fías.*

Manuel: No puedo fiarte más.

Felipe: *Es una oferta muy pobre, Manuel. ¿Crees que me convencerás con eso?*

Manuel: No has escuchado toda mi oferta.

Felipe: *Sigue entonces.*

Manuel: Por cooperar y entregarte tendrás circunstancias atenuantes de la pena, pero eso ya lo sabes tú.

Felipe: *Sí, que dan de sí lo que dan de sí. Dime algo que no sepa.*

Manuel: Hay otra cosa que vas a ganar. Quizá por el ajetreo y la tensión de los últimos días no eres del todo consciente.

Felipe: *Pero tú me vas a ilustrar.*

Manuel: No he tenido tu ajetreo ni tu tensión. Lo veo desde fuera. Puedo ser más objetivo.

Felipe: *Suéltalo.*

Manuel: Felipe, tienes una hija.

Felipe: *Mira tú, no sabía.*

Manuel: Felipe, te hablo en serio.

Felipe: *Ya. Pero no me descubres nada.*

Manuel: Es posible que estés peleado con el mundo. Es posible que estés peleado contigo mismo. Entiendo que estar en tu cabeza no debe de ser fácil.

Felipe: *Eh. ¿Me estás llamando loco?*

Manuel: No. Sé que tienes una mente compleja. E impulsos complejos, también.

Felipe: *Qué comprensivo.*

Manuel: Intento entenderte, pero no por bondad, sino por deber.

Felipe: *Gracias por aclararlo.*

Manuel: Tus pasos te han llevado a un lugar donde un negociador, utilizo esa palabra que no me gusta, puede ofrecerte poco.

Felipe: *Ya me doy cuenta. Por eso me fascina tu empeño.*

Manuel: Poco para ti, quiero decir. Pero piensa otra vez en tu hija.

Felipe: *Y dale. Para qué.*

Manuel: Ella es lo que le dejas al mundo. Tu rastro sobre esta tierra para cuando no estés. En ella puedes ser mejor, hacerlo mejor.

Felipe: *Ella llevará su vida y la cagará a su manera, como todos.*

Manuel: Déjala intentarlo. Deja que la cague como cualquiera.

Felipe: *¿Qué quieres decir?*

Manuel: ¿Puedo hablarte claro?

Felipe: *Si no te sabe mal. No estoy para chorradas.*

Manuel: Imagina la diferencia entre ser la hija del monstruo que recapacitó y redujo los daños o ser la hija del monstruo que siguió hasta el final.

Felipe: *¿Vais a difundir esta conversación en los medios?*

Manuel: Está quedando registrada. Pasará al sumario. Sobre los sumarios se levanta el secreto, antes o después. Lo hará el abogado de la acusación si vives.

Felipe: *Claro. Si no vivo, se archivará la causa por extinción de la responsabilidad penal por muerte del culpable. Mira, un motivo más para no vivir.*

Manuel: Siempre puedes fallar al intentar matarte. Recuérdalo.

Felipe: *Descuida, lo haría bien. Soy un hombre metódico.*

Manuel: En todo caso, ella sobreviviría. Con el peso de ser tu hija.

Felipe: *Sois buena gente. Seguro que se lo aliviaréis. También podéis buscarle a ella otra identidad para que no lo pase mal por ser hija del monstruo.*

Manuel: Lo haríamos, no tengas duda. Incluso podría cambiarse el apellido ella misma, el Registro Civil se lo aceptaría. Pero no es esa la cuestión.

Felipe: *¿Cuál es la cuestión?*

Manuel: Felipe, he sido sincero contigo.

Felipe: *No sé yo, pero bueno, vale. ¿Y?*

Manuel: Tú no lo estás siendo ahora conmigo.

Felipe: *¿Por qué?*

Manuel: Por fingir que no te importa tu hija. Estás desesperado, ofuscado, cabreado. Pero te importa.

Felipe: *Puedo ser un tipo sin entrañas.*

Manuel: Los hay, sí. Los he conocido. Por eso sé ver la diferencia.

Felipe: *Así que eres un perspicaz analista del alma humana.*

Manuel: La cuestión, Felipe, es que podemos cambiarle el nombre, o puede hacerlo ella, puede mudarse, ir donde nadie la conozca...

Felipe: *Pero...*

Manuel: Pero ella sabrá siempre quién es, y no dejará de joderle la vida.

Felipe: *Jodida ya la tiene, en cualquier caso.*

Manuel: Jodérsela hasta el extremo. Hasta no dejarla vivir. Parece que puedes cargar con otras cosas, pero ¿puedes cargar con matarla a ella también?

Felipe: *No te pongas tan trágico. Quizá no se suicide.*

Manuel: ¿Matarla en vida será mejor? ¿De verdad?

Felipe: *Tengo que reconocerte algo, Manuel.*

Manuel: Te escucho, Felipe.

Felipe: *Me sorprende tener que reconocértelo. Me irrita, incluso.*

Manuel: No lo hagas, entonces.

Felipe: *Sí, sí lo voy a hacer. Te lo has ganado.*

Manuel: Adelante pues.

Felipe: *Tengo miedo, tío.*

Manuel: Ya lo sé. Lo he sabido todo el tiempo.

Felipe: *Eso es. Lo tengo y no me lo quito de encima. Será por eso por lo que al final me estás haciendo dudar, cabrón.*

Manuel: Hay otra cosa que me mueve, Felipe.

Felipe: *El qué.*

Manuel: Tú. Eres un ser humano. Mi misión es proteger tu vida también.

Felipe: *¿De veras? Así que eres mi amigo.*

Manuel: Tu único amigo. Ahí fuera hay un montón de gente que preferiría que murieras. Otra a la que le daría igual. Otra a la que simplemente no le gustaría.

Felipe: *Pero tú no quieres que muera. Esa es la diferencia.*

Manuel: Exacto. Esa es.

Felipe: *¿Sabes una cosa, Manuel?*

Manuel: Dime.

Felipe: *Has conseguido que te crea; todo el tiempo. Sólo por eso mereces ganar esta negociación.*

Manuel: No me gusta llamarla así.

Felipe: *Lo es. Y vas a ganarla por eso, porque yo soy un monstruo y me cago en todo, pero tú eres un tipo legal. No está bien que los tipos legales pierdan.*

Manuel: No está bien que pierda tu hija, que no ha hecho nada.

Felipe: *Tampoco.*

Manuel: ¿Tenemos un acuerdo?

Felipe: *Lo tenemos. Dame un segundo. Te digo la localización.*